春到福妻到 3

文創風 687

瀟瀟清泉 著

目錄

第二十五章

平靜的日子，歲月靜好，一晃到了二月中旬。

福園已經修得差不多，房子都建好了，十二日上樑。那天又熱鬧了一天，請了響鑼村和上水村許多人來吃飯，連楚老爺子都給面子到了。陳阿福沒有出面，由陳名帶著大寶招待客人。

因為有這個大人物，跟他一桌的里正、地主、胡老五、陳業和夏捕快等人激動得都快哭了。

家具和一些設施早就做好了，等處理好內部裝修和綠化後，再把家具搬進屋，大概三月底就能入住。

老侯爺在宴席上談到自己之後要啟程回京，回去住一段日子再回來。他很喜歡這裡，捨不得嫣兒、大寶，也捨不得陳小丫頭。

他向陳阿福要了許多東西，甜點占多數，還有十罐辣白菜，十罐醪糟，足足裝了幾大車。

陳阿福聽了嘴角直抽，這是不是公然索賄？

老爺子走的前一天，陳阿福去了一趟十里鎮，由曾老頭趕著牛車，那裡有陳世英給她的五百畝良田和一個莊子。

田地在十里鎮的旺山村，距響鑼村西南面不到十里的地方。因為村子挨著大青山，所以得名旺山村，而旺山村居然與趙家村比鄰，真是太巧了。

牛車大概走了近半個時辰就到了。莊子是一座兩進院子，由林老頭帶著兒子、媳婦住在這裡管理田地。

之前陳世英在江南買下他們一家，幫陳家在江南那邊看管農莊。這裡的地是陳世英三年前買下的，因為林老頭很得他信任，便安排他們一家到這裡。

陳阿福暗道：這裡或許是陳世英監視趙家的根據地，怪不得之前趙里正做的惡事，陳世英都知道，原來他早在趙家村的附近安插了人手。

陳阿福不怕林老頭一家幫陳世英而出賣自己，因為前幾天，陳世英特地請楚令宣把他們一家的奴契送給了她。

旺山村的五百畝地，有四百畝種冬小麥，還有一百畝準備三月中旬種花生。陳阿福和曾老頭在林老頭父子的帶領下，去地裡參觀了一圈。小麥綠油油的一片，長勢很好，一望無際。

大寶高興得不行，悄聲跟陳阿福說：「娘親，這麼大的地，咱家是僅次於楚大叔的大地主了。」

陳阿福笑著捏了捏他的小胖臉。「你楚大叔是大官，可不是地主。」

她對林老頭說，那一百畝空地中只用八十畝種西瓜，剩下二十畝用來種花生，由她提供西瓜籽，再讓林老頭找一、兩家懂種西瓜的農戶。

陳阿福等人參觀完田地，又在莊子裡吃了晌飯。林老頭十三歲的孫女林芝和十一歲的孫子林朗都很機靈討喜，跑前跑後，服侍得甚是周到；特別是林芝，有江南人的清秀，說話因為帶了些吳儂腔調，更顯得溫柔和順。

陳阿福便說，讓林芝來自己身邊服侍。

林家人都極是高興，跟著主子的前程要好得多。

回到家裡，陳阿福便重新給林芝和曾小青取了名字，一個叫秋月，一個叫夏月。

這個月起，天上偶爾能看見燕子或是大雁的身影，牠們排著隊向北飛去，雖然不多，但總能看到。

一看到牠們，大寶和嫣兒便會激動到不行，高聲叫著「金寶」，生怕金寶不注意錯過了回家的路。每當看到那一隊隊燕子劃過天際飛向遠方的時候，兩個孩子都失望得淚汪汪，這讓空間裡的金燕子非常感動，牠的心像長了翅膀一樣，早飛出了空間。

現在牠已經沒有心情再築金屋了，天天想著出來玩。小東西跟人一樣，但凡閒下來就找事，牠現在超級不爽陳阿福拿進空間的西瓜種和水稻種，堆得占了空間的一半地方。

陳阿福幾乎天天都要拿些好食物進去，一是討好牠，一是想讓牠多拉糞。

二月下旬後，她把水稻種和西瓜種都拿了出來。水稻種馬上要育秧，西瓜種則安排在下個月。前者在空間裡放了兩天，在變色前拿出了空間；後者則放了五天，顏色已經變深。她之前做過實驗，若種子放在空間三天以上，顏色就會開始慢慢變深，五天後，顏色就不會再變，這時候的種子應該是最優良的種子。

水稻種子要交給佃農育苗，若顏色不對，那些佃戶是不敢種的，畢竟他們怕幾個月的辛苦付諸東流；同時，水稻屬於最重要的農作物之一，極受朝廷重視，手腳不宜做得過大，不然不好自圓其說。慢慢來，一步一步培育好種子。

她讓陳名和懂農事的曾老頭，明天一起去中寧縣廣河鎮的老槐村，視察那兩百畝油菜地，順便把水稻種交給佃戶，讓他們育秧，等到收了油菜後，種這種水稻。同時，告訴他們育秧前，最好把種子用溫水泡一天。

曾老頭聽了這話嚇一跳。「大姑娘不懂農耕，老頭我這麼大歲數，還沒聽說種子要用溫水泡。」

陳阿福笑道：「這是我在定州府時，從番人嘴裡聽來的，應該沒錯。」解釋不通的就往番人身上推。

說是這麼說，她也知道那些種田的老把式，肯定不會這麼做。遠的不說，這話她曾經跟陳業和陳阿貴父子說過，陳阿貴笑著不吱聲，陳業得意地說道：「別的不敢說，種莊稼我們可是老手，番人都是沒開化的人，喝生血、吃生肉，他們這話也聽得？」

想著等以後跟林老頭說，小麥和玉米種子都要先經過浸泡。他是旺山村的管事，那裡的佃戶肯定不敢不聽吩咐。

隔天送走了陳名和曾老頭，晌午的時候，便收到陳實派人送的信，說酒樓已經裝修完，人也找齊了，預定二月二十五日正式開業，請羅管事、陳業、陳名和陳阿福去定州府一趟，再把陳老太太也帶上。

下晌申時，陳名兩人就回來了，得知這個消息極高興，馬上讓人送信給大房，順道請他們來祿園吃晚飯。

晚上，大房一家都來了，商量去定州府的事宜。陳業、陳老太太肯定要去，但胡氏、陳阿菊、大虎和大丫也都鬧著要去，讓這個去、不讓那個去，就是一片哭鬧。

陳業無法，說道：「得，除了阿貴留在家裡看地，剩下的人都去，反正以後我們也是東家，肯定能賺不少錢。賺了錢幹啥？就是得讓老娘、媳婦和兒孫享福唄。」

他的話音一落，立即歡呼聲一片。

怪不得陳實說陳業是個好家長，只不過陳實的家還沒有搬，一去這麼多人，怎麼住得下？

看到這股熱鬧勁，陳阿福還沒去就覺得頭痛，想著該交代的都交代了，她就不去湊熱鬧了。

出發前一晚，王氏把陳名去定州的東西準備好後，又拿了一張銀票給陳阿福，說是酒樓參股的錢。

陳阿福沒收，陳名也不讓陳阿福收。「那個股份寫的是我陳名的名字，我收阿福的二百五十兩銀子，那是我閨女對我的孝敬，我用這些銀子，算是怎麼回事。」

王氏紅了眼圈，說道：「若當家的覺得我不該收這些銀子，我讓人還給他好了。」

陳名心裡一直覺得，陳阿福不該勸王氏收下這些銀子，因為不願意王氏難過，所以一直沒有明說，還口是心非地勸道：「我也不是說妳，妳就當這銀子是妳的嫁妝，留著自己花，我有閨女的孝敬，夠了。」

「我的生活再簡單不過，怎麼用得了這些錢？」

陳阿福勸道：「娘，我爹不想花就算了，這些銀子以後娘可以置產，將來留給弟弟啊！母親的嫁妝，本來就是傳給兒子的。」

王氏無法，只得把銀票收起來，見陳名走了出去，又對陳阿福念叨。「我還是覺得不該收這些錢，我沒地方花，妳爹又不願意用，說不定心裡還怪我。」

陳阿福悄聲道：「若娘不收這筆錢，那個人覺得有愧於妳，沒事就想著來彌補虧欠，還不知道要弄出些什麼事；若那樣，爹會更不高興。」

她沒說出口的是，凡是沒得到的都是最好的，何況還有一定的感情基礎。雖然陳世英若真的跟王氏在一起，不見得兩人是最適合的，也不見得感情就能一直甜蜜下去。

但兩人是在感情最好的時候，因為有人干涉而分手，王氏受了許多苦，還含著屈辱為他生下女兒……不可否認，王氏已經成了陳世英胸口的那顆朱砂痣。

陳世英肯定放不下王氏，希望她能過上好日子，希望自己能有所補償；若王氏拒絕，陳世英更會念念不忘，會想方設法地彌補虧欠，那就糟心了。造成兩個家庭的動盪，最終受傷的還是王氏，還不如收下銀子，自欺欺人地當一對偽姊弟，遙祝各自幸福就好……

王氏坐在窗邊，望著那淡綠色的窗紙，一陣長吁短嘆，或許，她又想到過去的什麼事吧！

陳阿福覺得，自己在他們兩人中間插上一腳，作主讓王氏收下那筆錢還是做對了。凡事扯上錢，就不那麼純粹了，特別是美好的感情，扯上錢，就變得世俗起來。

就該讓他們彼此之間多些世俗，少些執念。

二十五日一大早，陳名、羅管事和大房一家去了定州府。

曾老頭的兒子曾雙也陪著陳名去了，因為他之前是參將府外事房的二管事，有許多熟人和一定的關係，能幫酒樓招攬一些生意。

陳阿福請羅管事轉告羅掌櫃，她目前太忙，暫時不想再設計和做衣裳、飾品了。

王氏有那麼多銀子，田裡也馬上要收成，不需要再為掙錢做活；給了大房一成股，也不需要再幫高氏攬活計了。

這天起，曾老頭領著山子開墾祿園和福園之間那半畝地。這裡的地，還有祿園後面的一小塊地，陳阿福準備種西瓜。她已經把燕糞稀釋在水裡，讓人澆在那五畝準備種西瓜的地裡，還留了一點，澆這兩小塊地。

晚上，等大寶睡著後，陳阿福便進了空間。這天的子時一過，金燕子就能出空間了。她看金燕子像服了興奮劑一樣，圍著燕沉香轉了一圈又一圈，根本顧不上招呼她。她本來想陪牠度過那個最激動人心的時刻，見牠靜不下來，便又出了空間去床上睡覺。

陳阿福睡得正酣，突然感覺有人在輕輕撓她的臉。她嚇得一下子清醒過來，矇矓中，看見金燕子站在她枕邊用翅膀輕輕撓她的臉，嘴角高高提起，眼睛笑得半瞇。

她高興得坐了起來，把牠捧在手心裡輕聲說道：「金寶，恭喜你，你終於出來了。」

金燕子高興地啾啾笑道：「是啊！我先去林子裡轉轉，回來再跟臭大寶和嫣兒妹妹玩。」說完，便飛到門口用嘴開門，徑直飛了出去。

早上，陳阿福讓人把楚含嫣和羅家姊弟接來祿園。

如今，七歲的羅梅正式成為楚小姑娘的二等丫鬟，類似一等丫鬟或是陪嫁丫鬟的培養人選。多少丫鬟奮鬥了好多年也坐不上的位置，她小小年紀就坐上了。

今天的天氣非常好，雖然風中還略帶寒意，但豔陽高照，陽光曬在人身上暖洋洋的。

陳阿福領著孩子們在院子裡玩遊戲，他們玩的是老鷹抓小雞。陳大寶當老鷹，陳阿福當母雞，她的身後是嫣兒，嫣兒後面是羅家姊弟和幾個丫鬟，如今這個遊戲是幾個孩子的最愛。

只不過，因為楚小姑娘的動作還不算很靈活，陳大寶用不了多久就能抓到小雞。

正玩著，大寶突然發現南邊的天空盡頭出現了幾隊燕子，正向這裡飛來，他指著南邊喊道：「快看，燕子。」

嫣兒也發現了，兩個孩子一起跳著腳大聲喊著。「金寶，金寶……我們在這兒……家在這兒……」

那幾隊燕子來到他們的上空，卻沒有停留，快速地掠過天際向北邊飛去，消失在藍天白雲裡。大寶和嫣兒失望極了，都難過起來。

這時，空中又出現一隻鳥，牠劃出一條弧線俯衝下來，先掛在大寶的衣襟上，朝他叫了幾聲，黑中透黃的羽毛在陽光的照耀下泛著金光。

「金寶，真的是金寶！」大寶激動地一把將牠抓在手裡，勒得金燕子直翻白眼。

金燕子好不容易掙脫大寶的魔爪，又掛在嫣兒的小襖上，抬頭對她笑起來。

「鳥鳥笑了，鳥鳥笑了，是金寶，金寶笑了。」楚含嫣激動地說道。

陳阿福故意俯身看了一眼金燕子，笑道：「喲，真的是金寶呀！金寶，歡迎你回家。」

金寶聽了，又飛去陳阿福的小襖上掛著，對她笑起來。

晌午，孩子們吃了一頓最熱鬧的飯，三隻鳥加兩隻狗無比聒噪，大寶和嫣兒興奮得連午覺都不想歇。陳阿福哄了半天，才讓兩個小傢伙去歇晌。

金寶回來後，把牠之前帶回來的兩隻百靈鳥和雲錦雀都放了出來，因為牠們跟著金燕子，就不會迷路，只需在晚上時把牠們關進鳥籠裡即可。

金燕子悄悄跟陳阿福說：「去讓人多做些鳥籠，好多小兄弟、小姊妹都想跟著我混。」

這是命令不是商量，陳阿福只得讓人去武木匠家走一趟，請他們再做二十個鳥籠。

楚令宣休沐，回來得有些早，下晌申時就到了棠園。守門的人說，姊兒這幾天都在祿園裡玩，連晚上睡覺都在那裡。

楚令宣回屋洗完澡，便去了祿園，他的後面還跟了兩輛馬車。

還沒進門，就聽見一陣歌聲傳了出來，是嫣兒的聲音。

「小燕子，穿花衣，年年春天來這裡……」

聲音軟軟糯糯，雖然調子不算準，但聲音大，詞都說對了。

這中間，夾雜著一隻燕子的呢喃聲，還有陳阿福鼓勵的聲音。「呀，好棒好棒，姊兒唱得跟姨姨一樣好。」

楚令宣笑了起來。那個丫頭，即使自己確實唱得好，也應該謙虛一些呀！

當山子把門打開，坐在樹下的嫣兒看見爹爹回來了，像隻小燕子一樣向楚令宣跑過去，嘴裡說著。「爹爹，爹爹，金寶回來了，金寶回家了。」

聲音大，詞語連貫，只是語速比正常孩子稍微慢些。

看到歡快且正常的閨女，楚令宣的心情也歡快明媚起來，一直壓抑在心底的那股鬱氣隨風飄散。他抱起飛奔過來的女兒，笑出了聲，說道：「牠回來就好，嫣兒又多了個玩伴。」
王氏和陳阿福等人見楚令宣來了，都站了起來。
金燕子也興奮地高聲叫起來。
「媽咪，楚爹爹回來了，楚爹爹回來了。」
陳阿福先是嚇了一跳，看見別人面色如常，才反應過來只有自己聽得懂牠的「鳥語」，還是狠狠瞪了牠一眼，心想：他是楚小姑娘的爹爹，是你哪門子爹？
大寶也跑去楚令宣的面前叫道：「楚大叔。」
楚令宣把嫣兒放下，抱起大寶往空中拋了幾下，刺激得大寶高聲尖叫，歡喜極了。
等大寶下來，楚含嫣還得意地跟他說：「我爹爹……是不是很棒？」現在她也學會了陳阿福的許多口頭禪。
陳大寶比出兩個大拇指，說道：「嗯，真棒。」
楚令宣招呼王氏和陳阿福。「嬸子，陳姑娘。」
陳師傅換成了陳姑娘。
陳阿福笑道：「楚大人在這裡吃飯吧！我去廚房準備。」
「我給福園添置了一些東西，是為嫣兒以後去福園玩準備的，馬車就在外面。」
王氏道：「那阿福和楚大人去忙吧！」
陳阿福跟著楚令宣去了門外，幾個小朋友也都跟了出來。

把馬車領去福園，兩個小廝搬了許多東西下來。有一座花梨木玉石大插屏，大中小號五彩釉花瓶、鎏金琺瑯香爐等等，這麼多東西把陳阿福嚇了一大跳，這些可不屬於教學用具。董事長再大方，也沒有送這麼多東西的道理。

陳阿福搖頭拒絕道：「楚大人，姊兒用不了這麼多東西。」

她不喜歡搞上下級的小曖昧，那樣吃虧的永遠是女人；她更承受不起楚令宣的示好，因為前世的教訓過於慘痛。

楚令宣笑道：「我難得在家，姊兒以後絕大多數的日子都會在這裡，若是以後我爺爺他老人家來了棠園，或許多數時候也會待在這裡。大多東西是他們用得上的，剩下的是我送福園的賀禮。陳姑娘幫我及家人良多，那些幫助是用再多錢財都買不到的，我都受之坦然，妳為何還這麼客氣？」說完，他又自顧自參觀起院子。

這個院子比祿園大些，也精緻華麗得多，屋裡、屋外雕梁畫棟，還栽了許多瓊花佳木，院子中間的空間比較大，是給孩子們活動的地方。

從東邊耳房到後院，那裡建了許多不可思議的東西，地上沒有鋪石頭，都是柔軟的細沙。在那些東西中，楚令宣只認得蹺蹺板、鞦韆，至於那個房子不像房子，高高聳立的是什麼東西？還有一些高低錯落的鐵管，像晾衣竿一樣立在那裡，以及顏色各異的大木圓球，釘在地裡的小木梯子……這些東西有什麼用處？

大寶和嫣姊兒看到楚令宣看著那些東西發愣，得意起來，都跑去小房子那裡。

他們先後爬上那座小房子，大寶先從一道光滑的鐵板上滑下來，下面有一塊草墊子，人滑下來正好落在草墊子上，不僅不會摔傷，衣裳也不會弄髒，而且，丫鬟們也在下面看顧，以防萬一。

接著，嫣姊兒也滑下來，站起來對楚令宣笑道：「爹爹，這是溜滑梯，好好玩，姊兒不害怕。」然後，一副求表揚的樣子。

原來是這個用處。

楚令宣笑道：「我姑娘行，好樣的。」

接著，其他小朋友和動物們都去溜滑梯，場面十分熱鬧滑稽，笑鬧聲不斷。

陳阿福說道：「這些東西能鍛鍊孩子們的協調力，增強體質，又趣味性十足，楚大人不會覺得姊兒玩它們不文雅吧？」

陳阿福最怕的就是古人接受不了這些。

楚令宣笑道：「當然不會，貴女們都可以騎馬、玩蹴鞠了，孩子們玩這些無傷大雅。」

說著，他離開兒童樂園向後走去，穿過幾棵芭蕉樹和翠竹，便是後罩房。他沿著牆邊走，陳阿福只得陪著他。

參觀完一圈後，楚令宣站定說道：「不錯，雖然小巧但別致，是孩子們的樂園。」

話音剛落，又傳來一陣孩子們的笑鬧聲，以及丫鬟囑咐「小心」的聲音。

楚令宣低下頭，看著陳阿福笑道：「有陳姑娘在的地方，何止是孩子們的樂園，我爺爺、母親，還有我，都覺得愉悅。」

這個讚譽有些高了，看著他烏黑幽深的眼睛，陳阿福的目光轉向了別處，謙虛道：「哪裡有……」

楚令宣說道：「陳姑娘不知道嫣兒變得如此健康和快樂，對我及家人意味著什麼，原本，我們都不敢想，她還能有這樣的一天。」

他嘆了一口氣，又把眼神轉向西邊天際。夕陽已經墜入雲間，把那裡的雲朵染得紅通通一片。

楚令宣又繼續說道：「陳姑娘，不瞞妳說，我爹娘是青梅竹馬，一直以來十分恩愛，哪怕我娘生我妹妹時難產，再也不能受孕，我爹也沒有動過納妾的念頭；可我們一家的幸福，就在我十四歲那年，被一個女人終結了……

「我之前一直在給九皇子當伴讀，這個變故讓我投筆從戎，跑去邊關找我三叔，可三年後，也就是我十七歲的時候，卻接到太后懿旨，她賜給我一個媳婦，讓我馬上回京完婚。馬氏，是馬淑妃的娘家族親，我現在已經記不得她長什麼樣子了……我在京城住了三天，又回了邊關。第二年，聽說我有了一個閨女，而馬氏因為難產，死了……等到三年後，我再次回到京城，才聽說我的閨女竟然是個癡兒。我爺爺幾次提出想把孩子接回侯府，可那個女人都不同意，說孫女雖然有這個病，但她還是疼惜她。我爺爺想著孩子跟那個女人有親，便放手了。

「本來，我對馬氏不在意，對她生的孩子也不在意，可一天下晌，我爹突然遣人送信來，說我若再不把孩子接出去，那孩子怕是會沒命。我便去了公主府，那個女人正好不在府裡，我被人帶著徑直去了一個偏僻的小院。當我第一眼看到嫣兒時，恨不得抽自己兩下，我該早點去看她的……」

說到這裡，楚令宣的身子都有些發抖，眼睛赤紅，他抬起手，把旁邊的一根樹枝「啪」地掰了下來。

「楚大人……」陳阿福輕喚了一聲。

楚令宣似從恨意中清醒過來，看了一眼陳阿福，又繼續說道：「孩子瘦成了皮包骨，小身子縮成一團坐在地上，一直呆呆地望著廊下的燕巢。哪怕她小臉不乾淨，我也看得出來她長得極像我，極像我娘……她的一切災難，或許都是源於她的長相。那一剎那，我才真切地感受到，這個孩子是我的女兒、我的血脈……巢裡的雛燕叫了幾聲，孩子竟然咧開小嘴笑了起來。

「旁邊的婆子、丫鬟都嗤笑說，小傻子還會笑。一個婆子走過去說道：『小傻子，該喝水了。』然後把自己喝過的茶碗遞到孩子的嘴邊。孩子像是渴壞了，幾口把碗裡的水喝了個乾淨……我當時怒極，懲戒了那個婆子，把孩子抱出了公主府。

「那個女人後來還派人來侯府想要接回孩子，我爺爺抱著孩子去皇上面前大哭。皇上和太后斥責了那個女人，還把她禁足三個月，孩子這才徹底離開公主府；但那時侯府也不清靜，我只得把孩子帶來定州。」

陳阿福早已淚流滿面，脫口而出。「你爹呢？你不在家，你爺爺看不到，可你爹就在公主府，他就不管自己的親孫女嗎？」

楚令宣冷笑道：「我爹？他看似有情，卻最最無情。孩子有馬家的骨血，我爹不會喜歡她，或許之前連看都沒看過她一眼；可能後來他無意中看到或是聽說孩子長得像我娘，所以那個女人才會如此虐待她，這才遣人送信給我。」

「馬淑妃是公主的母親，馬家是公主的外家，嗯……你的夫人跟公主有親？」陳阿福疑惑地問。

楚令宣點點頭。「嗯，是族親。」

這麼說，楚侯爺恨毒了馬家，應該也恨毒了公主，可兩人居然還能在一個屋簷下生活近十年，還要不定期夫妻敦倫；那天在靈隱寺裡，公主似乎很在意他，他也像個溫和的丈夫……

陳阿福有些混亂，這到底是怎麼一回事？

她的思緒被楚令宣的聲音打斷。「嫣兒三歲了還沒有名字，我給她取了楚含嫣這個名字，期許她有一天能嫣然一笑。那時，我和我爺爺都覺得這個期許是癡人說夢，可嫣兒的命好，遇到了妳，她如今真的能夠言笑自如，跟正常的孩子無異；不，比別的孩子還聰明、還好看，妳說，我能不高興嗎？」

他的目光落在陳阿福的臉上，笑起來顯得嘴邊的兩個小酒窩更深，跟楚含嫣的一模一樣。此時的他，聲音溫潤，笑容溫和，在他的臉上尋不到一點之前的冷峻，讓陳阿福禁不住怦然心動。

陳阿福趕緊低下頭，下意識地用手按了按胸口。「楚大人過獎了，嫣兒並不傻，只是小時候被那些人嚇壞了，為了自我保護，才縮進自己的世界不想出來。現在，她看到外面的世界如此美好，有愛她的親人，喜歡她的朋友，還有那些討喜的動物們，她就放心地出來了。」

楚令宣點頭笑道：「嗯，是這麼回事，不過，若不是妳引導得好，讓她知道再沒有人能傷害她，讓她知道外面的世界熱鬧生動，充滿樂趣，她也不會融入進來。陳姑娘不用謙遜，我和嫣兒都知道，這個世界，除了我和爺爺、我娘，最愛護嫣兒的就是妳了。只是，我們各自忙碌，沒有閒暇陪伴嫣兒，多數時候，都是妳帶著她。大恩不言謝，妳的這份好，我一直記在心裡，我……」

突然，他看到前面的樹枝上站著一隻燕子，那隻燕子正笑咪咪地看著他，最最不可思議的是小尖嘴還半張著，一雙翅膀插進了嘴裡。

楚令宣的嘴半張著說不出話來，看著這驚悚的一幕。

陳阿福順著他的目光看去，只見金燕子正傻兮兮地看著楚令宣，似乎還等著他再往下說。

金燕子見楚令宣不說話了，呆呆地看著自己，主人也瞪著牠，便把翅膀從嘴裡拿出來，納悶地啾啾說道：「咦，楚爹爹怎麼不繼續表白？人家還等著聽呢！」看楚令宣還是目瞪口呆地看著牠，頓覺索然無味，翻了個白眼，啾啾道：「傻樣。」然後一振雙翅，飛上天空。

金燕子飛走了，楚令宣的靈魂才歸位，結結巴巴地說道：「那燕子，真、真的會笑，會把翅膀塞進嘴裡，還……還會翻白眼！」又了然地說道：「怪不得嫣兒一直惦記牠，當真不可思議。」

陳阿福心想，還有更不可思議的，嘴上卻說道：「是，我也是後來才發覺金寶有不同之處，不過，楚大人還是不要把牠的特殊之處說出去，若讓有心人知道，牠就不安全了。」

「那當然，我不會說出去。」楚令宣問道：「剛才我說到哪裡了？」問完，連他自己都覺得好笑，不由自主地笑起來。

傻樣！金燕子說得沒錯，陳阿福暗中感到好笑。

他們向兒童樂園走去，孩子們和動物們玩得歡暢，金燕子也在中間跳來跳去，啾啾叫著。

楚令宣似乎想起來自己想說什麼了，低聲說道：「我會想辦法清除障礙，不會讓妳和孩子們受到傷害，放心，我能做到。」

「啊？」陳阿福感到莫名其妙地看著他。

楚令宣又笑道：「我是說，我會讓這裡成為銅牆鐵壁，讓這裡永遠充滿歡笑。」

永遠？就算自己不嫁人，楚小姑娘也會嫁人吧……

大寶和嫣兒看見他們，都跑了過來，陳阿福和楚令宣同時伸開雙臂，結果兩個小人兒都撲進了陳阿福的懷裡。

楚令宣訕訕地收回手，直起身看著他們三人的互動，心道：閨女也太不給他面子了。

這時，山子過來請他們回祿園吃飯。

回去的路上，大寶和嫣兒手牽手，大寶的另一隻手還牽著陳阿福，嫣兒的另一隻手則牽著楚令宣。兩個小人兒在中間，兩個大人在兩邊。這個福利還是楚令宣爭取的，看到受傷的爹爹，嫣兒才放開姨姨的手跑過去拉他的手。

晚霞給大地鋪上一層紅光，也給他們四人身上染了顏色，一路走過，丟下一串笑聲，還有狗吠鳥鳴。

飯後，大寶和嫣兒習慣性地手牽手往西廂走去。這幾天，都是陳阿福和嫣兒睡床上，大寶睡廳屋的榻上。

楚令宣彎腰把嫣兒抱起來，嗔道：「爹爹難得回來一天，閨女要陪陪爹。」

楚含嫣聽了，便抱著他的脖子嘟嘴道：「好嘛，好嘛。」又轉頭對陳阿福說道：「姨姨乖哦，大寶不要鬧，等爹爹走了，姊兒就來陪你們。」

陳阿福哭笑不得，好像自己多想讓她陪一樣。只要小東西一在這裡睡，陳阿福就睡不好，擔心她涼到，又擔心壓著她，但看到她殷切的眼神，還是答應道：「好。」

陳大寶也說道：「好，我等著妳，妳不在的時候，我不讓娘親講故事，等妳來了，咱們兩個一起聽。」

大寶依然拉著陳阿福把他們送出門口。

此時太陽已經墜入山下，西邊的紅林山頂，只剩下一圈黑中透金的雲層，傍晚的春風微涼，吹著新綠的樹葉沙沙作響。

楚令宣站定問陳阿福道：「明天，我讓人來幫你們搬家。」

陳阿福搖頭笑道：「不用了，福園的東西都是新置的，沒什麼需要搬過去。」

「明天的客人多嗎？我派幾個人來幫你們做飯。」

陳阿福又搖頭道：「我爹和大伯一家都沒回來，家裡沒有成年男人，所以沒請多少客人，只請了阿貴哥和一些熟人。哦，若是楚大人明天無事，請來福園吃頓飯。」

楚令宣痛快地答應道：「好，不過，我還是下晌來吧！」

陳阿福點頭，吃晌飯的那些客人，不是村裡人就是棠園下人，跟他說不到一起又嘈雜，他肯定不喜歡。

楚含嫣癟起小嘴。「姨姨，姊兒呢？不請姊兒嗎？」

陳阿福大樂。「怎麼可能少得了姊兒呢？妳跟爹爹一起來。」

他們走到那棵柳樹下，長長的枝條已經綴滿了葉子，隨著微風輕輕搖曳。

楚令宣駐足回頭，楚含嫣招手，喊著「姨姨、大寶」。

陳大寶也招著手，跳著腳喊「楚大叔、嫣兒妹妹」。

金燕子不知道什麼時候掛在陳阿福的小襖上，啾啾叫道：「都這樣依依不捨，還嘴硬。媽咪，別做無謂的掙扎，愛了，就愛了。」然後，一振雙翅，向西邊飛去。

陳阿福一驚。

是啊！她總認為自己是身不由己被大寶拉出來的，可站在這裡望著他們，希望他們回頭，甚至希望他們多停留一會兒，這些卻實實在在是自己的心聲。

理智知道不該愛上這個男人，怕再次受傷，可心裡，還是情不自禁。

「回家吧！」陳阿福慌忙拉著大寶向家裡走去。

「楚大叔還站在那裡呢！」大寶嘴裡說著，被娘親硬拉回家。

楚含嫣看到姨姨先回家，小嘴又癟了起來，說道：「姨姨怎麼先走了？」

楚令宣也有些失望，說道：「姨姨興許有急事。」回頭往棠園走去。

剛到棠園的角門，門房稟報道：「大爺，大姑娘，主子回來了。」

楚令宣沈臉斥道：「為何不早去祿園稟報？」

門房又躬身道：「是主子不讓奴才去，說讓大姑娘玩盡興了再回來。」

兩人匆匆忙忙去了塵的小院，三個人自是一番歡喜，特別是了塵，看到孫女又進步了，喜得直唸佛。

待楚含嫣去歇息，了塵對楚令宣說道：「宣兒有什麼心事，說吧！」知子莫若母，她看出兒子有心事。

楚令宣抿了抿薄唇，他知道若是自己不說，母親會更擔心。「娘，有人又開始打我婚事的主意了。」說完冷笑了一下。「任她們算盤打得再響，也如不了意。」

了塵捏著佛珠的手指泛白，氣道：「那個女人太狠了，把貧尼逼得出家，挑唆太后給你賜婚，害嫣兒得了癡病，這樣還嫌不夠，又要干涉你的婚事。」

楚令宣忙說道：「這次倒不是那個女人，現在她所有的心思都用在求子上，已經顧不上我們。是二嬸，她想把陳世英的庶長女說給我當媳婦。」

「那李氏專幹這些上不了檯面的事，她不想想，你再是續弦，也是永安侯世子，不可能娶一個知府的庶女，她真以為，若把你拉下來，那個女人再生不出兒子，她兒子就有機會承爵了？」

楚令宣看到母親動氣，忙說道：「娘放心，兒子已經長大了，吃了這麼多虧，會保護自己，二嬸嘛，她左右不了兒子的任何事，只是讓人厭煩。只不過，兒子還真看上了一個姑娘。」

了塵喜道：「宣兒有心儀的姑娘了？是哪個府裡的姑娘，娘認不認識？早些讓你祖父請人去說合，把這件大事定下來，娘就放心了。」

楚令宣有些臉紅，清了清嗓子說道：「這位姑娘……娘也認識……」

了塵看到兒子的表情，笑了起來。「能讓我兒子看上的姑娘，還真不多，這是第一個，對吧？快說，是哪家姑娘？」

楚令宣說道：「這位姑娘的出身比較低，而且，還有不確定的未來……」了塵知道是誰了，她也非常喜歡那位姑娘，只不過之前從未把她當兒媳婦的人選，還想著自己不能認她當乾女兒，以後便讓三弟妹認她當乾女兒，給她個好的身世，將來好說婆家。

「我知道你說的是誰了，但那姑娘出身低，我怕那個女人又以兒媳必須在婆婆身邊盡孝為由，把她弄去公主府折騰……那就可憐了。你，不能害她。」

「我若保護不了媳婦，還娶媳婦做甚！娘放心，我有法子不讓她進公主府，甚至在局勢未明朗之前，連京城侯府都不讓她去。」楚令宣笑了起來。「據我瞭解，這位姑娘可不是任人拿捏的主兒。」

「這樣再好不過，她進了門，最高興的莫過於嫣兒；只是，她出身平民，這就算了，關鍵是她還有個兒子，這個該如何對外解釋？還有，她是陳世英的親生女兒，卻沒有認祖歸宗，陳世英的母親又不賢……這些，可能都會成為敵人攻擊你的把柄，你考慮過嗎？」

楚令宣冷冷說道：「經過這麼多變故，兒子早看開了。至於身分，娘的身分不低，不照樣被逼出家？如今，父親尚主，母親出家，女兒癡傻，我又躲到定州，只要那個女人生出兒子，我的世子之位或許就會不保，侯府更是被弄得烏煙瘴氣……娘說說，京城裡有哪個好人家願意把女兒嫁給我？否則，那陳母也不敢託人，把她家那個其貌不揚的庶長女說給我了。至於陳姑娘的那些事，別人想笑話就笑話好了，咱們家的笑話別人也沒少看。

「兒子找這麼一個無任何背景的姑娘，遠遠地躲在鄉下，或許是目前最好的選擇；況且，她是兒子長這麼大，第一個真心想娶的姑娘。至於大寶的事，在娶她之前，我先認大寶為義子，這些，都不是問題。現在唯一棘手的是她的出身，若她真出身平民，倒是好辦；但她是陳世英的女兒，陳世英為人尚可，可他的母親太討嫌了，到處鑽營，我怕她惹上是非……」

了塵的眼淚流了出來。「都是娘害了你。」

「這關娘什麼事！只因為爹被那個女人惦記，還有二皇子，為了排除異己，防止我們成為九皇子的助力，削掉爹手中的權力，和那個女人聯手設計了爹……家裡才弄得妻離子散。」

「你爺爺和你爹過去都說二皇子雖出身中宮，卻有勇無謀，剛愎自用，不得皇上寵信，可後來的所做所為卻……」

「哎，是爺爺和爹看走了眼，二皇子不僅有勇有謀，更心狠手辣……不知他為何那麼恨九皇子、恨咱們楚家。我少時雖然給九皇子當伴讀，但咱們楚家那時還沒站隊，跟二皇子也沒有結仇。九皇子因為年少，外家又不強大，沒參與他們幾位成年皇子的爭鬥。可是他那次被人暗害，失足跌落山崖，所有的人都猜測是三皇子或者五皇子所為，他卻不發作那兩位皇子，而是突然聯合淑妃母女設計了我爹，還暗中把九皇子的腿弄瘸了……」

楚令宣頓了頓，聲音更輕了。

「如今皇上年紀越大，越來越多疑，而二皇子卻事事都做到他的心坎上……若皇上真的選擇了二皇子，爹和我們就會另有思量了。」

了塵含淚道：「娘已經是出家人，哪怕改朝換代也影響不到我這裡，只是你們要注意安全，不要把命送了。」

第二十六章

二月二十九日，是黃道吉日，陳阿福母子兩個今日搬家，除了穆嬸繼續住在祿園，其他人都會搬去福園，細軟已在昨天從祿園搬了過去。

一大早，阿祿又開始抹眼淚，他捨不得姊姊和外甥，覺得這次姊姊搬家，就徹底跟他不是一家人了。

陳阿福把他摟在懷裡勸了半天，承諾他今天也可以住在福園，他才作罷。

只不過，陳名原本答應會趕回來，不知何故卻沒有回來，陳阿福和王氏心裡都有些打鼓。

陳阿福牽著大寶率先進了福園，王氏捧著一套白底青花細瓷碗、阿祿抱著一袋精米緊隨在後，後面跟著追風和旺財，七七和灰灰站在兩隻狗的背上，金燕子去西邊林子野到現在還沒回來。

他們徑直來到上房廳房，把窗槅打開，屋裡立時明亮起來。春風吹著樹葉的新香飄進屋內，無比舒爽。

稍後，陳阿貴來了，他揹了一袋白麵，跟他同來的，竟然是胡老五一家。胡家送了一對青花大瓷瓶，質地雖然一般，但在鄉下算是好東西了。

胡老五笑道：「我聽阿貴說你們今兒搬家，便帶著一家來恭賀了。咱們是親戚，阿福喬遷之喜，怎能缺了我們呢！」

陳阿福雖然不喜歡他，但伸手不打笑臉人，何況人家是來恭賀他們搬新家的，忙笑道：「歡迎胡五叔、胡嬸子，我之前是怕你們太忙便不好意思上門請，你們能來，我高興還來不及呢！」

胡翠翠看了一圈，驚訝道：「阿福姊，妳家比我四姨丈家好看多了。」

客人們陸續來了，還有一個不認識的年輕婦人，是武長生才娶的新媳婦。

吃飯前，又來了幾個沒想到的客人，居然是楊明遠、楊超和楊茜，這三位真是稀客。

楊茜衝過來抱著陳阿福的腰說：「陳姨，我好想妳哦，也想大寶、想嫣兒妹妹、想阿祿舅舅……」嘰哩呱啦，把她在陳家遇到的人和動物數了個遍。

陳阿福感到有些好笑，這小姑娘不僅是個小話簍子，記性也超好。

楊超則是一來就喊道：「陳姨，大寶，我和妹妹要在你們家多住幾天，我馬上要上學，以後不能經常來找大寶玩了。」

這次來的孩子多，大寶領他們去後院玩，這些孩子玩得連飯都不想吃。

飯後，客人們陸續走了，孩子們都沒走，他們還沒玩夠。

楊明遠也沒離開，他想向楚令宣和陳阿福這兩個股東，匯報鴻運火鍋大酒樓的經營情況，羅源邀請他去羅家住一晚，所以他打算明天再走。

聽楊明遠說，鴻運火鍋大酒樓的生意非常好，雖然京城有幾家火鍋酒樓陸續開業，但對鴻運酒樓的生意影響不大。

這兩個多月，酒樓就賺了八千多兩銀子，楊明遠想先不分紅，再多賺些錢，然後在江南、膠東等地開分店，再把現在租的酒樓鋪子買下來……

陳阿福不由咋舌，才幾個月就掙了八千多兩銀子，當真會賺錢，她也同意楊明遠的想法，用錢滾錢當然更好。

他們兩人說話的時候，羅源和魏氏兩口子一直陪在旁邊，若覺得楊明遠說高興了，看陳阿福的時間稍微久了些，就會打岔，或請他喝茶，或把話題扯開。

大概申時，不僅楚令宣父女來了，連了塵住持都來了。

魏氏早先就悄悄跟陳阿福說過，晚上了塵住持可能會來，所以陳阿福特地吩咐穆嬸和曾嬸準備了素宴。

了塵來時，也為福園請了一尊漢白玉的觀音像。

楊茜一見楚含嫣，就跑過去拉著她的手問：「嫣兒妹妹，妳還記得我嗎？想我嗎？我可想妳了，很想很想很想……」

楚含嫣居然也記得楊茜，笑得嘴咧老大，只說了一個字。「想。」

即使只有一個字，也讓楊茜抱著她樂了半天。

楚令宣和楊明遠去東廂聊天，由大寶作陪；陳阿福則陪著了塵參觀專門為孩子們準備的西廂房，楚含嫣和楊茜兩個小閨蜜，手牽手地跟在她們後面。

西廂房五間房間都是打通的，一致鋪上棕色漆木地板，除了北耳房開的是小門，其他四間都是用彩色雕花窗槅隔開。

廳屋是活動室，地上鋪的是彩色竹編墊子，墊子上還畫著兔子、狐狸等動物，牆邊有兩張方形矮腳小桌及幾把小椅子。

北屋有四張榻，是午睡的地方。這幾張榻也是改良過的，比較低矮、短小，擋板上畫著燕寶寶、熊寶寶、狗寶寶和兔寶寶。

北耳房是淨房，這裡連恭桶的造型都特別，一個是胖嘟嘟的黃色大南瓜，一個是彎彎的紅色大辣椒。

昨天楚令宣一看到這兩個恭桶，當場就笑出了聲。了塵也覺得好笑不已，又唸了幾聲佛。

楚含嫣和楊茜嚷著「要出恭」，在宋嬤嬤和黃嬤嬤的服侍下跑去淨房方便了一次。不知什麼時候跟進來的七七和灰灰見了，也嚷著要出恭，覺得兩個小姑娘時間用得久了，還不高興地在門外跳腳大喊。「出來，出來，再不出來揍妳們。」

這兩個小東西，好的不愛學，壞的一學就會。

陳阿福聽得直搖頭。楊超、羅明成和小石頭幾個孩子，從今天上午起就排隊出恭，爭恭桶還爭得打了起來。

南屋是書房，裡面有一圈圓形矮腳桌椅，桌上擺了一些積木，旁邊放著小櫃子，櫃子裡放了許多玩具，還有書及文房四寶。

南耳房是飯廳，擺了兩張矮腳小方桌、幾把小椅子。這裡的牆壁、桌椅、櫃子、床，以及一些擺設，無一例外都顏色鮮豔，造型誇張。

其實，大寶一去上學，陳阿福就只剩一個學生楚小姑娘，完全沒有必要搞得這麼複雜和奢侈，但建這座院子的錢是楚董事長提供的，人家的本意是想讓楚小姑娘在好的環境中生活學習。陳阿福覺得必須要把「教學樓」建得好一些，才能更突出她專款專用。

一圈參觀下來，了塵住持看得直唸佛，搞不懂原來屋子還可以這樣修飾。她終於知道一直不想找媳婦的兒子，為什麼對陳阿福這麼念念不忘，連無智大師都對她另眼相看，這姑娘聰慧得讓人不可思議。

之後，她們又去參觀後院的兒童樂園。幾個孩子和追風、旺財在這裡玩得熱火朝天，楚含嫣和楊茜見了也跑了過去。

晚飯後，本來楚含嫣想留在福園跟楊茜一起玩，但想到爹爹和奶奶明天就要走了，還是乖巧地跟著回棠園。

這次，送他們出門的不僅有陳阿福和大寶，還有楊超和楊茜。

因為有了塵同行，楚令宣和楚含嫣只回頭看了看他們，招招手，就轉身陪了塵回棠園。

陳阿福讓阿祿領著大寶和楊超在東廂睡覺，楊茜則跟著她睡上房。

此時天還未黑透，幾個孩子在院子裡和兩狗兩鳥一起玩鬧著。

王氏也沒回祿園，陳阿福和她一起坐在東廂房的廊下，看著孩子們玩鬧。

遠處的紅林山像一片連綿起伏的黑色剪影，襯托著山頂的晚霞更加暗紅而濃烈，不時有歸巢的鳥兒掠過天空，消失在燦爛的雲霞裡。

突然，陳阿福看到從那片紅霞裡飛出許多鳥兒，密密麻麻一片，像轟炸機一樣向這邊飛來。這些鳥兒越飛越近，來到福園的上空，牠們先盤旋一圈，又嘩啦啦丟下許多「糞彈」，然後停在樹上和屋簷上。在院子裡玩的孩子們都驚叫著躲進廊下，七七和灰灰則大著嗓門喊「歡迎」，因為牠們見家裡來客人的時候，主人都是喊「歡迎」。

有一隻鳥停在陳阿福的膝蓋上，她這才看清是金燕子。

金燕子啾啾說道：「媽咪，醒醒，快把嘴閉上，這些是我的小弟、小妹們，想跟著我混，人家就帶牠們回家了。」

陳阿福一陣氣結，給了牠個腦鑿子，罵道：「這麼多隻鳥，我家哪有那麼多裝牠們的籠子？而且，牠們隨地大小便，看看把我家的院子都弄成什麼樣了。」

金燕子回頭一看，果真院子裡多了許多白白黑黑的鳥糞，又啾啾說道：「好，是人家考慮不周，沒有先提醒牠們。媽咪放心，我讓牠們以後要拉屎，都去院子側面的西瓜地，還能讓你們少施肥。我這次帶回來九十八隻鳥，只有四十隻鳥必須住進籠子裡，其他的睡在樹上就成；還有，再給牠們弄些精米和碎肉吃，人家可是跟牠們吹了牛，說媽咪會招待牠們吃好吃的。」

陳阿福無法，只得吩咐曾嬸、夏月和秋月去弄吃的。「你不會讓牠們一直住在我家吧？」

「不會，這些鳥兒絕大多數都野慣了，不喜歡拘束，只會偶爾來玩幾天。但有十幾隻鳥兒會一直跟著我，因為牠們真的很笨，總是被欺負，一個不小心就會被老鷹或是大蛇吃了；而且牠們長得太俊，歌兒也唱得動聽，人家不忍心讓牠們死於非命。」

等夏月和秋月把米撒在地上，再把幾個裝碎肉的碗放在地上，那些鳥兒便都飛下來吃食。這些鳥有麻雀、燕子這些常見的鳥，也有不常見甚至是不認識的鳥，黑黑灰灰、紅紅綠綠的，煞是好看。

等鳥兒吃飽了，都跳著腳地對著陳阿福直啾啾。

還真是聰明的鳥！

看到牠們的熱情樣，陳阿福也就從心底接受牠們了。她讓夏月和黃嬤嬤服侍孩子們去歇息，自己則和秋月處理必須進籠子歇息的鳥，又拿了許多草籃子放在廊下，還在籃子裡鋪了一些乾草。若是鳥兒們不願意睡在樹上，就睡在籃子裡。

做完這些，已經很晚了，王氏回了祿園，陳阿福才去房裡歇下。

天沒亮，陳阿福就起來了，她領著人滷了一鍋素菜，又做了些梅花蛋糕以及金絲糕。

做好後，讓人把滷素菜和一半的點心送去棠園。一份是楚令宣的，另兩份是了塵住持和無智老和尚的。雖然那老和尚計較又氣人，但跟他打好關係，總不會錯。

早飯後，楊明遠在羅源的陪同下來告辭，說要回家多陪陪母親，又要趕回京城。

陳阿福看到他時嚇了一跳，不只是他黑黑的貓熊眼，還有就是覺得他瘦了。她想自己是不是錯覺，怎麼可能一夜之間人就瘦了？再說他來自己家做客，自己和羅家人都是好吃好喝好招待的，根本沒有委屈他。她張了張嘴，還是把疑惑壓了下去。

陳阿福幫陳阿玉走了後門，滷串畢竟登不了大雅之堂，陳阿玉漂亮又機靈，應該在更廣闊的天地裡鍛鍊成長；既然鴻運酒樓要開分店，就必須要培養人才，陳阿福想讓他跟著楊明遠歷練一番，以後才能把家族企業更發揚光大。

楊明遠點頭，笑著說讓陳阿玉去京城找他便是。

陳阿福又把另一半點心送給他母親。

楊明遠表示感謝，並叮嚀楊超小兄妹，讓他們玩兩天就回家，祖母一個人在家很孤寂，最後，他逼退眼裡的濕意，拱手跟陳阿福和羅源告辭，上了馬車。

楊明遠本來存了一肚子的話想跟陳阿福說，甚至想著若是可以，他回京城前就請媒人來說媒，把他們兩人的事情徹底定下來。

可當他昨天看到羅源兩口子的作為，再看到只要陳阿福出現在楚令宣的視線裡，楚令宣就會不由自主地看著她，冷淡的臉上也會浮現出笑意，他便知道，自己沒有機會了。

自從孩子的娘死了以後，母親天天催他再給孩子們找個娘，可他都不願意，他怕後娘對孩子們不好。

直到他看見陳阿福，先是驚訝她的聰慧和美麗，還有那別樣的韻味，再是她的善良，對孩子發自內心的喜愛，以及孩子們對她的喜愛，他覺得，終於找到自己心悅又會對兒女好的姑娘了。

他在京城的時候，每當忙碌後，想最多的人就是陳阿福，只要一想到她，再多的疲憊都會消失。原以為這一趟回鄉之行會讓他多個相伴一生的妻子，哪承想，這份美麗的緣分還沒有開始，就宣告結束了……

陳阿福不知道楊明遠的黯然神傷，她回去後就把所有的鳥籠都打開，看到金燕子一振雙翅飛向天空，那些鳥兒都跟著牠飛了起來，在空中盤旋鳴叫。

傍晚，陳名回來了，他的臉色卻十分不好。

曾雙把陳名扶進來，王氏急道：「當家的怎麼了？」

陳名搖搖頭，逕直走進上房。陳阿福和王氏趕緊跟了進去，阿祿和大寶想跟進來，被陳阿福攔住了，讓他們繼續領著小客人們在院子裡玩，請曾嬸去給陳名和曾雙下麵。

陳名喝了一杯水，才說出原委。

原來，陳業和胡氏一看到酒樓的豪華和生意就後悔了。興隆大酒樓是一座三層青磚小樓，飛簷翹角，雕梁畫柱，彩燈高懸，晃得他們眼花。

他們原來想著，都說酒樓規模不大，可能比三青縣城的飯館好一些，哪想得到竟比縣城最好的酒樓還要豪華氣派；而且，生意出奇好，三層樓都坐滿了，這可以賺多少錢啊！

陳名搖頭道：「頭兩天生意這麼好，是因為有羅管事和曾雙的人脈，來了許多參將府的管事，以及跟參將府有關係的人，甚至還有軍爺，還有就是酒樓必須請的一些差爺，平時肯定不會有這麼多的人……」

但陳業和胡氏不這麼認為，只想著自己吃虧了。二房、三房各占了四成股，而大房只占一成，以後，二房和三房的銀子肯定越賺越多，大房只會越來越窮……

陳業的心思是早知道自己還是該多出些銀子，多占些股份，這酒樓一看就是賺大錢的，都是那個臭娘兒們鬧的，自己若當初再出一百多兩銀子，也不會只占一成股；而胡氏卻想著，二房、三房太摳了，要送股也應該送三成啊！每房各占三成不是正好？

當時陳實特地在酒樓開了個包廂，請陳家一大家子吃飯。

胡氏率先發難，哭著指責二房、三房自私不記情，只想著自己發財，卻讓扶養他們長大的大哥吃虧，良心都被狗吃了；還重罵了陳阿福，說都是她出的鬼主意，那個死妮子的心眼忒壞……

陳名自己挨罵無所謂，但罵陳阿福他就不樂意了。「是大嫂那天又哭又鬧不想出銀子的，怎麼能怪到我家阿福頭上呢？阿福是好心，讓你們大房不出銀子又能占股份，才出這個主意的。」

張氏也說道：「是啊！那天阿福出了這個主意，我記得大嫂可是高興得緊呢！」心裡卻道，何止是胡氏高興，大房一家子都高興。

陳業本來就有氣，聽見胡氏罵人罵得難聽，想開口喝斥她，但聽見陳名的話一下子把親疏拉開，他就更不高興了，沈臉說道：「老二，你說什麼，你再說一遍！什麼叫『我家阿福』，什麼叫『你們大房』？」

陳老太太也說道：「老二，你傻了吧！誰親誰疏你都不知道了？」

陳名本來就怕陳業，也的確是自己一著急說錯了話，趕緊說道：「是我說錯話了，大哥別生氣……」

胡氏見丈夫幫忙自己，更覺得腰桿硬了，撇嘴說道：「喲，還我家阿福，你也好意思說……現在村裡好些人都在私下說，阿福不是你的親閨女，是王氏帶來的，是知府大老爺的親閨女……」

這話把陳家三兄弟和陳老太太嚇得魂飛魄散，要是被人偷聽了去，自己一大家子都要倒大楣，趕緊喝止她莫要亂說。

陳業更是一巴掌搧了過去，由於用力過猛，把胡氏打趴在桌面上，她的身下壓了一堆碗碟盤。幸好天氣冷，胡氏穿得比較厚，除了手上燙了幾個水泡，並無大礙。胡氏頓時大聲號哭起來，廂房裡一片亂。

飯也不能繼續吃了，都回了家。

陳名由於生氣，半夜就不舒服了，陳實和陳阿玉又連夜去請大夫。

隔日一早，陳實家突然闖進來一群軍爺把胡氏抓了起來，說她涉嫌誣陷朝廷重臣，是重罪，但因為此案關係到知府大人，他為了避嫌，把案子移交給軍方。

那些軍爺不由分說，直接把胡氏綁起來往外拖，見她大哭大鬧，出門前還拿了塊抹布把她的嘴堵上。

陳家人嚇壞了，商量著趕緊去參將府求人，但陳名躺在床上起不來，只得由陳實帶著陳業去。

正說著，就見曾雙來了。因為陳實家地方小，曾雙一到晚上就回自己家歇息。曾雙在參將府的後街有一個小院，雖然現在在陳阿福家當差，但院子並沒被收回，而且他還有個兒子繼續在參將府裡做事。

兩兄弟看到曾雙來了，當遇見了救星，讓他帶他們去參將府求羅管事，再請羅管事去求楚大人。

曾雙搖頭說道：「我不去，我家大姑娘好心讓你們大房不出銀子又能掙錢，那胡氏不僅不感激，還罵我家大姑娘，連那些誅心的話都能說出來。那個酒樓，是我們大姑娘出的點子，也是她請楊老闆找了懂行的掌櫃和廚師，這麼多客人都是她讓羅管事和我幫忙拉來的，她還出了那麼多銀子。酒樓掙的錢，她拿不到一文，都是你們陳家得的，你們不僅不記她的好，還這麼說她。不妨告訴你們，羅管事也不會見你們，他說，他不願意跟不記情的人家打交道，還說他不要興隆酒樓的股份了，都給大房吧！他不缺這個錢。」

他的話音一落，陳實就流淚了。若是羅管事退出，曾雙因為阿福也不再管酒樓，那麼酒樓的客源會少一半不止，還有一層層衙役的剝削，無賴的攪局……

本來，憑著參將府的人脈，他們不像其他酒樓那樣需要用半年甚至幾年的時間賠錢養人脈，不需要想盡辦法去跟差爺打點關係，招攬客人，他們一開業就能賺錢，還沒人敢惹。

他這一個多月沒日沒夜地幹，原以為酒樓會掙大錢，而現在……

陳實哽咽道：「若這樣，我們還賺什麼錢？鬧吧！鬧吧！鬧得大家都賺不到錢就好了……」

陳阿玉和張氏也想明白其中的厲害，都跟著哭起來，阿滿和阿堂看見爹娘、哥哥哭了，也跟著哭。

陳業和陳老太太原先沒想明白，聽陳實邊哭邊念叨，知道酒樓被胡氏這樣一通鬧，生意鬧掉了一大半，陳老太太也哭了起來。

陳業趕緊說道：「我們都記著阿福的好，知道她是好孩子。求曾管事帶我們去見羅管事，我給他賠罪，是我沒管教好老婆，讓她胡說八道。以後，我定然會好好教訓那個臭娘兒們，不，她一回來我就把她趕回娘家。曾管事，求你了，帶我們去見羅管事吧！她若真的坐牢，不僅會害得我們老陳家沒臉，也會影響孩子們的前程，阿祿、大寶和大虎以後都要考秀才、考舉人的。」

曾雙哼了一聲，沒理他。陳業又跑去陳名住的臥房，給陳名說了不少好話。陳名捨不得大哥難過，也知道若胡氏坐牢，定會影響阿祿和大寶，扶著陳業出來，讓曾雙領著他們去求羅管事。

曾雙見鬧得差不多了，才領著陳業和陳實去羅管事在府城的家。

陳業和陳實點頭哈腰地說了半天好話，陳業主要是請他幫胡氏，陳實主要請他別退股。

羅管事沈著臉訓了兩兄弟半天，才說去求求主子，看主子願不願意幫忙。

回來後，讓兩兄弟回家等著，說參將大人答應幫忙了，自己則看在陳師傅和陳名的面子上，也不退股了，兩兄弟才感激涕零地回家。

胡氏是在第二天下晌被放回來的。她似乎已經嚇傻了，回來半個時辰後才哭出聲來，而且，一身的臭味，屎尿竟然都拉在身上。

原來，她先被帶去一處類似行刑的地方，參觀犯人被大刑「伺候」的慘狀，當時她就嚇癱了；然後又被拖去一間沒有窗戶的黑屋子，沒被提審、沒人管她，關了一天一夜，就被送回來了。

胡氏哭出來後，第一句話就是——「軍爺，饒了我吧！我再也不敢亂說話了。」

她生病了，發著高燒，說著滿嘴的胡話，都是些「我再不敢說了，饒了我」之類的話。

本來陳業攢足了力氣要好好教訓她一頓，但見她這樣不可能下手，只得請大夫來給她治病。

但三房明顯恨上胡氏了，陳業也不願意繼續待在府城，陳名又急著回來，於是才第二天便把還病著的胡氏抬上馬車趕了回來。

有些話陳名沒好意思說出口，但曾雙幫他都補全了。

陳阿福一陣無語。自己是感激陳業和陳阿貴在自家被外人欺負時挺身而出，才出那個主意，本意是想讓他們不出銀子也能跟著掙點錢，卻沒承想，好心被當成驢肝肺，人家還嫌少了。

更可惡的是，胡氏竟敢那麼說！

陳名說，他後來也跟陳業和陳老太太談了，若大哥和胡氏不高興，二房退股，讓大房和三房合開酒樓。

陳業不傻，知道若是陳名退股，羅管事肯定也會退，他連「小錢」都賺不到。於是，又替胡氏道了歉……

他們走後，陳阿福就笑著問曾雙。「曾叔，胡氏被抓是不是楚大人派去的人？」

曾雙笑道：「的確是，那天晚上吃飯的時候，奴才也在場。回去奴才就找了羅管事，把這話跟他說了，羅管事非常生氣，又去向楚大人稟報……」

陳阿福暗道：那楚令宣夠過分，他知道這些事，回來也不跟自己說清楚。不過，胡氏被這麼整了一頓，以後應該會老實些吧？

轉眼來到大寶被撿來陳家的五周年，算是大寶的「生辰」。陳阿福讓人去把村裡的小石頭幾個孩子請來，還把大虎和大丫叫來了，再加上家裡的幾個孩子，算算也有十幾個。

聽去接大虎兄妹的山子說，他去的時候大房正鬧騰得厲害，陳阿貴吼著胡氏，胡老五吼人的聲音更大。

陳阿福八卦道：「胡老五在大房鬧騰啥？」

山子說道：「好像陳大叔也生病了，老太太想攆胡氏回娘家將養身子，家裡照顧不了兩個病人。胡老五不許胡氏回娘家，說她想找死，怎麼不去投河，怎麼不去上吊，卻要放那不要臉的臭屁拖累別人。他以後就當沒有這個比驢還蠢的姊姊，也不許她再回娘家。她沒地方待就去跳河，反正大河沒蓋蓋子……罵了好多，奴才都不記得了，罵得胡氏嚎啕大哭。還說了陳大叔，說如今大姑娘的情況，傻子都看得出來以後會越過越好，陳二叔也會跟著好起來，這麼好的親戚，不知道好好巴結，還有膽子說那些話；讓他們用豬腦子想想，若知府大人真知道胡氏說了那樣的話，怎麼會把醜事傳給軍方，直接弄死或是毒啞他們都有可能。胡氏這蠢婦被抓，定是手中有大權，又幫著大姑娘的人做的；若是陳大叔再縱著胡氏這蠢娘兒們幹傻事連累別人，他也不會手軟……還、還說……」他囁嚅著不敢說了。

「他還說了什麼，說吧！」陳阿福催促道。

山子的聲音更小了，說道：「胡老五還說，大夥心裡都明白大姑娘的想法，陳大叔心裡更有數，大姑娘幫陳家是記情，不幫是本分，真把大姑娘惹生氣，讓人收拾陳家，可別怪他胡老五也要踩上一腳……奴才就只聽了這麼多。」

陳阿福點點頭，讓他下去了。

胡老五雖然混帳，卻看得清形勢；陳業看似義氣，卻小家子氣十足，有時候還分不出好壞。

把煩躁的情緒壓下後，陳阿福去廚房忙碌。

金燕子知道今日大寶過生辰，早上專門給大寶啣了一丁點的綠燕窩出來。陳阿福高興得直誇牠大方，把綠燕窩泡在水裡讓大寶喝了，大寶香得直瞇眼睛。

金燕子聽陳阿福會做傳說中的生日蛋糕，一直老實地待在家裡同七七和灰灰一起玩，而那些耐不住寂寞的鳥兒，早就不知道飛到哪裡去了。

晌午，孩子們的主餐是大排麵，剛開始看到只有麵條時，孩子們失望得不行。

楊超問道：「姨姨，妳忙活了那麼久，只做了一碗麵？」

「當然不是。」陳阿福笑道：「今天必須要吃麵，祝願我們的小壽星大寶身體健康，長命百歲。先吃麵，再吃點心。」

孩子們一聽，都乖乖地吃麵。

麵條吃完後，陳阿福端出一個小圓盆子的漂亮東西。

楊茜好奇地問道：「姨姨，妳怎麼把白瓷盆子扣著端過來呀？盆子裡裝了啥？好奇怪，盆子底還開了這麼些漂亮的花，呀，還插了五根小蠟燭。」

楚小姑娘雖然反應慢一些，但鼻子卻很靈，忙說道：「我知道、我知道，瓷盆子裡肯定裝了蛋糕、雞蛋、桂花露、玫瑰露，還有蘋果。」

陳阿福笑著把蛋糕放在桌上。「這不是白瓷盆子，是生辰蛋糕。來，我們共同祝大寶生辰快樂，永遠快樂！」

看大寶眼圈紅紅的樣子，陳阿福低頭用臉碰了碰他的頭頂，輕聲說道：「好兒子，默默在心裡許一個願，不要說出來，再一口氣把蠟燭吹滅，你的願望就能實現了。」

大寶抬頭看著她問道：「只能許一個願嗎？兒子的願望有好多個呢！」

陳阿福看著他如夏夜星辰一樣明亮的眼睛，捏捏他的小臉笑道：「今天只許一個，剩下的留著以後許，今後你的每個生辰，娘親都會為你做蛋糕。」

大寶點點頭，得意地瞥了其他人一眼，幸福得心裡直冒小泡泡。

他默默地在心裡許了一個最想最想實現的願望，就是永永遠遠跟娘親在一起，永永遠遠不分開。許完願後，他一口氣把蠟燭都吹滅了。

陳阿福帶頭鼓掌，又把蠟燭拿起來，分切蛋糕，讓夏月和秋月分給孩子們和已經急得跳腳的金燕子、七七和灰灰。

蛋糕很香，孩子們一個個吃得像小花貓，吃完還想要，陳阿福攤開雙手表示沒有了。

隔天早飯後，大寶讓阿祿牽著上學去了。望著霞光中的背影，陳阿福感嘆時光過得飛快，自己兒子也上學了！

一晃眼大半個月過去，陳阿福和曾老頭一起培育的西瓜種長出苗，又讓長工把苗種去園子北面的五畝地，以及祿園、福園之間的那半分地；而旺山村那八十畝地的西瓜苗，陳阿福只提供泡好的種子，讓那裡的佃戶育苗。

陳阿福和陳名雇了兩個長工，專門侍弄西瓜地以及陳名家那三畝小麥地。因為胡氏的事，讓陳業嚇壞了，身子骨兒一直不好，陳名便不好意思冉讓大房種家裡那三畝地。只不過現在快收割了，雖然自己的地已讓長工侍弄，但還是答應收了麥子，依然給大房那麼多糧食。

春風和煦，彩霞滿天，大朵大朵的火燒雲絢爛無比。

陳阿福坐在盆栽花前小心翼翼地剪著插花。如今家裡種了十幾盆玫瑰花，因為澆了「燕糞」，長勢極好，朵大豔麗，芳香濃郁。

楚含嫣坐在一旁看著，翹著蘭花指想拿又怕扎到手，很是有些糾結。

大寶則在院子裡逗著追風、七七、灰灰和錦兒玩。錦兒就是雲錦雀，因為有金燕子在，便經常把牠放出來，晚上再關進籠子裡。

楚令宣打開院門，看到的就是這樣一副既美麗溫暖又生機勃勃的景象。

楚含嫣看到爹爹回來了，高興地站起身向他撲去，嘴裡喊著。「爹爹，爹爹，你好久沒回家，姊兒想你都想哭了。」

她穿著一身春芳色的小襦裙，像隻翠鳥，輕盈而歡快，撲進了楚令宣的懷裡。

楚令宣高興得笑聲都大了幾分，把她抱起來說道：「閨女莫哭，爹爹一辦完事，就急著來看妳了。」

楚含嫣抱著他的脖子親兩下，楚令宣已經習慣閨女的親暱，也笑著回親她兩下。

大寶見了，過來給他施禮道：「楚大叔好。」

楚令宣一隻手抱著楚含嫣，一隻手向他伸去。大寶趕緊把小手遞過去，溫暖厚實的大手包裹著他的小手，給他很不一樣的感受。

七七和灰灰也向楚令宣問好，只不過一個叫「爹爹」，一個叫「大叔」，把他逗得又是一陣開懷。

陳阿福站起身屈膝笑道：「楚大人回來了。」

楚令宣走到她面前站定。他穿著月白色長衫，烏黑的頭髮濕漉漉地披在肩上，剛洗完髮的皂角香特別濃郁，再加上唇角的笑意，籠罩在霞光中，顯得柔和而溫暖。

「我外出一趟，辛苦阿福姑娘了。」楚令宣頓了頓，又說道：「嗯，我還沒吃飯，餓了。」

「啊……哦，楚大人想吃什麼？我這就去做。」

楚令宣還沒說話，大寶就搶先說道：「今天晚上我們吃雞汁餛飩，好吃得緊。」

這話得到楚小姑娘的力挺，她也點頭說：「爹爹，姨姨包的餛飩好香。」

楚令宣笑道：「好，那就吃餛飩吧！」

陳阿福叫曾嬸一起去廚房忙碌。好在還剩下一小條肉，這是留著明天包包子的。這個世界沒有冰箱，除了醃肉，一般不會買多餘的肉囤在家裡。

不一會兒工夫，一大碗雞汁餛飩便做好了，再撒上蔥花，香味傳了老遠。

楚令宣已經在桌前坐定，兩個孩子也陪他坐著。

陳阿福走到楚令宣的身邊，把托盤中的餛飩端到他面前，笑道：「楚大人請。」

即使餛飩香味濃郁，楚令宣還是能分辨出陳阿福身上那股若有還無的特殊香氣，這是他多次接觸陳阿福後感覺到的。香氣雖淡得幾不可聞，卻美好而清幽，比世上最芬芳的花朵或是香露都好聞。

他已經有二十幾天沒有聞到這股香氣，想得厲害。他剛剛深吸了一口氣，她把碗放下就離開了，那股幽香也隨之消散。

那抹淡紫色的倩影已卸下厚重的棉袍，顯得更加窈窕輕靈。她去了院子裡，繼續坐在那裡修剪玫瑰花枝。此時的晚霞更加濃烈，在她妍麗素淨的臉上染了一層胭脂，讓她美得像月宮中的仙子。

楚令宣看呆了，坐在一旁的大寶提醒道：「楚大叔，你不是餓了嗎，怎麼還不吃餛飩呢？」

經大寶一提醒，楚令宣才收回目光，壓下心底那絲遺憾，拿著筷子吃起來。她的手藝真好，餛飩也能做得如此美味，他吃得連蔥花都沒剩下。

吃完飯，楚令宣來到她旁邊，在另一張小凳子上坐下。「前兩天，我接到我三叔和邊關兄弟的來信，他們查遍了，都沒查到有李狗剩這個人。」

對於王成小舅舅，陳阿福儘管心中已經做好了各種準備，可乍聽到這個消息，還是難過不已，輕聲說道：「那我小舅舅豈不是……」

楚令宣安慰道：「阿福姑娘莫難過，現在來說，沒有消息或許就是好消息，因為他們還查遍了陣亡名冊，都沒有這個人，說明他至少沒有戰死。他們會繼續查找，看有沒有什麼環節遺漏了。」

陳阿福的心情又放鬆下來，笑道：「謝謝楚大人。」

「只嘴上謝？」楚令宣口氣有些打趣。

「啊……楚大人想要怎麼謝？」陳阿福有些納悶，他閨女天天賴在自己家吃住，他也經常跑來蹭吃蹭喝，難道自己謝得還不夠？

楚令宣抿了抿嘴唇。「要換季了，阿福姑娘給我做件夏裳吧！」說完，有些臉紅。

陳阿福一愣，沒想到他會提這個要求，這好像於理不符吧？

楚令宣探究地看了她一眼，問道：「怎麼，不行？」

「哦，沒有。」陳阿福趕緊說道：「我是怕我的手藝粗糙，楚大人嫌棄。」

楚令宣一聽這話，當她同意了，一下子笑起來。「阿福姑娘過謙了，我看妳給嫣兒做的衣裳，就沒有比妳更手巧的人了。我娘也是這麼誇妳的，她極是喜歡妳……妳的手藝，妳知道我娘的身形，就再給她做身素衣吧！」頓了頓，又道：「過些日子，我三嬸會去庵裡看我娘，她也會來看看妳，我三嬸人很好，見了她，妳別緊張。」

然後，楚令宣起身對大寶說：「聽說你上學了，楚大叔要考校考校，看你有沒有進步。」

一大兩小一起去了東廂大寶的書房。

讓她別緊張？

陳阿福有些微愣，捧著花盆去了上房西屋，把花盆放在高几上。她坐在窗下的錦凳上，沒點燈，推開窗槅向外望著。

天色更暗了，西邊那片紅雲已經全部沒入山後。她看到東廂那扇亮著橘色燈光的窗戶，窗前有一大一小兩個身影。一開始是小人兒在寫字，再來是大人和小人兒的身影重疊在一起，應該是楚令宣在手把手地教大寶寫字。

陳阿福兩世為人，她當然明白楚令宣的意思，他為她做了那麼多事，還有他眼裡的熾熱，絕對不只是上級對下級搞的小曖昧。

當真是古代大男子主義，又似乎不太懂得女人的心思，示愛卻是讓她給他和他娘做東西，好像能給他們做東西，是多光榮的事情一樣。又說他三嬸會來看她，難道他三嬸是以長輩的身分來相看她的？

可是，她一個農戶的女兒，再加上知府私生女的身分，哪裡敢高攀他！

前世的劉旭東遠遠不及楚令宣的身家高貴，他的愛比楚令宣淡淡的表示更濃烈，可她最終還是被無情地拋棄了……

她怕，怕他迫於外力改變主意，或者也像劉旭東一樣，所有的愛都是表象……

她幾乎對所有事物都充滿了自信，唯獨對愛，她參不透澈，看不明白。

不知過了多久，天上已經灑滿了明亮的星星，宛若璀璨的天河靜靜躺在湛藍色的天幕上。

門當戶對，就如王母娘娘用玉簪劃出的天河，把高高在上的白馬王子和灰姑娘徹底隔開。

突然，她想到這個時代還有另一種身分——做不了妻，可以做妾啊！

他不會讓自己當他的妾吧？想到這裡，她感到一陣毛骨悚然。

靠，若是那樣，她再不會見他，連楚小姑娘也不見，反正小姑娘的病已經好了。

可是，若她拒絕了，她或許就會失去這個強大的靠山。

想到那個惡毒的陳老夫人，以及急於認親的陳世英，還有她付出再多也不會把她當成親人看待的陳業母子，還有一切的未知，她實在不願意失去這個倚仗。

最好的辦法就是，不讓他開那個口，他們的關係再恢復到以前那種單純上下級的關係，只是這種可能性微乎其微。

正想著，那扇窗戶上的人影不見了，一大兩小走出了東廂。

大寶大著聲音興奮地說：「娘親，楚大叔說我的學業精進呢！」沒聽到陳阿福的聲音，又喊道：「娘，娘，妳在哪裡？楚大叔和嫣兒妹妹要走了，咱們該送他們出門了。」

陳阿福氣得無法，只得走出上房。

他們父女走在前面，大寶牽著陳阿福跟在後面走出院門。

當楚令宣走到那棵柳樹下停下，回過頭，看到福園大門口竟然空空如也，不見那兩個讓他駐足回望的身影。

一直把頭埋在楚令宣肩膀上的楚含嫣抬起頭來，一下子哭了起來。她每次回家都會閉著眼睛埋著頭，像躲貓貓一樣，等到爹爹停下來的時候，她再睜開眼睛，就是希望看到那兩個讓她歡喜的身影。此舉，當她被宋嬤嬤牽著回家時亦然。

可是今天，卻什麼也沒看到。

楚含嫣哽咽道：「姨姨，大寶，他們怎麼不看著我們了呢？」

楚令宣心裡又羞又惱。他沒提要求的時候，她一切如常，可他今天暗示的意思明顯，她就如此作為，一定是她不願意了。想到自己長這麼大，第一次對一個女人動心，千般討好，覺得十拿九穩，還跟長輩通了氣，卻被她拒絕了。

他「哼」了一聲，轉過頭向棠園走去。

走在他們前面的魏氏和宋嬤嬤，見主子沒有像原來那樣在樹下站一陣子，而是大踏步地往回走，小主子大哭著，他也沒像平時好脾氣地哄，都不知道怎麼了。她們回頭向福園望去，看到空空的門口，便猜到了幾分。

被陳阿福強拖回去的大寶也抹起了眼淚，哭著說：「嫣兒妹妹最喜歡看我向她揮手，可是今天沒看到，她定會哭的。」

陳阿福說道：「好，好，下次讓人陪著你跟嫣兒揮手。兒子快去寫功課，不完成課業，先生會失望的。」

大寶最怕先生失望了，聽了這話，便抹著眼淚去書房。

陳阿福還沒走進上房，就聽到了敲門聲，門外傳來魏氏的聲音。

陳阿福把她請去上房，倒了茶，聽魏氏悄聲道：「阿福，妳今天是怎麼回事？我家大爺生氣了，姊兒也哭了。妳是個聰明姑娘……難道，沒看出來大爺的意思？聽話，明天做頓好席，親自去棠園請大爺和姊兒來吃飯。」

魏氏覺得一定是陳阿福沒看出自家大爺的意思，無意中怠慢了大爺，想著好心來提個醒。

陳阿福正色道：「羅大嫂，這話可不能亂說，我今天就當沒聽到；再說，我不覺得哪裡得罪妳家大爺了，他生氣，或許是因為別的原因。」

陳阿福如此表態，魏氏也不好再說了，只得訕笑道：「喲，是我想錯了，阿福就當我沒說過這個話。」說完便趕緊走了。

魏氏回到自己家，見公爹服侍主子還沒回來，就把這事跟男人羅源說了，末了，還問了一句。「……你說，大爺還會再理阿福嗎？姊兒以後會不會再去福園？」

羅源聽了吃驚不已，他覺得自家大爺能看上陳阿福，那是她上輩子修來的福分，她怎麼會如此不惜福。「等我爹回來，看他怎麼說。」

羅管事半夜才回來，聽了魏氏的話，沈臉嗔怪她道：「陳姑娘活成了精，大爺的意思連妳都看出來了，她能看不出來？以後莫再這樣自作聰明。」又壓低聲音說：「大爺是真把陳姑娘放在心裡了，姊兒回家後哭鬧不休，大爺勸著她說，定是陳姑娘被事情絆住了，所以才沒有等在那裡。姊兒睡了後，大爺就一直在書房寫字，我回來的時候，他還在寫。」

羅家人都知道，大爺只要遇到特別不開心的事情，又排解不了，就會不停地寫字；而且是照著名家臨摹，一筆一劃，寫得非常慢，一直寫到心情平復為止。

羅源說道：「阿福只是個農家女，就算陳大人認她回去，也只是一個私生女，別說知府的私生女，就算是嫡女，也配不上咱們大爺。大爺能看上她，是她幾輩子修來的福分，她卻不惜福。」

魏氏說道：「阿福雖然出身農家，卻很固執，聽她的意思，只要找不到合心的，寧願一輩子守在家裡不嫁人。」

「阿福也太托大了，大爺那麼優秀，都不合她的心，難不成她要找皇子、王爺？」羅源不屑地說道。

魏氏說道：「我說的合心，不是指阿福要高攀，恰恰是後生的條件不要太好……」

羅管事皺眉說道：「以後別阿福、阿福地叫，要叫她陳姑娘。我倒覺得，陳姑娘不是拿大，她定是覺得咱家大爺太優秀，而她的身分太低，不敢高攀；或許，她認為她和大爺的門戶差距太大，大爺會有納她為妾的想法。她真是聰明反被聰明誤，大爺想納妾怎會等到現在？大爺什麼性子你們知道，斷不是知難而退的人，這麼多年，他好不容易看上個姑娘，不會這麼輕易放棄。以後，你們要對陳姑娘更加禮遇。」

第二十七章

這天，由於大寶不用上學，起得比較晚，陳阿福等到他辰時末起床，兩人才一起吃飯。飯後，陳阿福要去祿園，大寶很固執地不去，說昨天嫣兒妹妹肯定生氣了，他要去哄哄她。

陳阿福同意了，想著楚令宣應該是有風度的男人，不會把對大人的不高興加在孩子身上，以後大人保持距離，但孩子們最好還是像以前一樣。

不過，她在楚令宣的眼裡如螻蟻一般，主動權能掌握在自己手裡嗎？

陳阿福一個人打著油紙傘去祿園。

陳名和曾老頭昨天一起去中寧縣老槐村看收成，會在佃戶家住幾天。那裡的兩百畝油菜籽快收割了，他們要去看著。基於陳名想多學一些東西，曾老頭便陪他去了。

王氏坐在炕上，給陳名做著中衣，見女兒來了，高興地把她拉到炕上跟自己同坐。

陳阿福跟王氏講了王成的事情，陣亡名冊裡沒有王成，也只能當好消息聽。

王氏擦乾眼淚說道：「但願妳小舅舅還活著，哪怕咱找不到他，只要知道他活著就好。」

看到王氏略顯蒼老的面容，陳阿福一陣自責。她本來就想給王氏調製些含燕沉香的護膚品，可忙這忙那，把這事都忘了。到時候跟金燕子商量商量，看燕沉香上的什麼東西適合美容。

母女兩人閒話了一陣子。陳業和胡氏的身體到現在都沒好索利，陳業能走能動，就是幹不了重活，覺得氣短；而胡氏整夜睡不著覺，總覺得有人要拿燒紅的烙鐵烙她，白天有大半天躺在床上，幹不了一點家務活。她這樣，倒是把陳阿菊逼出來了，家裡都是她幫忙高氏服侍一大家子。陳家有二十幾畝地，陳阿貴一個人忙不過來，又請了一個長工幫忙，等到油菜籽賣了錢，陳名就會給大房買一頭健壯的小公牛。

稍晚，王氏留陳阿福在祿園吃飯，說讓人去叫大寶。由於陳阿福沒有心思，還是回了福園。

此時雨已經停了，家裡靜悄悄的，鳥籠裡都空了。秋月說，金燕子領著鳥兒們出去玩了，連追風都跟去了。

陳阿福去庫房找了一疋青金色花卉暗紋錦緞出來，坐在西屋給楚令宣裁衣裳。古代人的衣裳不像現代人的衣裳必須合身，只需要知道大概身高和胖瘦便能做，特別是男人，玉帶一繫上，胖瘦都沒有大礙。不過，家裡沒有適合給出家人做素衣的料子，她打算明天讓曾嬸去縣城買。

陳阿福由於心事太多，患得患失，針不時地扎在手上，「哎喲」一聲頻傳，讓一旁的夏月和秋月的心都緊張起來。

「大姑娘若心靜不下來，等等再做吧！聽您呼痛聲音，奴婢的心都在痛。」

這時，山子來稟報。「大姑娘，來客人了。」

「誰？」陳阿福頭都沒抬，這時候來家，八成是村裡的人。

「是陳大人。」山子悄聲說：「他在院子裡。」

陳阿福一驚，抬起頭望向窗外，只見穿著一身冰藍色竹紋錦緞長袍的陳世英站在院子中央，呆呆地望著祿園的方向。

他長身玉立，風姿絕世，微風捲起他的衣襬，撩起他耳邊垂下的一綹長髮，真如一個氣質絕佳的謫仙，站在那裡深情凝視。

他怎麼又來了？

陳阿福不願意王氏再次受干擾，便起身吩咐秋月道：「跟家裡人說清楚，陳大人來家的事情不要說出去，再去把他坐的馬車叫進院子。」

吩咐完後，陳阿福出去迎接。「陳大人，咱不是都說好了嗎？請你無事不要來打擾我們平靜的日子。」

陳世英看了看陳阿福，覺得幾個月沒見，閨女似乎又長高了些，妍麗的小臉更加明媚了。雖然她只穿著一件半舊的水紅細布褙子，小臉沒搽胭脂，卻如出水芙蓉般清麗，有種別樣的風韻。

這個不在自己身邊長大的閨女，卻是最像自己的。

陳世英的眼裡有了幾分疼惜，臉上堆滿笑容。「福兒，爹想妳了，來看看妳。」聲音溫潤，如潺潺溪流，極具識別性。

這裡跟祿園離得近，在院子裡只要說話聲音稍微大些，祿園都能聽到。

陳阿福只得說道：「陳大人請進，有話屋裡說。」

陳世英先進了上房，陳阿福跟著進去，陳世英的一個下人，捧了兩個大錦盒進來放在几上後，又退了出去。

陳世英坐上羅漢床，陳阿福親手給他泡茶，又是拿糖、又是拿乾果。

她不想坐下，因為她實在不知道該跟這個「親爹」說什麼，她不是原主，對這位爹如此溫柔的父愛有些接受不了。

陳世英看著走來走去的陳阿福，指著羅漢床的另一側說道：「福兒不要忙碌，坐下跟爹說說話。」

陳阿福無奈，只得坐在他側面的椅子上，中間還隔了兩把椅子。

陳世英對陳阿福說道：「福兒，下個月底，妳該滿十六歲了。唉，爹失察，讓妳們母女受苦了……」

陳阿福抬頭說道：「陳大人，你這個意思上次就表達清楚了，我知道了，還接受你給我們母女的『補償』，所以，沒有必要再說了。」

陳世英完全不像封建社會的大家長，哪怕自身有錯，也要端著長輩的架子，至少他表面溫潤儒雅，和藹可親，並沒有被陳阿福的無禮激怒。他無奈地笑笑，輕聲說道：「福兒對爹爹有怨氣，爹理解，也都受著。爹知道福兒能幹，不需要任何幫助，妳們母女的日子也會好過起來；只可惜我沒在妳們最艱難的時候找到妳們，讓妳們少受些苦，那樣我的心裡也會好過些。」他又望向祿園的方向，神情落寞下來。「妳娘，她身子還好嗎？唉，以後咱們父女還有許多機會相處，可跟妳娘……」

他嘆了幾聲，見陳阿福低頭沒說話。「妳娘是個好女人，是我虧欠了她，是我不好。罷了，有些事，唉，不說了……」他擺了擺手，又說道：「福兒，妳對爹爹可以有怨氣，但不能把怨氣帶到自己的事情裡。妳是個聰明的孩子，應該想想怎麼做對自己最有利……」

到底怎樣有利，他沒有繼續往下說，而是端起茶碗喝了幾口茶，說道：「為了早些趕來這裡吃晌飯，城門一開，爹就出城了。」

陳阿福看看他，雖然不太願意跟他有太多的接觸，也不願意喊他爹，但來者是客，何況他是真心後悔，無法連頓飯都不給他吃，只得說道：「陳大人稍坐，我去廚房給你炒幾道小菜。」

陳世英很滿意閨女的「熱情」，臉上有了幾絲笑意。「那些事讓下人去做，咱們父女說說話……」

這時，大寶興奮的大嗓門傳了進來。「娘，娘，楚大叔今天舉了兒子高高，教了兒子蹲馬步、打拳，還送了兒子一樣小兵器。」

陳阿福聞言鬆了一口氣，楚令宣果然是個君子，對她的惱怒並沒有發洩在孩子身上。

又聽大寶繼續說道：「嫣兒妹妹想吃娘做的雞絲涼麵，羅爺爺請妳去棠園做！」

隨著歡快的腳步聲，大寶掀開簾子走了進來，手裡還舉著一把帶套的小匕首。小匕首非常漂亮，外套是棕黃色牛皮做的，還打了兩排銅釘，手把是個彎彎的狼頭，也打著銅釘。

大寶看到陳世英一愣，把手放下來問道：「娘，這位大叔是誰啊？」

在大寶看來，這個男人雖然留了一小撇短鬍子，但看著比大堂伯和羅大伯還面嫩，又特別面熟，便叫了大叔。

陳世英知道陳阿福有一個義子，也知道當初王氏給閨女撿這個孩子的良苦用心，卻沒想到這個孩子長得如此好，濃眉鳳目，齒白唇紅，小小年紀就風姿俱佳，心裡更是喜歡；但聽見大寶說的話又極不舒坦，自己再不濟也是四品官，自己的閨女是千金小姐，怎麼能被棠園當下人一樣使喚。

陳世英強壓下心頭那絲不快，笑道：「你是大寶吧？叫錯輩分了，你該叫我姥爺。」

大寶知道了，原來他就是姥姥的小女婿啊！怪不得長得面熟，也怪不得別人都叫他「小女婿」，這麼年輕就能當姥爺，果真小。

大寶轉頭看了看娘親，不知道自己該不該叫他「姥爺」。

陳阿福說道：「你就叫陳爺爺吧！」不管什麼關係，這個叫法總沒錯。

大寶聰明地想，若叫他「姥爺」，自己就要給他磕頭，叫他陳爺爺，就不用磕頭了。轉身把匕首交給陳阿福，對陳世英長躬及地，說道：「大寶見過陳爺爺。」

女兒不叫他爹，也不讓外孫叫他姥爺，陳世英頗有些失望，但想到來日方長，還是點頭笑道：「好孩子，以後要好好發憤讀書，孝順你娘、孝順你姥姥。學業上若有不懂的，姥爺給你解惑。」說著，從懷裡掏出一個羊脂玉掛件，這是他專門準備的。

大寶見娘親點頭，恭敬地接過他遞來的玉掛件。「謝謝陳爺爺。」之後，轉身對陳阿福說道：「娘，咱們家有客人，妳就不能去棠園做涼麵了，我過去跟他們說。」

陳阿福把他拉住，指著小匕首說道：「楚大人怎麼回事，這東西怎麼能給小孩子玩？」

「娘放心，楚大叔說了，這匕首還沒開封，不會傷著我。」大寶把玉掛件塞進陳阿福的手裡。「這兩樣好東西娘先替兒子收著。」說完，又給陳世英躬了躬身，才走出去。

陳世英看大寶出去了，正色說道：「福兒，妳是爹的親閨女，本應錦衣玉食，是爹不察，之前讓妳為了生計出來討生活。以後，爹每月讓人給妳和妳娘送銀子，不要再給楚家姑娘當師傅了，連飯都讓妳做，這哪是師傅，而是下人。」

陳阿福說道：「陳大人想多了，我不是下人，只是楚姑娘喜歡吃我親手做的飯，偶爾才做給她吃。給楚小姑娘當師傅，是因為我喜歡她，現在即使不需要那幾兩月銀，我還是願意教她，所以不需要你給銀子，我娘更不會要。況且，我需要棠園這個強大的依靠，否則早被人賣了。」

陳世英臉上發燙，他知道陳阿福指的是自己老娘幹的惡事。想著事情要一件一件解決，便沒再糾結這件事。「今天爹爹來，是有一件重要的事情跟妳商量，若是妳娘能來聽聽，和妳商量，更好。」

陳阿福不解地說道：「什麼重要的事？不用我娘來，只要是我的事，我都能作主。」

陳世英看看陳阿福，長得嬌滴滴的，說話也輕聲細語，偏偏極有氣勢。外柔內剛，這個閨女不只長得像他，行事作風更像他，只不過有些遺憾沒有叫王氏過來，今天肯定是見不到她了。

他又上下打量一番陳阿福，一副吾家有女初長成的模樣。「福兒馬上要滿十六歲了，許多和妳一樣年紀的姑娘都出嫁了，即使沒出嫁，也都訂親了……」

陳阿福一聽這話馬上戒備起來，趕緊說道：「幹麼說起我的親事，我的親事你不能干涉。」

陳世英看陳阿福如臨大敵的樣子，極其無奈。「爹是真心為妳打算，姑娘家的韶華只有那麼幾年，若錯過了，就不好找了。爹幫妳看了兩個不錯的好後生，妳聽聽，若不中意，爹再繼續幫妳相看。」

陳阿福肯定不會想要陳世英為她選的夫婿，但也好奇他選了什麼樣的兩個人，便沒出聲。

陳世英繼續說道：「這兩個後生品行都不錯，是爹爹千挑萬選出來的。一個後生姓周，是爹一個幕僚的兒子，今年十六歲，已中了秀才，明年會去考舉人，爹最中意的，就是他。

另一個後生姓李，是定州府同知李大人的孫子。福兒若是想將來過得舒坦，周家後生要好些；若福兒想找個家世好、面上好看的，就找李家後生……」

聽了這兩個人的條件，陳阿福覺得陳世英還算可靠，不僅沒想用她去聯姻，找的人家世都比較低，也算真心為她謀劃；不過，再好的人她也不會同意。

陳阿福搖頭道：「我還有兒子，不嫁人，要招婿。」

陳世英勸道：「只要人好，何苦非得執拗於招婿呢？至於大寶，妳放心，爹給妳陪些嫁妝，把大寶會用到的錢都附上，再讓後生認大寶為義子。有爹給妳當後盾，那兩家都不敢給大寶氣受。」

陳阿福還是搖頭不同意。「陳大人無須為我考慮，你府裡的那位大姑娘，比我小不了多少，還是多多為她考慮吧！」

陳世英老臉一紅，他娘把府裡大姑娘的臉面，以及陳家的整個臉面都丟到外面去了。

「妳妹妹比妳小得多，爹把妳的事解決了，再想她們的不遲。」

陳阿福還是搖頭道：「謝謝陳大人的關心，他們兩個我都不會考慮。」

陳世英看陳阿福抿著嘴一臉的執拗，說道：「福兒太任性了……」

正說著，就有下人來報，說楚大人的長隨楚懷求見陳大人。

楚懷進來，給陳阿福抱了抱拳，躬身對陳世英說道：「我家大爺聽說陳大人來了，請大人移步去棠園喝酒敘話。」

陳世英不想見楚令宣，一見他就會想起自己老娘幹的蠢事，而且自己今天是來跟閨女緩和關係的，這才說了一會兒話，還沒相處夠呢！

不過，陳世英心裡腹誹著，面上卻沒有任何不悅，笑道：「本官剛才得知楚大人在棠園，還想著下晌去拜訪他，既然楚大人相邀，我再跟福兒說兩句話，就去棠園。」

楚懷抱了抱拳，去屋外等候。

陳世英指了指那兩個錦盒對陳阿福說：「那個紫色盒子，是送妳娘的頭面……」

陳阿福趕緊拒絕道：「陳大人，你的『心意』我先前已經代我娘收下了，以後你千萬別再送她東西。上次我代我娘收了你的銀子，我娘一直埋怨我，若我再收這頭面，她肯定不會再理我了。」

陳世英愣了愣神，失望道：「唉，妳娘總歸是怨著我的，罷了，以後再說吧！妳娘不要，福兒就留著。還有那個朱色盒子，是爹送給妳的頭面。」

陳阿福又拒絕道：「陳大人也不要再送我東西，你的『心意』我先前也已經收下了。」

陳世英皺了皺眉。「福兒，妳是我的親閨女，哪怕妳賭氣不喊我爹，血脈之親也改變不了。人都說長者賜，不能辭，爹送妳東西，妳是不能推辭的。」

不等陳阿福再說話，他便抬腳走了出去。

陳世英出了福園大門，往祿園大門望了望，才轉身向棠園走去。他的腳步如千斤重，他一點都不想見楚令宣，心裡不由得埋怨起楚令宣太不懂人情世故。

二月初時，他娘說，作夢夢到了他爹，想去京城報國寺給他爹點長明燈，這個理由陳世英不可能不允。本想讓江氏陪她去，但正好兒子生病，江氏離不開；當然也沒如老太太的意，讓唐氏和陳雨暉陪她去，只派了綠姨娘和許多下人、護院陪著。

誰知就那麼巧，陳老夫人去報國寺的時候，正好永安侯府的楚二夫人李氏也在那裡，說是為去世的老夫人上香茹素三天，住的院子就在陳老太太隔壁。

陳老夫人最會的就是鑽營，一聽是永安侯府，那不是楚令宣大人的本家嗎？楚大人年輕有為，長相俊朗，又出身世家，定州府的人沒有不知道他的。

在老太太看來，永安侯府是世家，是勛貴，是大族，還娶了公主，若能跟他們把關係做好，對兒子的仕途大有益處；況且，她一直在謀劃著一件事，這真是瞌睡來了送枕頭，於是，一下子貼了上去。

陳老夫人有一個本事，就是遇到她想巴結的人，態度特別謙遜，漂亮話隨口就來。她不知道的是，李氏雖然是永安侯府的二夫人，卻出身低、眼界小，只是一個六品官的女兒，男人又殘廢在家，京城的貴族圈子沒有誰愛搭理她。原本李氏管著楚府中饋，重大場合她都會出面，人家不得不敷衍她，自從楚三夫人回京，接管了府中中饋，就更沒誰愛搭理她了。

寂寞許久的楚二夫人見有個這麼會說話的老夫人，還是定州知府的老娘，也高興起來。不一會兒，兩人就好得無話不說，晚上還留陳老夫人在她屋裡吃齋飯。

老太太一直想給大孫女找個高門婿，在她來定州府聽說楚令宣後便相中了他，暗中盤算著找機會請人幫忙牽線。今天遇到楚二夫人，當然不能錯過這個機會。

陳老夫人把綠姨娘和婆子打發出去，對楚二夫人笑道：「前些日子，陸大人家嫁閨女，在陸府裡我遠遠看了楚大人一眼，哎喲，真真俊俏，又有氣勢……我的嫡長孫女暉兒，長得最像她爹，俊俏無雙，溫婉賢淑，又會吟詩作畫，今年下半年就及笄。這樣的好孩子，我一直想給她尋個好後生……」

就差沒說她孫女跟楚令宣是天生一對、地造一雙了。

楚二夫人連聲笑道：「我早就聽說過陳大人，俊俏多才，陳老夫人又如此賢淑知禮，妳家大姑娘肯定不會錯，我回家就跟公爹說……」

楚二夫人一番大包大攬，讓陳老夫人大喜，又暗示，若把這件事搞定，自己定會重重「感激」她。當然，這份重重的「感激」會由唐氏負責。

楚二夫人聽了更高興，兩個人手拉著手說話，較之前又親近幾分，似乎楚、陳兩府已經成了親家。

陳老夫人回府後，趕緊把唐氏和陳雨暉叫到跟前，把這事跟她們說了。母女兩人都快樂瘋了，她們早聽說楚大人出身世家，又年輕有為，俊朗不凡。

老太太提出讓江氏把陳雨暉記在她名下時，江氏笑說這事她說話不算數，要經過丈夫的同意。

陳世英這幾天正好去屬縣巡視，老太太很有心眼地沒有說自己給大孫女謀劃了一段好姻緣，怕被江氏奪走。

等到四天後，陳世英回府，老太太跟他說了跟楚府結兒女親家的事，並說想把大孫女記在江氏名下，陳雨暉就是嫡女了，自己也不算矇騙人。

陳世英聽了，氣得不行。「娘糊塗，楚家是什麼樣的人家，哪由得您胡說。暉兒是我的庶女，即使記在江氏名下，也成不了真正的嫡女；何況她的才情相貌比之楚大人差之千里，楚大人怎麼是我們能高攀的。娘竟然敢以庶充嫡！您老人家是要害死兒子，害死咱們一大家子啊！」

老太太不愛聽了，嗔道：「胡說，暉兒的小模樣最像你，哪會比楚大人差那麼遠……」

陳世英見老娘說瞎話就像真的一樣，無奈至極，不等他娘說完，趕緊去參將府賠禮道歉。令他意外的是，楚令宣並沒有生氣，還說婦人無心之語，他不會放在心上；況且，也不是陳母一個人的錯，自己二嬸娘李氏也有錯，她已經被老侯爺狠狠訓斥了一頓。

距棠園還有一段距離，就看到楚令宣站在棠園門口等他，馬上調整面部表情。

楚令宣看到如春風一樣飄過來的陳世英，亦是滿臉堆笑，上前幾步抱拳道：「陳大人，久違了，請。」

陳世英跟楚令宣接觸不多，總共見面不超過十次，不管是他自己的認知，還是同僚或是朋友的認知，都覺得楚令宣雖然有些真本事，但為人冷漠、脾氣怪異且手段強硬。這還是第一次看到楚令宣笑意直達眼底，他有些微愣，這個人的笑也不光是皮笑肉不笑嘛！今天對自已如此熱情，唱的是哪齣？

壓下心底的疑惑，陳世英趕緊抱拳笑道：「楚大人，叨擾了。」

楚令宣又笑道：「哪裡，哪裡，聽說陳大人喜歡喝狀元紅，酒已經備下了。」

兩人說笑間相互謙讓著進了棠園，羅管事則由角門快步去了福園。

陳阿福正看著陳世英留下的兩個錦盒發呆，紫色錦盒裡裝的是一整套赤金鑲紅寶石頭面，朱色錦盒裡是一整套赤金鑲翡翠頭面。

正在為難之際，聽外面的山子說：「羅管事來了。」

陳阿福趕緊把盒子蓋上，請他進來。

「陳姑娘，我家姊兒今天一早就念叨，想吃妳親手做的雞絲涼麵，大寶也會在棠園吃飯，妳看是不是給他們做些？」羅管事晃了晃手中的碗。「怕妳家沒有現成的雞肉，我從棠園拿了半隻煮熟的公雞來。」

陳阿福起身笑道：「好，我馬上做兩碗，讓人拿去棠園給他們吃。」

羅管事笑著道謝，又語重心長地說道：「陳姑娘，妳到底年紀小，有些事想得不周全，羅大伯就托個大，提醒妳兩句。那陳大人是陳姑娘的生父，這事雖然大夥沒明說，但心裡都清楚，陳大人大老遠地來看妳，當閨女的總要表示表示吧？給姊兒和大寶都做了麵，不給他做，別人會說妳不孝。」

陳阿福愣了愣，外人當著她的面說陳世英是她的父親，這還是第一次，心裡雖然有些不自在，但這是不可否認的事實，只得笑道：「那好，我再多做些……」

陳世英跟楚令宣一起喝酒，不可能只給陳世英一個人做，她便有些了然為何羅管事跑來說這話了，這是讓她為楚令宣服務，給楚令宣找面子啊！還真是個人精！

陳阿福又趕緊補充道：「多做些，給陳大人和楚大人吃。」

羅管事打著哈哈笑道：「哎喲，陳姑娘通透，我家大爺對妳和妳家大寶一直不錯，特別是對大寶，今兒一上午都在教他練功……」嘰哩呱啦，說了許多他家大爺如何忙，又如何百忙中抽空教大寶的事。

陳阿福笑道：「謝謝楚大人了。」然後接過碗去了廚房。

她做了兩小盆涼麵，羅管事高興地一路小跑拿回棠園。

下晌，陳阿福繼續給楚令宣做著衣裳，大概申時初，大寶回來了，後面還跟著楚小姑娘。

楚含嫣好像忘了昨天的不快，一來就倚進陳阿福的懷裡說：「姨姨，涼麵很好吃，我爹爹、陳爺爺，還有大寶，都說好吃。」

大寶也說道：「陳爺爺剛剛才走，我和楚大叔、嫣兒妹妹一起把他送上馬車，陳爺爺還拉著我的手，讓我好好孝敬姥姥和娘親，以後跟娘親一起去定州他家玩。」

陳阿福聽兩個孩子的意思，難道自己跟陳世英的關係，在楚令宣面前也明明白白地說出來了？她有些不舒服，她不希望自己和陳世英的這層關係擺上檯面。別人私下議論可以當成謠傳，她完全能夠置之不理，若是擺上檯面，就不是她說不認就能不認的，這樣的話，以後肯定會遇到許多事，這種感覺非常不好。

但兩個孩子一人倚一邊，軟軟糯糯說笑著，讓她紛亂的心情輕鬆起來，她放下針線，親自去廚房炒了幾道菜。

當飯菜一端上桌，楚含嫣軟軟說道：「姨姨，我爹爹一個人在家很孤單，不請他來吃飯嗎？」

陳阿福為難地笑道：「今天的菜炒得少，改天多炒幾樣再請妳爹爹。」

楚含嫣非常聰明地說：「現在天還早啊！姨姨可以再炒幾道呀！」

大寶也說道：「兒子也覺得請楚大叔來吃飯得好，他明天一早就走了，不知什麼時候才會回來，若娘親覺得累了，可以讓曾嬸子炒。」

看到兩雙滴溜溜的眼睛望著自己，陳阿福很無奈，好不容易才把關係拉得遠了些，怎麼能再湊上去？

「廚房裡已經沒有多餘的菜了，等以後菜多了，再請楚大人來吃飯。」

飯後，小姑娘十分有心眼地一手拉大寶，一手拉陳阿福向大門口走去。

此時天光還亮，西邊的晚霞布滿半個天際，春風和煦，吹得人愜意無比。三個人手牽手出了門，陳阿福被拉著信步向東走著，身後跟著宋嬤嬤和兩個護院。

他們剛拐過福園的圍牆，便看到楚令宣站在棠園和福園之間的一棵大槐樹旁。

他也看到陳阿福三人了，嘴唇抿成了一條線，沈著臉反剪雙手站在那裡沒動。

楚含嫣看到爹爹不僅沒有像往常一樣笑著向她走來，還生著氣，便難過起來，以為爹爹是生她的氣了。她放開陳阿福和大寶的手，向楚令宣跑去，邊跑還邊哽咽道：「爹爹別生嫣兒的氣，爹爹別生嫣兒的氣。」

楚宣令聽了閨女的話，不好意思起來，迎上前把她抱起來說：「爹爹沒生嫣兒的氣，就是等閨女等得心焦。」

楚含嫣破涕為笑，對著他的耳朵小聲說道：「姨姨說以後家裡多買些菜，就請爹爹去福園吃飯。」

楚令宣有些臉紅。「在閨女的眼裡，爹爹就那麼饞嗎？」

楚含嫣摟著他的脖子格格直笑。

楚令宣本想抱著女兒回棠園，但餘光瞥見不遠處的那個倩影，雙腳又不爭氣地走了過去。他來到陳阿福面前，沈著臉，雙目炯炯地看著陳阿福。

由於他太有壓迫感，讓老皮老臉的陳阿福紅著臉低下了頭。

片刻後，楚令宣才淡淡地說道：「陳大人晌午跟我喝酒，相談甚歡。陳大人的風評很好，官聲也不錯，我雖跟他接觸不多，但覺得他當得起人們讚譽的溫潤君子，跟他的母親不一樣。」

陳阿福抬起頭，張了張嘴沒說出話來。她不知道楚令宣說這話的意思，不知道該說什麼。

「明天我回營，幾天後可能又要去趟外地，嫣兒要麻煩妳照顧了。」陳阿福言不由衷地說道：「不麻煩。」又趕緊加了一句。「我喜歡姊兒。」

楚令宣的唇邊露出些許笑意，輕聲說道：「我也喜歡大寶，和……」他不好意思當著孩子們的面說出那個字，又說道：「有了妳，我無須再擔心嫣兒，在外面多久都心安，謝謝。」說完，轉頭往棠園走去。

楚含嫣被爹爹抱著，咧著嘴向陳阿福和大寶揮著手。

快進棠園大門的時候，小姑娘對楚令宣格格笑道：「爹爹，姨姨一直在看著我們，大寶還在跟我們揮手啊！」

她現在雖然能表達自己的意思，但語速還是偏慢，話沒說完，已經被爹爹抱著進了棠園大門。

陳阿福愣愣地看著那一大一小消失在棠園門口，還在愣神兒。

大寶抬頭問道：「娘，楚大叔剛才說喜歡我，還喜歡誰呢？」

陳阿福幽幽說道：「當然是嫣姊兒了。」

「哦，也是。」大寶說道，拉了拉陳阿福的手。「娘，都看不到他們了，咱們回家吧！」

「嗯。」陳阿福似乎這時才反應過來，拉著大寶快步向家走去，步伐大得大寶要一路小跑。

她覺得自己很沒用，兩世為人，前世被情傷得那麼重，發誓要遠離官二代，還定下了這一世要找男人的低標準；可他的一顰一笑，一句不太確定的表白，就能讓她六神無主……

隔日，陳阿福送走大寶，迎來上全托幼稚園的楚小姑娘。

誰料，楚小姑娘的第一句話竟是——「姨姨，爹爹請妳無事帶我去看看我奶奶，姊兒想她了。」

陳阿福笑著點頭，她也想那個溫婉的婦人了。「好，等姨姨做好給了塵住持的素衣，就帶妳去。」

兩人說著話，看到要去縣城買布做素衣的曾嬸子，陳阿福想到自己家裡還缺些東西，便把曾嬸叫住說道：「我跟妳一起去縣城，再買些東西。」

楚含嫣一聽說要去縣城玩，也鬧著要去。

陳阿福很高興，小姑娘主動要求出去玩，是一大進步，便點頭同意，讓羅梅去棠園跟羅管事說說，多派幾個護院一起跟著。

羅管事聽說後也為姊兒的進步高興，便帶著十個護院、兩輛馬車一起來了。

一路上，羅管事問了陳阿福在定州府開商行的事情，又說他家大爺讓他不能白要那兩成股，會出六百兩銀子入股。

半個月前，陳阿福就派曾雙去定州府，在那裡籌備一家商行。商行的名字叫福運來商行，以後主要經營自家的西瓜、糧食等農作物，以及一切能掙錢的買賣。

為了讓楚家給商行保駕護航，她跟羅管事說了，想送棠園兩成股，羅管事家一成股；還想著，這麼間小鋪子，楚令宣不一定會看得上，若他不要，就送羅管事兩成股。

羅管事當時就笑道：「我就代表棠園接下那兩成股吧！陳姑娘聰慧，開的商行肯定賺錢。這事等我家大爺回來，我就跟他稟報，但我是棠園的下人，怎麼能跟我家主子一起入股，我就不要了。」

陳阿福說送棠園股份是客氣話，她不太想跟楚令宣有過多交集，心裡真正想送的是羅管事，有了他，等閒人不敢找商行的麻煩，卻沒想到羅管事如此回答，她只得答應。

今天聽說楚令宣要出六百兩銀子，陳阿福忙謙虛道：「那樣一間小鋪子，六百兩銀子太多了，我不能收。」

羅管事笑道：「我家大爺和我都信得過陳姑娘，商行以後定會越做越好，我們棠園不會吃虧。」

來到縣城，先去布店買了兩疋適合做素衣的細布，又買了些東西後，已經到了晌午。

一行人去酒樓吃晌飯，酒樓的牌匾上寫著「好又來」幾個大字，陳阿福總覺得這裡很熟悉。

羅管事笑著說：「陳姑娘沒看出來吧！這就是原來的喜樂酒樓。」

陳阿福恍然大悟地笑了起來，如今，楊明遠在京城買了大宅子，已經把他娘和楊超小兄妹接去京城了。

剛進酒樓，迎面就看到十幾個孔武有力的大漢，圍繞著一位公子。

這位公子二十三、四歲的年紀，手神俊美，華服裹身，只可惜是個瘸子，坐在推車裡。

陳阿福直覺這些人不是自己甚至棠園能惹得起的，趕緊把目光轉開，可是，又不自覺地多瞄了那位公子一眼。因為她總有一種熟悉之感，似乎在哪裡見過，可他們明明素未謀面啊！

她只多看了一眼，臉上閃過一絲不明的情緒，似乎被幾個大漢看見了，向她怒目而視，嚇得她趕緊低下頭，把楚含嫣的小手拉得更緊了，生怕小姑娘會衝撞那些人。

羅管事看到那位公子一愣，趕緊過去躬身道：「小的見過九……九爺。」

九爺點點頭，目光越過羅管事看了幾眼他身後的人，最後目光定在陳阿福和楚含嫣的身上，問道：「那位小姑娘便是楚大人的閨女吧？的確跟楚大人長得神似。」聲音清冽、冷然，如山頂的清泉。

「是，是我家姊兒，閨名含嫣。」羅管事躬身回覆，又回頭招呼。「大姑娘，快過來拜見九爺。」

他知道小主子怕見生人，但九爺已經說了話，只得硬著頭皮讓小主子過去見禮。

楚含嫣很害怕，一下子把陳阿福的腰抱住，把頭埋在陳阿福的腰間，不敢上前。

陳阿福一聽，居然讓侯府的姑娘去拜見他，猜測這位九爺若不是皇親國戚，就是位高權重的勛貴。她輕輕摸了摸小姑娘的頭，低聲道：「姊兒莫怕……」她想勸小姑娘去見禮，可小姑娘的樣子讓她開不了口。

羅管事又躬身道：「請九爺勿怪，我家姊兒有些怕生。」

九爺沒有怪罪，看楚含嫣的眼神滿是和善，說道：「楚姑娘很討喜。」說著，從手腕上拿下一串碧玉珠串，讓人遞給小姑娘。玉串在他的腕上繞了兩圈，碧綠通透，一看就非凡品。

一個長相較斯文的人，躬身接過九爺手裡的玉串，送到楚含嫣的面前。楚含嫣低著頭，根本不敢接。

陳阿福輕聲說道：「姊兒，九爺送的禮物，快接著。」

楚含嫣聽了，才把埋著的小腦袋抬起來，眼睛裡還有一層水霧，怯怯地伸手接過玉串。

羅管事等人躬身把九爺送出酒樓，才大大鬆了一口氣。羅管事望著楚含嫣手裡的玉串，對宋嬤嬤說：「一定要把這玉串保管好。」

宋嬤嬤答應著，伸手把玉串接過去。

陳阿福把楚含嫣抱起來，親了親她的小臉說：「姊兒真能幹，已經不怕生人了，看看剛才的九爺，多喜歡妳啊！」

小姑娘聽見表揚，破涕為笑。

陳阿福悄悄跟羅管事說道：「那位九爺一看就是貴人，怎麼會出現在小小的三青縣城？」

羅管事目光閃爍，低聲道：「陳姑娘就當沒看到，回去也不要跟別人提起見過他。」

羅管事的這副表情，讓陳阿福更加覺得那位九爺不一般，忙點頭答應。

回到福園，羅管事就給陳阿福送來六百兩銀子的銀票，是棠園入股福運來商行的錢。

陳阿福手頭上的銀子已經沒剩多少了，之前給了曾雙五百兩，只夠租個小樓當商鋪。如今多了六百多兩銀子，再賣掉一些空間裡的寶石、翡翠。這些東西有了出處，就說是陳世英送的，多弄些錢，買一個商鋪，一次到位。

陳阿福跟羅管事說道：「若棠園有去定州府的人，請他幫忙找一下曾雙，告訴他先不急著租鋪子，讓他看看有沒有好點、大點的商鋪，最好是兩層樓，帶院子和廂房，二千兩銀子左右，若有，就預定下來。過陣子，我會抽個時間去定州一趟，陳大人給了我一些首飾，我準備拿去銀樓賣了。」

賣農作物的商鋪不一定要在特別精華的地段，只要離富人宅子聚集區近些就行。這樣的商鋪不便宜，但也不會貴得離譜，二千多兩銀子應該能買一個不小的商鋪。這樣的鋪子，不僅能賣東西，還能住人，當倉庫。

羅管事遲疑地笑道：「陳姑娘，棠園的帳面上有些銀子，我自己也有些銀子，要不，就不要賣首飾了吧！我借些銀子給妳？」

陳阿福拒絕道：「不了，我不喜歡戴那些花俏的首飾，留著也可惜，不如賣了套現。」

羅管事只得點頭。「那好，明天就有人去定州，讓他去找曾雙。」

翌日上午，陳阿福領著楚含嫣玩，在福園和祿園中間的西瓜地澆水的楚小牛急急跑進來，稟報道：「大姑娘，大姑娘，不得了了！咱們家那塊西瓜地裡有一株西瓜秧結瓜了。前幾天我就發現那株秧開了花，今天一看，更奇了，竟然結了瓜。」

陳阿福聽了一驚，趕緊跑去地裡瞧，只見地裡的西瓜秧綠油油的長勢極好，中間的一株秧竟然結出了兩顆瓜，有拳頭大小。她想著，肯定是金燕子在這裡的上空拉了糞，燕糞正好落在這株秧苗的土裡。

這塊瓜地和北邊那五畝瓜地，由於澆了稀釋的燕糞，長勢明顯好過旺山村那八十畝瓜地，應該能比那裡的地早收瓜十天左右。而這株西瓜秧現在就結瓜，太逆天了，傳出去了不好解釋。

陳阿福對楚小牛說道：「真是奇怪，還會有這事，趕緊把這株西瓜秧拔了，也不要說出去，反常即是妖。」

心裡卻肉痛地想，若是她在前世就把金燕子放出來該有多好，在那個激素和化肥極其發達的世界，用最短的時間種出農作物是常事，無論誰都不會懷疑。

本來楚小牛還極興奮，聽了主子的話，只得忍著心痛，把逆天的西瓜秧拔了。

回屋後，陳阿福把正跟孩子們及動物們玩得歡的金燕子抓去臥房，關上門悄聲說道：「以後你要拉糞，還是進空間拉進恭桶裡，或是拉在遠處的林子裡，咱們家的農作物已經好得出奇，不能再讓人覺得逆天。」

金燕子也覺得是這個理。「是人家大意了，好。」

第二十八章

三天後，陳阿福就把給了塵的兩套素衣做好了，由於大寶也想去寺裡玩，便等他十日休假的時候一起去。

四月初，楚小姑娘沒有等到楚令宣，心裡掩不住的失望，但想到明天就能去影雪庵見奶奶了，又高興起來。

一大早，天剛濛濛亮，陳阿福就起床了。她要多做些點心和滷素菜，不僅要送給了塵，還要給無智老和尚。想著上次老和尚說要吃更濃郁的味道，又向金燕子要了半根牙籤那麼大的燕沉香。

金燕子一聽說陳阿福要去靈隱寺見無智老和尚，便非常聰明地待在空間不出來。牠怕自己不在窩裡，主人會禁不起老和尚的慫恿，進空間偷拿綠燕窩，還警告陳阿福說：「上次沒如老禿驢的願，今天他八成還會繼續討要綠燕窩。我告訴妳，綠燕窩人家也不多，除非是媽咪最親和最喜歡的人，又得了不治之症我才會給，其他無論是誰，我都不會給。不是我狠心，世上那麼多要病死的人，我能救得過來嗎？」

陳阿福聽牠說自己的家人牠會救，還是有些感動，把牠抓在手心直說謝謝。

金燕子眨了眨小綠豆眼，又說：「哦，人家還少說了一人，若楚爹爹有難，也會給他。」

陳阿福給牠個腦鑿子，嗔道：「討厭，他是他，我是我，不要總把我們扯在一起好不好。」

金燕子用翅膀摸了摸小腦袋，嘀咕道：「楚爹爹都那麼表現了，看媽咪能堅持多久。」

巳時，陳阿福領著兩個孩子坐上馬車，和羅管事、十個護院、幾個下人一起往紅林山而去。

到了靈隱寺，陳阿福帶著拎著兩個食盒的秋月下馬車，四個護院跟著她，其餘的人則直接去影雪庵。

陳阿福一進靈隱寺，那個曾經接送過她的小和尚已經等在那裡，他雙手合十道：「女施主，請跟貧僧走吧！」

陳阿福一行人跟著小和尚沿著遊廊向寺後走去。陳阿福之前便猜到這個小和尚或許又會被老和尚派來接送她，因此專門包了一小包糯米棗子送他。

小和尚笑咪咪地接下，說：「謝謝女施主。」拿了一顆棗子塞進嘴裡，他歡喜得瞇了瞇眼睛。

陳阿福問道：「小師父的法號是？」

「貧僧歸一。」

陳阿福暗笑，這個法號起得比老和尚的法號還像高僧。

快到橋邊時，迎面竟然又碰上那位神秘的九爺和他的四個隨從。他依然坐在輪椅上，臉色潮紅，還有薄薄的一層汗。

小和尚讓路給他們，停在路邊向九爺雙手合十道：「阿彌陀佛，施主請慢走。」

陳阿福幾人也趕緊站到路邊，低著頭。

九爺向小和尚輕微地點點頭，看到站在小和尚身旁的陳阿福，有些微愣。他是坐著的，哪怕陳阿福低著頭，也看清楚她了。

待九爺等人過去了，陳阿福一行人才跟著小和尚又向橋邊走去。

過了橋，小和尚讓秋月和四個護院去涼亭裡歇息，領著陳阿福一人去了禪房。

禪房裡飄浮著一股淡淡的沉香，其中夾雜著一絲特有的清雅香味。陳阿福聞得出來，有些像燕沉香的葉子，只不過更加清淡綿長了些。

老和尚坐在側屋炕上，見陳阿福拎著食盒進來，笑瞇了眼，雙手合十道：「阿彌陀佛，貧僧正盼著女施主，女施主就來了。女施主做事總能順勢而為，定會福壽綿長。」

好話誰都愛聽，陳阿福笑得眉眼彎彎。她把食盒放在炕几上，對老和尚躬身笑道：「大師是有道高僧，說我福壽綿長，我真是歡喜，不過，卻當不起大師的一個盼字。」

老和尚請陳阿福坐下，問道：「女施主，上次和妳一起來的小施主怎麼沒有跟來？老衲甚是喜歡他。」

「怕他擾了大師的清靜，直接讓他去影雪庵了。」

老和尚點頭，鄭重地道：「女施主注意了，那位小施主恐會有血光之災。」

陳阿福嚇了一跳，驚道：「大寶會有什麼危險嗎？」

無智大師捏了捏指頭，一臉高深莫測。「嗯，是有危險，大到送命，小到殘疾。」

不管送命還是殘疾，這兩個詞一跟大寶連在一起，都讓陳阿福無法接受。「怎麼化解，求大師指點。」

無智大師那雙充滿智慧的眼睛眨了兩下。「老衲自是有化解的辦法，只不過，天機不可洩漏，老衲不能告訴女施主；若是女施主能拿些綠燕窩出來，讓老衲做善事，那位小施主也能跟著受惠，他的血光之災自然就能化解。」

陳阿福還沒說話，腦海裡就響起金燕子不屑的聲音。「媽咪，聽見沒有，老禿驢是繞著彎子，向妳要綠燕窩呢！」

陳阿福聽了，也有些懷疑。「大師，上次不是已經給了你一些綠燕窩和一片葉子嗎？你是出家人，拿人家性命說事可不好。」

「出家人不打誑語，老衲剛才的話句句屬實。」老和尚雙手合十，態度無比真誠。「上次那點燕窩，只是杯水車薪，根本不夠。若女施主不信，不施援手，老衲只得看著那命運發生而無能為力，看著那麼多人死於非命而解救不了，到最後，女施主也會眼睜睜看著那位小施主蒙難。阿彌陀佛，罪過、罪過。」說完，他就閉著眼睛轉起了佛珠。

陳阿福可以不在乎不認識的那些人，但她不能不在乎陳大寶。這個老和尚連自己有燕沉香都算到了，可見是有真本事的人，他說大寶有血光之災，又說什麼命運改變、大寶蒙難，或許真會發生這些事。

雖然自己有金燕子，金燕子又有神藥綠燕窩，但若是在金燕子過冬時出事，那可怎麼辦，若是一擊致命或是直接把腳、手砍掉怎麼辦……

正當她猶豫的時候，金燕子說著。「老禿驢是嚇唬妳的，媽咪不要相信他。」

陳阿福想著老和尚眼裡時不時出現的精光，為了得到綠燕窩嚇唬她的事，也不是做不出來。

但若萬一他說的是真的怎麼辦？自己不能拿大寶的性命開玩笑。

陳阿福還是咬牙說道：「大師要多少，太多了不行，我做不了主的。」

無智大師睜開眼睛，嘿嘿笑道：「女施主這樣做就對了，種善因，得善果。妳今生能擁有本不屬於妳的寶物，又把牠帶到這個世間，就是妳哪輩子做了大善事……」覺得自己說偏題了，他趕緊住嘴，老臉皮地說道：「老衲要三指寬的綠燕窩，八片葉子。」見陳阿福搖頭，又道：「一指寬的綠燕窩，五片葉子。」見陳阿福還是搖頭，他咬咬牙說道：「半指寬的綠燕窩，兩片葉子！不能再少了，這是最少的量，還不知能不能徹底根治。」

然後，他很知趣地起身出了禪房。

當禪房裡只剩陳阿福一個人，她起身看了看窗外，至少沒看見有偷窺的人。她捂著嘴巴小聲說道：「寶貝，都說大師是得道高僧，定然不會說謊，媽咪求你了，給吧！」

金燕子也糾結得難受，既怕老和尚是為了騙牠的寶貝而說謊，又怕老和尚說的是真的而誤了大寶性命。葉子多給幾片無妨，可那麼多的綠燕窩卻讓牠胸口痛。

陳阿福又說道：「寶貝，你跟大寶玩得那麼好，怎麼忍心眼睜睜看著他死，或是殘廢了，那樣，媽咪也不想活了。」

「罷，罷，罷，就給那老禿驢吧！哎喲，我的胸口痛，我的舌頭痛，還有腦袋，翅膀，爪爪，哪兒都痛，哎喲……」金燕子說到後面，已經心疼得哭了起來。

陳阿福把左手用袖子蓋上，感覺到手裡有東西，才把手伸出來，手裡是半指寬的綠燕窩和三片葉子。

金燕子哭得淚眼朦朧，沒看清楚，多拿了一片葉子出來，頓時，滿屋香濃。

陳阿福提高聲音叫了一聲。「無智大師，請進來吧！」

老和尚眉開眼笑地走了進來。

他剛想伸手拿過，陳阿福就把手縮回來說道：「拿了這麼多寶貝，你總該告訴我小舅舅在哪裡了吧？」

「這是化解小施主危險的，若女施主想知道妳舅舅的事，得再拿些綠燕窩才行。」老和尚見陳阿福氣得臉有些紅，又道：「罷了，老衲就再附贈一句話，女施主有大福，定能達成所願。」

這是說自己能和小舅舅團聚了？

聞言，陳阿福才把手伸出去。

老和尚把東西拿在手上，發現居然多了一片葉子，臉上笑意更濃了。「女施主定然聞到這屋裡的沉香了，這是老衲製的香，裡面加了用剩的葉子，叫燕葉沉香，比什麼龍涎香要好得多，不僅味道幽香綿長，還能平心靜氣，提神醒腦，增強人體的抵抗力，防治多種疾病，燃得也比普通香慢得多。我就送女施主三根燕葉沉香，若覺得好了，再多拿幾片葉子來，老衲再送妳。」

說著，把手裡的綠沉香和葉子裝進一個銅匣中，蓋緊，放進櫃子裡，又從櫃子裡拿出一根毛筆長的小細銅管遞給陳阿福。

陳阿福打開銅管一頭的蓋子看了看，裡面裝了三根綠色線香。

金燕子還在空間裡哭著，陳阿福不願意在這裡久待，便起身告辭。

無智老和尚送陳阿福出禪房後，身形靈活地返身去櫃子裡把那個匣子打開，貪婪地看了又看，聞了又聞，揪著鬍子樂了半天。他對另一個七、八歲的小和尚說道：「歸二，為師要閉門製藥二十天，誰也不見……哦，不對，為師三十天誰也不見。前二十天要製藥，後十天要製香，齋飯就送到製藥房或製香房的門口，記住，誰都不許來打擾。那位李施主，讓你大師兄歸零明天為他針灸一次，然後請他兩個月以後再來本寺。」

歸二小和尚忙躬身應是。

另一廂，陳阿福等人被歸一小和尚送出了靈隱寺，上馬車往影雪庵而去。

她的腦海裡一直聽到金燕子啜泣的哭聲，小傢伙平時給她空間裡的寶貝，葉子都是用一丁點，何況是珍貴的綠燕窩，如今給了那麼多出去，是掏了牠的小心肝啊！

但她身邊有秋月，既不能進空間哄牠，也不能跟牠交流，只能聽著，讓她又是心疼、又是過意不去。

此時正值春季，越往山上走，入眼的綠色就越加濃郁，其中還夾雜著一簇簇姹紫嫣紅的爛漫山花。

影雪庵的後院，幾個孩子正在禪房外的院子裡玩，歡快清脆的笑聲劃破了往日的寧靜。了塵坐在一旁看著，掩藏不住眼裡的笑意。

笑著笑著，她彷彿看到了另一個情景，一幕美麗的年輕婦人坐在廊下給丈夫做著衣裳，時而抬頭看看在院子裡笑鬧著的一雙兒女。

年輕英俊的丈夫回來了，那個美麗的婦人忙放下手裡的衣裳起身相迎。兒女們跑得更快，女兒已經被丈夫抱進懷裡，兒子也被丈夫牽著。

丈夫走到婦人面前，溫柔地笑著，說道：「雲兒，我回來了。」

那情景，久遠得像是上輩子的事，以至於她常常有一種不確定感，那個美麗的婦人是曾經的自己嗎？那個英俊的男人是自己曾經的丈夫嗎？自己曾經也擁有過丈夫、兒女、家庭嗎？

了塵的眼裡浮上一層水霧，她趕緊抬手抹去，低頭轉著手中的佛珠，嘴裡開始唸起經文。

突然，孩子們的叫聲更大了。

「娘親……」

「姨姨……」

隨著叫聲，兩個孩子都撲向站在小院門口陳阿福的身上，有抱腰的，有抓裙子的。

陳阿福看著咧嘴笑的大寶，想到老和尚說的血光之災，她的心痛得厲害，真想把他拴在腰帶上，讓他一刻也不離開自己，她摸著他的小臉說：「大寶，你要好好的，千萬不能出事。」

大寶有些懵懂，還是點頭說道：「哦。」

楚含嫣吃醋道：「還有姊兒呢？姨姨把姊兒忘了嗎？」

陳阿福也摸了一下她的小臉笑道：「姨姨怎麼會忘了姊兒呢！」

了塵起身笑道：「阿福，謝謝妳，妳做的素衣貧尼很喜歡，更要謝謝妳，嫣兒比貧尼上次見到的時候，更加開朗聰明了。」

陳阿福跟了塵閒話幾句後，擺脫掉兩個跟屁蟲，去了恭房，把門關上，閃身進了空間。

只見金燕子躺在地上，用兩扇翅膀捂住腦袋痛哭著，小身子還一抽一抽的。

陳阿福蹲下身，把牠拿起來捧在手心裡。「寶貝，快別哭了，你這樣媽咪心疼。」

金燕子把翅膀放下來，牠的眼睛已經哭腫了，小尖嘴半張，小粉舌頭顫抖著，眼淚把小腦袋的羽毛都打濕了，還在抽泣著。「人家活了這麼多年，從來沒一次拿出去這麼多東西。那麼一條綠燕窩，人家至少要辛苦二十年才能織成，不僅耗時，還耗了人家好些精氣，一下子被老禿驢訛去了這麼多，嗚嗚嗚……」

看到牠這副可憐樣子，陳阿福更心疼了，把牠捧到眼前說道：「哎喲，寶貝，你把媽咪的心都哭碎了。快別哭了，媽咪替大寶哥哥謝謝你。」說完，情不自禁地親了牠的小尖嘴一下、兩下、三下，又從懷中掏出帕子，幫牠擦著眼淚。

金燕子停止哭泣，睜著小眼睛愣愣地看著陳阿福。牠之前被陳阿福親過兩次，可都是一下下，快得牠還沒反應過來就結束了，而這一次，牠終於感覺到被人親、被人愛的滋味了。

牠看著陳阿福，伸長脖子啾啾說道：「媽咪，人家怎麼有種酥酥的感覺呢？親親真好，好喜歡、好開心。以後，妳能多親親人家嗎？就像妳親臭大寶和嫣兒妹妹一樣。放心，人家的小嘴雖然厲害，但不會傷著媽咪的。」

真是缺愛的孩子，這個小眼神，這個小請求，讓陳阿福的心柔軟得像棉花糖。從這一刻起，她再也不怕牠的小尖嘴了。

陳阿福把牠舉到眼前又親了一下，輕聲說道：「你是媽咪的寶貝，肯定不會傷媽咪。以後，媽咪會多親親你，就像親自己的孩子一樣。」

金燕子聽了，勾著小尖嘴笑起來，又把翅膀塞進嘴裡，似乎在回味剛才的親親。

見牠好了，陳阿福輕輕把牠放在地上。「寶貝好生休息，媽咪不能在這裡久待，他們還在外面等著我呢！」說完，就閃身出了空間。

眾人吃了齋飯後，孩子們去午睡，陳阿福陪著了塵住持聊天。她聽說了塵的身子骨兒一直不太好，經常失眠，便拿出一根燕葉沉香送給她。

了塵聽說這是燕葉沉香後，吃驚到不行，眼睛都瞪圓了，驚訝道：「天，這世上真有燕葉沉香這種奇香？若是無智大師送的，定然是真的。」

了塵把香接過去，聞了聞，閉著眼睛極其享受地再聞了聞，喜道：「果真是幽美綿長，淡雅芬芳，是從來沒有過的美妙。」

見她這樣，陳阿福有些愣神。燕葉沉香，顧名思義，裡面包含燕沉香的葉子，若不是自己拿出來，老和尚也製不出這種香。但聽了塵的意思，這個世界似乎原本就有燕葉沉香，只不過非常稀少而已。

「了塵住持，這燕葉沉香很稀有？」

「不怪妳不知道這種香的珍貴，貧尼也是在一本古書裡看過記載燕葉沉香，要製作這種香，必須尋到一種叫燕沉香的樹，用它的葉子入香。但這種樹長在人跡罕見的深山，等閒人根本尋不到。之前，貧尼覺得這種香根本不存在，因為本朝和前朝沒聽說誰製出過這種香，無智大師真是得道高僧……」了塵拉著陳阿福的手笑道：「阿福，妳得大師看重，竟然能讓他送妳三支，真真是有福之人。」

原來古書上竟然有這種記載，而且還聰明地把燕沉香說成長於深山之中，如此，這種香也不會被人惦記。

陳阿福假裝驚奇地笑道：「燕葉沉香原來這麼珍貴啊！下次，我一定多給無智大師送些素食，感謝他這麼大方。」

了塵呵呵笑道：「這種香要節省著用，若浪費了，那可真是暴殄天物。古書上說，這香不僅香氣特殊好聞，還能預防和治療多種病痛，不點燃也能散發淡淡的幽香，可以放在屋裡淨氣，也可放在衣櫥裡熏衣。等到一月後，香氣才會慢慢消失，那時就必須點燃才能散發香氣了。所以，每次只掰一小截出來用，可用一個多月，其餘的香要放進密封的銅器裡，香氣才不易散發……」

等到孩子們睡醒，眾人又要回家了。

楚含嫣含著眼淚拉著了塵的衣襟說：「奶奶跟姊兒回家吧！一個人住在山裡多難受啊！」

了塵也紅了眼圈，彎腰跟她說道：「奶奶不能跟姊兒回家，因為奶奶已經是方外之人了，必須住在庵裡。」

陳阿福把小姑娘抱起來，幾人一起上了馬車。

等到馬車走了一段距離，拐彎要下山的時候，陳阿福掀開車簾，看見了塵還站在庵門前望著他們。偌大的山門只有她和兩個小尼姑單薄的身影，顯得她更加寂寞無依。

晚上，陳阿福讓夏月和秋月帶孩子們玩，她則趕著做一個漂亮的拇指娃娃送金燕子。

深夜時分，她又進了空間。燕沉香樹下看見金寶，牠沒出去，肯定是在哪所黃金屋裡睡覺呢！

陳阿福把拇指娃娃放在地上，開始拾掇那些珠寶。

除去金寶在這個世界偷的珠寶，還剩下一顆祖母綠、三顆珍珠、三顆藍寶石和三塊雕了花鳥的翡翠與玉石。或許在空間裡放久了，這些珠寶的光澤度極好，比同樣大小和品質的珠寶要值錢得多。

陳阿福猜測，珍珠和藍寶石加在一起至少能賣二百多兩銀子，而這顆祖母綠更好，至少能賣五百兩銀子以上，三塊翡翠和玉石能賣幾百兩。

再加上棠園給的六百兩，及給曾雙帶去的五百兩，買了商鋪，再留些周轉的現金，剩下的銀子足夠裝修了。

隔日，陳阿福跟羅管事商量去定州的事情。定州離這裡大概有五十幾里的路程，算是在方圓百里之內，帶大寶去應該是安全的，只不過要少帶他出去亮相。

至於楚含嫣，羅管事說，他家大爺過幾天應該就能回定州，把姊兒也帶去，父女倆還能相處幾天。

四月十五，天剛濛濛亮，陳阿福等人就起床了。這趟遠門一同出行的人有曾嬸、夏月、秋月和薛大貴幾人，連追風和七七、灰灰都帶上了。

上車前，羅管事還在勸陳阿福。「陳姑娘，去了定州就住去楚府吧！府裡有好幾個空院子，這樣離我家姊兒近，我們也好照應你們母子。」

陳阿福沒同意。楚府只有一個男主子和一個小主子，自己一個姑娘家住進去算怎麼回事呢！

這一路上還算順利，大概午時初就到了定州府城門外，不過，城門外排了好長的隊伍。騎馬去門邊看了一圈的羅源回來說，定州這幾天有什麼重要的人物來訪，進出城的人都要檢查，又說，他認識領兵檢查的軍官，他們直接去門邊即可。

幾輛馬車和十幾匹馬，便越過長長的隊伍來到城門邊，守門的士兵象徵性地掀開簾子看了看便放行了。

進城門又走了一段路，陳阿福哄了哄小姑娘，忽略掉她眼裡的淚花，帶著大寶和追風、七七、灰灰下車，坐進另一輛馬車。在這裡他們就要分開走，一個向東，一個向北。

陳實已經搬了新家，這裡應該是中產階級聚集地，一片的青磚瓦房，大些的是兩進院子，小些的是一進院子。

陳實已經得了信，張氏和陳阿滿一直在家裡等著，見他們來了，高興地把他們請進院子。

這是一個一進的四合院，房子很新也很大，院子裡有一棵棗樹，還栽了些三角梅、黃果蘭，很是好看。

陳阿福母子住西廂北屋，屋子打掃得乾乾淨淨，被褥都是新的，還熏了香。同行的女下人住北耳房，男下人則住進南耳房。

「三叔、三嬸有心了。」

張氏笑道：「看妳說的，三叔、三嬸是借了阿福的光，才住上這麼好的房子，阿福的這個情，三嬸一直記著呢……」

原來，陳阿玉去了京城，陳實又要忙酒樓，沒有時間再做陳三滷串的生意，便把滷串方子和「陳三滷串」的招牌一起抵給了人家，共抵了一百兩銀子，另外陳實還占三成股。陳實之後添了五十兩銀子，買下這個四合院。

張氏把飯準備好了，她知道楚府會有車伕和護院送陳阿福過來，連帶著把那幾個人的酒菜都準備了。陳實和張氏的確會做人，上下都打點得妥妥當當。

飯後，陳阿福把自家和陳名、陳業送三房的禮物拿出來，說了一陣話，曾雙便來了。張氏上了茶，拉著陳阿滿出去了。

聽曾雙說，有一個商鋪比較符合陳阿福的要求。商鋪兩層樓帶一個院子，院子裡有八間房子，還有一口井。原本要價二千四百兩銀子，最後以一千九百兩銀子談成了。因為他正好跟賣商鋪的人認識，沒有透過牙人牽線，連手續費都免了。

路段好、鋪子大，這個價錢不算貴。陳阿福滿意地點點頭，說好後天她去看商鋪，合適就交錢。

曾雙又說了些請人辦契的事後，便走了。

離開之前，曾雙悄悄跟陳阿福說，聽參將府的人講，來定州的重要人物是二皇子和七皇子，他們是代表皇上來定州視察，讓陳阿福出行的時候注意，七皇子好玩，若她看到出行陣仗大的人，千萬遠著些。

他說「好玩」兩字的時候，咬得比較重，眼神也有些玩味，應該不只是指單純地喜歡玩。

陳阿福點頭。原本覺得定州的地方官員和軍界高官都和楚家有些關係，在這個地界應該不會出什麼大事，現在來了這麼兩號大人物，還是小心些好，不為別的，是為大寶。

陳實是在晚飯後回來的。事業有成的他，穿著錦緞長衫，春風滿面，顯得更加年輕和躊躇滿志。

陳阿福開玩笑道：「陳大老闆真是越來越有氣度了。」

陳實哈哈笑道：「再有氣度，也是阿福帶來的。阿福就是三叔的福星，自從妳去年來了三叔的家，三叔就啥都好嘍。」

張氏捧著幾件新衣裳過來，是她和陳阿滿給陳阿福母子每人做了兩身新衣裳，都是綢子的，弄得陳阿福十分不好意思，說自己是晚輩，怎麼好意思讓長輩給自己做衣裳。再三推辭不過，只得收下。

隔天，辰時末，楚家派來一輛馬車、一個車伕和一個護衛。車伕是上年見過幾次的慶伯，護衛姓王。

慶伯說，羅管事讓他們每天都來這裡候著，隨時跟著陳姑娘出去辦事，以保護她出行的安全。

陳阿福從心裡感激羅管事，這個人情是她日前最需要的，有參將府的保鏢貼身保護，只要不去踢京城來的鐵板，是沒人敢惹她的。

陳阿福已經把裝珠寶的兩個錦盒放進包裡，由於她不敢帶大寶出門，還把金燕子叫了出來，有牠陪伴大寶，她才放心。

陳阿福帶著夏月、秋月坐上馬車，王護衛和薛大貴騎馬，一起去了西大街的玉麒麟銀樓。

聽夏月說，楚令宣已經回定州了，因為要迎接那兩位皇子的巡視，忙得連家都顧不上回。昨天知道姊兒回府了，才大半夜趕回來。老侯爺和三夫人兩天後也會來定州，現在參將府裡忙著呢！

馬車駛到銀樓門口，慶伯去街口停車，其他幾個人跟著陳阿福進了銀樓。

白掌櫃竟然還記得她，迎上來笑道：「小娘子今天是賣珠寶還是買首飾？」

他笑得非常燦爛，上次這位小娘子賣的幾顆寶石可是讓銀樓賺了不少錢，特別是那顆祖母綠做的金簪，居然賣了九百兩銀子的高價。

陳阿福不知道白掌櫃的心思，直截了當地笑道：「我手頭有些緊，想賣些東西套現。」

白掌櫃聽了更高興，忙把她請去小屋談。陳阿福去了，其他人都知趣地在外面等著。

白掌櫃剛把茶倒好，外面就傳來小二急切的聲音。「白掌櫃，快，有貴人來了。」

白掌櫃趕緊起身，對陳阿福說道：「小娘子在這裡等等，或者去外面逛逛，我招呼完貴人咱們再談。」

陳阿福點頭。

白掌櫃剛出去，就聽見一個慵懶的聲音。「你們銀樓還有沒有那種亮度特別好的祖母綠？爺想要那種，有多少要多少。」

接著是白掌櫃謙卑的聲音。「爺，對不起，那種祖母綠只有一顆，是一個客官拿來賣的。當時她賣了一顆祖母綠、三顆紅寶石，這兩樣寶石都做成首飾賣了，店裡已經沒有了。」

那個慵懶的聲音又問：「知道賣寶石的人在哪裡嗎？」

「這，小的也不知道，她賣了就走，再沒來過……嗯，我們銀樓還有其他的好首飾，貴人樓上請，小的給您拿來。」

陳阿福的心裡一緊。一顆祖母綠、三顆紅寶石，說的不會是上年賣給這銀樓的那幾顆吧？

自己賣的那幾顆寶石品相並沒有好得出奇啊！只不過光澤度要好些。陳阿福想想就了然了，或許那些寶石在空間裡放了那麼多年，沾染上靈氣，有了些許變化，只是自己不懂鑑賞，所以沒有看出來。

白掌櫃真好，並沒有把她出賣了，話中似乎還在提醒她趕緊走。

陳阿福趕緊把左手伸進裝錦盒的包裡，把錦盒放進了空間。自己現在太弱了，有些東西還是不宜拿出來。

陳阿福正準備出去，王護衛幾人便進來了。

王護衛悄聲說道：「陳姑娘，剛才來的那人是京城的貴人。」

陳阿福的心裡更加忐忑了，起身說道：「算了，咱們不賣了，趕緊回家。」

幾人出了小屋，看到銀樓門口還有幾個護衛一樣的人守在那裡。

陳阿福低下頭，幾人剛出銀樓，迎面就碰上她最不想見的一個人，正是陳雨暉。

真是出門不利！

陳雨暉也看到陳阿福了，她平生最恨的就是陳阿福，多少次作夢都夢到自己撕爛她的嘴。死丫頭，竟然敢說自己長得醜！在定州府的地界上，她一定要把當初所受的羞辱討回來。

陳雨暉緊走兩步，堵住陳阿福的去路。「喲，這不是陳阿福嗎？呵呵，真是冤家路窄，咱們又見面了。」

陳阿福不想理她，向右走去。

陳雨暉覺得陳阿福定是怕自己了，所以才這麼急著走，又緊走兩步堵在她的面前說道：

「死丫頭，慌什麼，妳的嘴皮子不是很溜嗎？妳以為可以白罵本姑娘，我今天就要撕爛妳的賤嘴。」說完，對身後的兩個婆子和兩個丫鬟說：「給我打她，撕爛她的嘴。」

幾個人剛要撲上來，就被薛大貴、夏月和秋月攔住了。

王護衛罵道：「找死的東西，敢動陳姑娘一根指頭，老子就掰斷妳的手指。」

陳雨暉大怒，剛想自報家門，守在門口的一個護衛頭目說話了。

「瞧瞧你們那點出息，一個大男人，竟然還攪和進小娘子的爭吵中。」他指著薛大貴和王護衛說道：「你們兩個大男人不要管，讓這幾位小娘子打架，呵呵，小爺倒要看看誰打得過誰。」

話一說完，其他護衛也大笑起來。

王護衛趕緊抱拳道：「這位爺，不是我們姑娘要打架，是那個姑娘欺人太甚。」

陳雨暉今天出門只帶了兩個婆子、兩個丫鬟，沒帶護院，看見薛大貴和王護衛護著陳阿福已經有些心虛，再看看門口又守著幾個穿戎裝的男人更害怕，站在那裡不敢出聲。

陳阿福繞過陳雨暉就要走，只聽後面傳來那個慵懶的聲音。「站住，爺倒想看看是什麼樣的小娘子，竟敢當街打架。」

陳阿福心裡狂罵著陳雨暉，只得低頭站定，並沒有回頭。

從銀樓裡走出一個二十多歲的年輕男人，高個子，白淨偏瘦，一身華服，頭上戴著束髮紫金冠。他看了兩眼陳雨暉，又走到陳阿福的面前。

那人上下打量著陳阿福，嘴角有了些許笑意。「北方有佳人，遺世而獨立……倒是個俊俏小娘子。小娘子一看就溫婉賢淑，肯定不會打架。」又用手裡的扇子指了指陳雨暉。「是不是她主動滋事？小娘子若說是，爺就給妳出氣。」

聲音慵懶冷淡，卻讓人怕到了極點。

陳阿福心裡極怕，王護衛說他是京城的貴人，又是這種做派，這個人或許就是「好玩」的七皇子吧？

她垂著眼，用餘光掃了這個男人一眼。他長得很俊俏，偏陰柔，還有些瘦弱，看自己的目光火辣辣的，肆無忌憚。

陳阿福屈膝福了福，說道：「大爺，剛剛應該是個誤會，我根本不認識那位姑娘，或許是她認錯人了。」

陳雨暉也反應過來，這個男人氣度不凡，護衛都穿了戎裝，若是京城來的貴人，自己老爹也惹不起，趕緊說道：「是，是我認錯人了，我根本不認識她。」

男人沒想到陳阿福會這麼回答，扯了扯嘴角。「這麼說，是爺多管閒事了？」

陳阿福沒接話，又給他福了福，問道：「小女子可以走了嗎？」

她想著，這裡是定州府最繁華的街道，他若是皇子，應該不會在這裡搶人。

男人果真點點頭，說道：「小娘子請便。」

陳阿福聽了，繞過他向前走去。

陳阿福走在前面，薛大貴幾人在後面跟著，他們很快到了街口，找到慶伯。陳阿福帶著兩個丫鬟上了馬車，王護衛騎上馬，薛大貴坐在馬車前面，趕緊向陳實家走去。

陳阿福倚在車座上，閉目想著剛才的事。她的心很慌、很害怕，對那個人的面容也有一絲熟悉之感。

那可是京中的貴人，自己絕對沒有見過他，再仔細想想，陳阿福便有些了然，那人跟在三青縣城遇到的九爺有些相像，羅管事對九爺也是極禮遇，難道他們有親？

九爺，會不會是九皇子呢？哦，天啊！

這時，王護衛騎馬來到馬車前面，低聲跟慶伯說了兩句話，慶伯便減緩了馬車速度。王護衛下馬，把馬韁甩給下馬車的薛大貴，自己到馬車的前面，跟慶伯並排而坐，他低聲說道：「陳姑娘，好像有人跟蹤我們。」

陳阿福一愣，問道：「是剛才那些人嗎？」

「是，那位貴人是七皇子，年初才被封為瑞王。都說二皇子和七皇子今天會去軍裡巡視，未料七皇子跑來了這裡。」王護衛頓了頓，又說：「據說七皇子喜好美色，王府裡有許多姬妾，還喜歡捧戲子，是許多樓裡紅牌的入幕之賓……」

陳阿福的腦袋「嗡」的一聲響了起來，急道：「那怎麼辦？」

「他是王爺，不敢當街搶女人，不過，若是在僻靜處，就不好說了。」

陳阿福按住怦怦瘋跳的胸口，暗道，不能回家，不能把危險帶給大寶，老和尚說過，大寶不能見不該見的人……

陳阿福眼前浮現出大寶漂亮的小臉，她終於抓到那絲熟悉之感來自何處了。無論是七皇子還是九爺，跟大寶都有一絲相似之處，只不過，九爺和大寶的相似程度更甚一些。

這個認知讓陳阿福嚇得魂飛魄散，大聲說道：「不要，不要去我三叔家。」

王護衛說道：「屬下也在想，不能去陳姑娘的叔叔家，若是去了那裡，怕是陳家要出事……」

「那我們去哪兒？總不能一直在街上轉吧？」陳阿福又問。

王護衛說道：「那就去我們參將府，看我家大爺有什麼法子。」

陳阿福心裡也是這麼想，現在最安全的地方就是參將府。雖然楚令宣不一定能跟皇子抗衡，但他卻是自己認識的人中最有權勢的一位，若連他都不幫自己，或是幫不上，自己也就完了。

「你把我這個麻煩帶回去，不怕楚大人怪罪你？」

王護衛道：「其實，我和慶伯就是我家大爺派來保護陳姑娘的，若是陳姑娘出了事，人爺才會怪罪我們。」

陳阿福聽了，眼淚都快流出來了，自己或許還有好好活下去的機會，若是讓她當什麼姬妾，她寧可鑽進空間永遠不出來。

夏月和秋月本來已經嚇得小臉蒼白，一聽說去參將府，這才放下心。

到了參將府，馬車直接駛進大門。陳阿福下車後，讓薛大貴趕緊從後門出去回陳實家報平安，並囑咐他們，尤其是大寶絕對不許出門，在家裡好好待著等自己回去。

羅管事正好在這裡，他聽王護衛說了剛才發生的事，安慰陳阿福道：「陳姑娘莫擔心，我讓人去跟我家大爺說一聲，讓大爺拿主意，需不需要把大寶接過來？」

陳阿福搖頭道：「不用，讓他好好待在我叔叔家。」之後，便去了楚小姑娘住的悅陶軒。

楚含嫣正坐在羅漢床上，翹著小嘴扯著大燕子玩偶玩，表情極是哀怨。突然看到陳阿福，大喜過望，跳下羅漢床向陳阿福奔去，嘴裡還說著。「姨姨，大寶呢？」

陳阿福笑著把她抱起來，說道：「大寶沒來，姨姨一個人來了，姊兒不高興嗎？」

楚含嫣把小臉貼在陳阿福的臉上笑著說：「高興，高興，姊兒高興。」

晌飯後，把小姑娘哄睡了，陳阿福坐在廳屋裡發呆。

魏氏走了進來，悄聲說道：「我公爹讓我來告訴妳，我們府外或許有七皇子的探子，讓陳姑娘好好待在這裡，哪兒也別去，一切等大爺回來再說。」

陳阿福點點頭。現在，她沒有任何可以去的地方，去哪裡就會給哪裡招禍。

日落時分，盼望已久的楚令宣終於回來了。

陳阿福的鼻子發酸，覺得緊繃一天的弦終於在此時鬆開了，她抬頭哽咽道：「楚大人，我，我……」一眼淚竟是不爭氣地流下來。

楚令宣看見陳阿福流淚了，有一種想為她拭去眼淚的衝動。他抬了抬右手，還是放下了，把手握成拳頭。「陳姑娘莫怕，我不會讓妳被他欺了去。」

陳阿福抹了一下眼淚說：「楚大人，除了來你這裡，我不知道我還能去那裡，我不知道該怎麼辦……」

楚含嫣見爹爹沒有第一時間抱自己，而是哄著哭了的姨姨。爹爹對姨姨好，她當然不會吃醋，正想跑過去哄姨姨別哭，宋嬤嬤過來了。

宋嬤嬤抱起她小聲說道：「姊兒，楚大人和陳師傅有事要說，咱們去那邊玩。」

瞬間，廊下只剩下楚令宣和陳阿福兩個人。

楚令宣又說道：「過不了多久，二皇子和七皇子知道我回府了，興許就會來家裡。」

陳阿福有些懵，問道：「二皇子也要來助紂為虐？」

「這次看似是二皇子和七皇子一起來定州府巡視，其實，只有二皇子是代表皇上，七皇子是私下跟著來遊山玩水的。二皇子跟我家有過節，這次他卯足勁想抓到我的把柄。今天，七皇子看中的女人跑到我的府上，七皇子若來討人，他肯定會跟來看熱鬧，順帶看看能不能抓我一個德行有虧的現行。」

自己這是給他惹大麻煩了。

陳阿福難過地說道：「楚大人，對不起，我給你惹大麻煩了。」

「是有些麻煩，不過我還能應付。」楚令宣笑道，臉色嚴肅下來。「現在陳姑娘有兩個選擇，若是陳姑娘願意當我楚令宣未過門的妻子，他再是皇子，也不能欺辱臣子的女人。妳遇到麻煩躲來我家，是再正常不過的事。若陳姑娘只願意當我閨女的師傅，我也會盡最大努力護著妳，只是這條路會比較艱難。」

聽到他後面的保證，陳阿福的眼淚又流了出來。她覺得，這樣一個男人是值得自己冒險去愛的。

陳阿福小聲囁嚅道：「其實，我一直想做你未過門的妻子，可是我怕，我怕我配不上你，怕你會始亂終棄，怕你讓我當你的妾……」

楚令宣聽見她說一直想做自己的未婚妻，真是大喜過望，但一聽到她後面的話，便氣樂了。

「傻話，妳這麼好，哪裡會配不上我？在我看來，那個字對妳是一種褻瀆。阿福，妳美麗、聰慧、良善，是我這麼多年來，唯一一個想娶的女子，若我此生能有幸擁有妳，妳一定會是我的妻子，我保證會對妳好，不會始亂終棄。」

聽了他的話，陳阿福的眼淚流得更凶了。前世的劉旭東，說盡天下的甜言蜜語，唯獨沒說過自己是他「唯一想娶的女子」，她覺得，這一句話，是她前世求而不得，卻在這一世意外聽到了。

看到她這樣，楚令宣笑著把她攬進了懷裡。「瞧妳，好事也能哭成這樣，若嫣兒看到了，定會笑妳的。」

陳阿福破涕為笑，倚在他的懷抱裡，溫暖而甜蜜。

此時天色已經完全暗了下來，因為他們兩人在「談話」，下人不敢過來點燈，月光如華，照得站在廊下的身形影影綽綽。

陳阿福想到了陳世英，抬頭問道：「這事會把陳大人牽扯進來嗎？」

她內心深處也不願意傷害陳世英，若自己是他私生女的事情被捅出來，會不會影響他的仕途？一個寒門學子走到如今的地位實屬不易。

「肯定會把他牽扯進來，不過，影響不會太大。許多官員私下都有外室及私生子女，在有些人眼裡這些還是風雅之事，只要不把妳娘本應該是他的正妻，卻在他中舉後被趕走的事情捅出來，他再多幾個私生子女都不是大事。」

真是變態的社會！

正說著，楚懷來報，二皇子和七皇子來了，現已在前廳，他們要見楚令宣，還要見今天從玉麒麟銀樓跑來楚府的姑娘。

楚令宣嘲諷地冷笑一下。「果真如此，他們連一個晚上都等不及了。走吧！妳只需要回答他們妳是我的什麼人即可，其他的，有我。」

陳阿福跟著他向外院走去。她還是有些怕，怕給楚令宣和陳世英，特別是大寶惹麻煩。她覺得自己的身子都不是自己的了，腳下輕飄飄的，身子有些趔趄。

楚令宣拉著她的手使勁握了握。「別怕，一切有我。」

她被他牽著快步走著，月光把他們的影子拉得很長很長，一高一矮，手牽著手。

有這樣一個男人依靠，前路其實也沒那麼可怕……

陳阿福呼了一口氣，被握著的小手反捏了捏他的大手。

楚令宣的笑容更深了。

第二十九章

來到前院時，院子裡站著許多身著戎裝的士兵，還有手拿拂塵的內侍。

前廳裡的幾盞琉璃宮燈，照得屋裡燈火輝煌。八仙桌旁坐著兩個男人，一個是上午見過的七皇子，只不過他現在穿的是杏黃色繡有五爪盤龍的朝服；另一個男人三十多歲，高大偏胖，器宇軒昂，臉上留了一撇小鬍子，穿著跟七皇子一樣的朝服——應該就是二皇子了。

楚令宣抱拳躬身道：「下官參見二殿下，參見瑞王爺。」

陳阿福也福了福身，說道：「參見二殿下，參見瑞王爺。」

二皇子李澤宇看了陳阿福幾眼，對楚令宣笑道：「楚將軍，打擾了。聽七皇弟說，他今天看上的一個絕色女子進了貴府，本殿下還不相信，全京城的人都知道，楚將軍不喜女色，現在看你帶來這個女子，果真是楚將軍性情大變了？」

七皇子李澤印開口說道：「楚將軍，你身邊這位小娘子本王甚是喜歡，希望楚將軍能夠割愛。放心，本王不會讓你吃虧，會再送四個絕色美人兒給你。」

楚令宣沈下臉，抱拳朗聲說道：「瑞王爺請慎言，她是我楚某未過門的妻子，由不得別人如此欺辱。」

這話讓二皇子和七皇子俱是一愣。

二皇子笑了，說道：「未過門的妻子，這話從何說起？」又指著陳阿福。「妳來說，妳的姓名，又是楚將軍什麼人？」

陳阿福低頭屈了屈膝，輕聲說道：「小女陳阿福，是楚大人的未婚妻子。」

二皇子聽了，還是不太相信，又對楚令宣說道：「來定州之前，本殿下還同榮昭見過面，專門問了你訂親了沒，想著咱們都是親戚，若楚將軍訂親，本殿下也會送禮恭賀。可是，榮昭說你並沒有訂親，現在怎麼突然冒出個未婚妻子？總不會你母親還不知道，你就私自訂親了吧！聘者為妻、奔為妾，你還能說她是你妻子嗎？」

「二殿下誤會了，我同陳姑娘並非私下訂親。陳姑娘是她父親陳世英大人許配給我的。」楚令宣說著，從腰間取下一個玉珮捧在手裡，繼續說道：「這是陳大人給我的表禮；還有，我的親生母親，她雖然已經出家為尼，不管世事，但這事我已經專門去庵裡跟她說了，她還送了一件她早年的鳧靨裘給陳姑娘。我也寫信徵詢過我祖父的意見，他老人家已回信同意了，但他有沒有同榮昭公主和我父親說，我卻是不得而知。他老人家和我三嬸明天會來定州，就是專為此事而來。所以說，我們的親事是經過長輩決定的，並不是私自訂親，她，的確是我的未婚妻。」

二皇子很不爽楚令宣敢把他的生母搬出來，但陳世英這三個字更吸引他，便扯著嘴角說道：「她是陳大人的閨女？」

「是。」楚令宣答道。

二皇子又對陳阿福說：「陳姑娘抬頭。」
陳阿福抬起頭來。
二皇子一看，的確跟陳世英有八分像。「倒是個俊俏小娘子，像足了陳大人，怪不得七皇弟這麼著急上門討要。」一見楚令宣瞪著眼睛要說話，他又趕緊說道：「是本殿下口誤，楚將軍莫生氣。只不過，陳姑娘遇到麻煩事，應該回自己的家才是啊！為何卻是上了未婚夫婿的門？呵呵，楚將軍，你這位小未婚妻是不是有些過於輕浮？」
楚令宣待要辯解，只見楚懷進門稟報，說陳世英大人來了，正在廳外候著。
楚令宣得知此事後，便派人給陳世英送信去，讓他有個心理準備，卻沒想到他會親自跑來這裡，他能來，當然最好。
「陳大人來了，有些事，他比下官更有發言權。」
二皇子道：「請陳大人進來吧！」
陳世英進來後，抱拳施禮道：「下官參見二殿下，參見瑞王爺。」
二皇子指著陳阿福問道：「陳大人，這個小娘子是令千金？」
陳世英抬頭看了陳阿福一眼，抱拳說道：「是，正是小女阿福。」
七皇子也問道：「聽楚將軍說，你已經將她許給楚將軍了？」
陳世英道：「是，下官素喜楚將軍的為人，所以已將愛女阿福許配給他。」
二皇子冷笑道：「陳大人，你府上的家風堪憂啊！一個黃花大閨女，竟然私自跑來未婚夫婿家裡，待到黑燈瞎火還不回去，真真傷風敗俗。」

楚令宣朗聲說道：「二殿下，你不能這麼說陳姑娘。她之所以慌不擇路，那也是逼不得已，若是她之前出了我參將府，恐怕現在不會好好地站在這裡回話。」

二皇子說道：「她大可以回陳府自己家，跑來這裡做甚？」

陳世英擦了擦汗，憐惜地看了陳阿福一眼，說道：「稟殿下，稟王爺，阿福是個好姑娘，她之所以這麼做，錯在我。因為，她長這麼大還沒回過陳府，沒回過她自己的家。」說到後面，聲音都有些哽咽。

這話讓二皇子和七皇子都不解了，異口同聲問道：「陳大人是何意思？」

陳世英擦了擦前額上的汗，抱拳說道：「下官汗顏，因為她是下官的私生女。下官把她接來定州，正準備接進府，讓她認祖歸宗，誰知卻出了這種事。現在下官就是來接她回家的，她不會在這裡繼續待下去，阿福是溫婉賢淑的好閨女，二殿下不能那麼說她。」

二皇子沒想到會是這樣，他搖頭大笑道：「這位陳姑娘不僅是知府的女兒，還是知府的私生女。嘖嘖，英雄難過美人關，相信這段姻緣，一定會成為本朝不可多得的美談。」

七皇子也樂了，雖然他極捨不得這個美人，但他知道自己肯定是要不到了。「本王這才知道，原來楚將軍還是個癡情種，佩服、佩服。」

楚令宣正色說道：「在楚某的眼裡，陳姑娘不只美貌，還聰慧賢淑。我楚令宣能娶她為妻，乃今生一大幸事。」

「不錯，為了成全楚將軍的癡心，本殿下也願意為這段良緣做個見證。」二皇子皺著眉對陳世英說道：「陳大人俊俏無雙，又才高八斗，被小娘子喜歡，也屬正常；不過，你的閨女，還是接進府裡妥為安置地好，總不能讓陳姑娘頂著私生女的頭銜嫁給楚將軍、楚世子吧？不管怎樣，楚將軍還是我皇妹的繼子。」

陳世英躬了躬身。「下官慚愧，阿福和她娘一直生活在鄉下，下官之前鮮少顧及到她們，所以她娘已經另嫁。下官會讓夫人把阿福記在名下，讓她以我陳世英嫡女的身分嫁給楚大人。」

二皇子看了一眼楚令宣，語重心長地說道：「陳大人的家事頗有些複雜……不過，陳大人一定要好好安置令千金，楚將軍乃國之棟梁，又是我皇妹的繼子，不能讓他和他的未婚妻子受委屈。」

陳世英趕緊躬身道：「下官汗顏，定不會讓楚將軍和小女受委屈。」

七皇子雖然遺憾沒有討要到美人，但這齣戲還是看得他大樂。「對不起了楚將軍，本王不知道陳姑娘是你的未婚妻，否則肯定不會如此。等楚大人娶親的時候，本王必會送份大禮。」

二皇子和七皇子起身走了。楚令宣和陳世英把他們送到大門外，看到馬車消失在夜色中才轉身回了廳屋。

陳阿福坐在一把椅子上，她又怕又氣，小嘴嘟著，小臉通紅。

看她這副樣子，楚令宣很想好好勸解一番，可陳世英在這裡，他不好多說，便坐在她旁邊說道：「陳姑娘，無事了。」

陳阿福說道：「那兩個皇子如此大刺刺地來臣子家討要女人，就不怕言官彈劾他們嗎？」

「彈劾瑞王的人從沒斷過，皇上也沒少訓斥他，這個人的內心遠不像他表面那麼荒唐妄為，毫無章程，相反聰明得緊，他經常會讓人抓住小辮子，卻不曾鬧出過大事。所以，看似被封王，沒有當儲君的可能，卻是聖上最疼愛的幾個皇子之一。」

陳世英也說道：「我也聽說，瑞王的風評遠不如其他幾位皇子，說他好色貪玩，卻頗得聖寵。算了，天家的事，留給那些言官們操心吧！福兒，已經很晚了，跟爹回家吧！」

陳阿福知道她今天晚上必須跟他回陳府，畢竟陳世英就是以接她的藉口來的，但是，那個地方有那個惡老太婆，還有唐氏和陳雨暉，她真不想回去。「我怕我站著進去，躺著出來。」

陳世英嘆了一口氣。「福兒，之前是爹對不起妳，讓妳受了那麼多苦，還讓自家人傷了妳的心。放心吧！府裡不會出現妳擔心的事情，其中的厲害關係，我會跟她們幾人講清楚。爹不在家的時候，江氏也會護著妳，等妳拜了江氏為母親，我把妳的名字寫入祠堂，再和楚家把親事徹底定下來，妳想住哪裡就住哪裡吧！」

「只得先委屈妳住去陳府幾天，我會派一個婆子、兩個丫鬟跟著妳，再派兩個護衛住在陳府外院。明天我爺爺和三嬸便會來定州，他們會把我們的事盡快定下來，那時，妳就可以回鄉下了。」楚令宣對陳阿福說完後，又對陳世英道：「請陳大人回去跟老太太說清楚，我三嬸的脾氣不太好，又護犢，若是知道楚家未來媳婦在你府上受委屈了，定會帶著人打上門的。」

陳世英不敢端泰山大人的架子。「楚大人多心了，我的閨女我心疼，斷不會讓她受委屈。」

「這樣再好不過，陳大人要記住今天的話。」楚令宣裝作沒看出他的不高興，又對陳阿福道：「把大寶接來我家住吧！左右他跟嫣兒也玩得好。」

陳世英道：「讓大寶跟福兒一起去陳府也可。」

陳阿福不願意大寶來楚家，大隱隱於世，最好的地方還是陳實家，便搖頭說道：「還是讓他在我叔叔家吧！他在那裡自在些。」

這時，來了一個五大三粗的婆子，兩個十四、五歲的丫鬟，婆子姓許，人稱許嬤嬤，兩個丫鬟分別叫銀鐲和玉鐲。此外，還有兩個孔武有力的護衛，其中就有白天跟著她的王護衛。

陳阿福讓夏月回陳實家服侍大寶，萬不許大寶出院子，順便告訴曾雙，鋪子暫時不買了，先租著吧！然後，她帶著秋月以及楚令宣給的幾個人，坐著馬車去了陳府。

坐在馬車上，陳阿福的內心極是複雜，不能平靜。

沒想到，她來定州府後會遇到這麼多事情，又被迫做了人生最大的兩個選擇。若說她從內心深處願意接納楚令宣當丈夫，卻是一點也不想去陳府認祖歸宗，不想叫另一個女人母親，更不想叫那個惡老太婆祖母……

大概兩刻多鐘，便到了陳府。這裡的官衙和後宅是徹底分開的，官衙是官衙，家是家。

陳世英直接領著陳阿福去內院的一處院子。廊下掛著幾盞燈，大窗槅裡透出橘色的燈光，再加上皓月當空，把院子裡照得亮堂堂的。這是個兩進院子，院裡玉樹瓊花，暗香浮動。

陳世英帶著她向上房走去，低聲說道：「這是江氏的院子，今天妳暫時住在這裡，我馬上讓人給妳收拾院子，明天再搬過去。江氏為人很好，端方賢淑，以後跟她好好相處，福兒是個聰明人，知道怎樣做對自己更有利。」

陳阿福在門口站定，低聲說道：「今天的事發生得突然，有些事我並沒有做好心理準備，比如說認陳夫人作母親，還有認你……作父親，我應該先跟我爹娘告知一聲後再認，否則，對不起他們這麼多年的養育之恩。」

陳阿福知道此時此刻自己只是在做些無謂的抵抗，今天發生了那種事情，她不可能不把認祖歸宗這事給落實了。

陳世英看著這個倔強的女兒，嘆了口氣說道：「爹知道這是難為妳了，是爹對不起妳。好吧！我派人去通知姊姊和姊夫，先將妳的名字寫進族譜，記在江氏的名下，至於認父母的儀式，以後再說吧！但是，妳祖母沒有江氏好說話，有些禮節還是要做的。」

剛進了上房，便看見聽到稟報的江氏從東側屋走出來。她穿著一身半舊的雪青色緞子、繡花褙子，烏黑的頭髮隨意盤在頭頂，洗去鉛華的臉更是顯得普通。這個樣子，應該是準備歇息了。

江氏看到陳阿福愣了愣，但很快把臉上的驚訝收起來，先對陳阿福笑了笑，然後對陳世英道：「老爺回來了，還帶來了福兒？」

她不笑的時候，顯得很端莊嚴肅，但一笑起來卻是很溫婉的樣子，眼睛彎彎的，似乎連心都在笑，而且聲音悅耳溫柔，讓人聽著心安。若不是親眼看到，根本不相信這聲音是從她嘴裡發出來的。

江氏的矛盾，讓陳阿福有些錯亂。

陳阿福給江氏屈膝，福了福，笑道：「陳夫人，打擾了。」

接著，陳阿福被丫鬟領去西側屋喝茶，陳世英和江氏則去東側屋商議。

過了兩刻鐘，江氏來到西側屋，對陳阿福笑道：「今晚太急，只得委屈福兒住在西跨院兒，我已經讓人連夜去把薔薇院收拾出來，明天妳再搬去那裡。」說著，就拉著陳阿福的手向屋外走去。

對於江氏的親熱，陳阿福有些不習慣，但也不好拂了她的一番好意。

陳世英站在廳屋，此時他已經換上一套家居服，看她們如此親密，眼裡的笑意更盛。

出了上房，右邊是一道月亮門，過了月亮門，便是一個小院，裡面有三間房子。

江氏笑道：「晴兒十歲前就住在這裡，大了才移去望月軒。」

陳阿福笑道：「謝謝夫人。」

等江氏走後，陳阿福洗漱完，躺在床上。她睡在東屋，把秋月和許嬤嬤打發去西屋。

她覺得秋月和許嬤嬤應該睡了，輕輕起身把門鎖上，把小窗開了一道縫，使勁掐著左手心，不到半刻鐘，金燕子便鑽進小窗來到陳阿福的面前。

陳阿福放下羅帳，一人一鳥進了空間。

金燕子啾啾叫道：「媽咪，妳怎麼搬來這裡住了？臭大寶見妳一直沒回去，嗓子都哭啞了。」

陳阿福聽了一陣心疼，氣鼓鼓地說道：「你當我想來啊！這不是沒法子了嗎？都怪那個七皇子，把我逼去了楚家，害我不僅答應了楚令宣的婚事，還要來這裡認祖歸宗。」

金燕子一聽她答應了楚令宣的婚事，啾啾大笑起來，小嘴張得極大，連通紅的嗓子眼都能看清楚，等牠笑夠了，才說道：「人家早就說楚爹爹會當我的爹，媽咪還不相信！看吧！看吧！人家說對了吧……」

陳阿福給了牠一個腦鑿子，打斷牠的話說道：「我讓你來，是要告訴你，一定要保護大寶的安全。我有一個重大發現，大寶長得跟七皇子和那個九爺非常像，我怕他是皇家的人。他既然被拋棄了，肯定是有人不想讓他活下來，特別是無智老和尚說他有血光之災，讓我更加擔心他的安全。這幾天我不能回叔叔家，你一定要護好他，不能讓別人傷害著他，好了，快回去吧！」

一人一鳥出了空間，陳阿福看著金燕子飛出窗戶，消失在茫茫夜色中。

第二天一大早，陳阿福便被秋月喚醒了。正梳洗的時候，一個丫鬟端著一個裝衣裳的托盤走了進來。

丫鬟屈膝笑道：「奴婢紅楓，給姑娘請安。夫人讓我們連夜給姑娘做了一套衣裳，姑娘看合不合身。」

陳阿福起身笑道：「謝謝夫人，謝謝紅楓姊姊。」

紅楓和秋月一起服侍陳阿福換上新衣，這是套大紅色提花錦緞褙子，再戴上昨天江氏送的玉簪。

陳阿福心道：江氏給她穿這套大紅衣裳，應該是擺明自己的態度吧？怪不得長相一般，又比陳世英大兩歲，還能得陳世英如此看重；只是不知她是礙於面子，還是的確有那個肚量？

紅楓笑道：「姑娘本來長得就好看，穿上這衣裳更好看。」說著，又拿出梳妝檯裡的一個化妝盒，準備給陳阿福化妝。

陳阿福笑道：「搽點香脂即可。」

打扮妥當，陳阿福便去了上房。進了東側屋，陳世英和江氏已經坐在炕上，炕几上擺滿了早飯。

還有個十歲出頭的男孩也坐在這裡。這個男孩長得比陳雨暉和陳雨晴都好，跟陳世英有四、五分相像，他就是陳世英的獨子陳雨嵐。他跟陳阿福像得多些，跟他的胞姊陳雨晴比起來，他們更像同胞姊弟。

陳阿福的出現讓陳世英的眼睛一亮，他瞥了一眼江氏，滿意地點點頭，也不知道他是滿意陳阿福的打扮，還是滿意江氏的作為。

陳雨嵐見了，趕緊起身向陳阿福做了個揖，說道：「弟弟雨嵐見過姊姊。」

陳阿福也回禮，笑道：「弟弟，姊姊來得急，以後再給弟弟把見面禮補上。」

陳雨嵐笑道：「好，弟弟等著。」

他的話把陳世英和江氏都逗笑了。

陳世英笑道：「你們姊弟以後要互敬互愛。」

江氏招手讓陳阿福坐上炕，笑道：「好可人的孩子。」又對陳世英笑道：「我們這幾個閨女，福兒最壓得住大紅。」

陳世英點頭稱是。

四人無語吃了飯，陳世英要去衙門，陳雨嵐要去上學，父子出門前，陳世英不放心地囑咐江氏道：「福兒就有勞夫人照應了。」

「老爺放心，我會把福兒照顧好。」

送走了陳世英父子，江氏把陳阿福拉去炕上，小聲說起府中的事。「過會兒三位姑娘和兩位姨娘就會來這裡問安，妳跟那三個妹妹好好相處，至於姨娘什麼的，高興就給個笑臉，不高興便無須理睬。老太太的身子不太好，怕吵，老爺讓孩子們逢五和逢十去請安；不過，老爺說了，今天特殊，晚上全家人都會去老太太的恒壽院。唉，老太太較真，給她的禮節不能少，妳要給她磕頭敬茶，再給妳們姊妹重新序齒……」

陳阿福心裡極其氣憤，自己憑什麼要給那個老禍害磕頭敬茶，真是沒天理了。

江氏大概看陳阿福沈下臉，拍著她的手說道：「福兒，我聽老爺說起過妳母親，在我心裡，我跟老爺一樣敬重她，也把她當姊姊。我還特別感激她，是她把老爺帶得這樣優秀，讓老爺在年少時多了許多溫暖和快樂。唉，這些年，讓她和妳受委屈了……我跟妳說句掏心窩子的話，有些事放在心裡就好，不要說出來，否則口水能把人淹死。」

正說著話，聽見外面小丫鬟的聲音。「二姑娘來了。」

進來了一個穿丁香色短襦和水紅色襦裙的姑娘，正是陳阿福上年在玉麒麟銀樓碰見的姑娘，江氏所生的嫡女陳雨晴。

陳雨晴今年十四歲，長得像江氏多些，但一雙彎彎的笑眼給平凡的小臉增添了幾分喜氣，觀之可親。

她應該已經聽說陳阿福在這裡了，給江氏行著禮，眼睛卻瞟著陳阿福。

江氏笑道：「晴兒快來見過妳姊姊。」

陳阿福趕緊起身，兩人互見了禮。陳阿福又解釋了一遍，自己來得匆忙，見面禮改天送。

接著，又來了一個二十幾歲的美貌婦人和一個小姑娘。婦人是綠姨娘，小姑娘是八歲的庶女陳雨霞。陳雨霞長得像綠姨娘多些，很是俊俏的小姑娘。

陳阿福和陳雨霞又互見了禮。再接著，唐氏和陳雨暉來了。陳雨暉今天穿得非常張揚，石榴紅緞面繡牡丹褙子，銀紅色撒花百褶長裙，珠翠滿頭，妝容也比較濃豔，大概是被陳阿福罵長得醜產生了心理陰影，著力好好打扮了一番吧！

陳阿福一看這個死丫頭心裡就氣，若昨天她不找事，自己也不會被七皇子盯上，後面的所有事都不會發生。

江氏道：「暉兒，快來見過妳姊姊福兒。」

陳阿福穩穩地坐在圈椅上沒動，等著陳雨暉給她行禮。

陳雨暉再不情願，也只得過來。她昨天晚上已經上床睡覺了，她爹卻派了一個婆子把她叫起來，專門說了陳阿福回府認祖歸宗的事；還說，若是她和唐姨娘敢找事，便直接讓她們去廟裡抄半年佛經。

不過，當她看到陳阿福一身大紅，漂亮得令人目眩時，心裡就一百個不痛快，便敷衍性地屈了屈膝，說道：「見過姊姊。」又用帕子捂著嘴笑道：「姊姊這身衣裳一穿，倒像足了官家小姐。」

陳阿福笑道：「這身衣裳是母親送的，姊姊很是喜歡，妹妹喜歡？不過，它不適合妹妹，妹妹穿上也不會像官家小姐。」

陳雨暉反唇相稽道：「我可不像有些人在鄉下待了十幾年，要靠衣裳裝點門面，我一出生就在府裡，哪怕不穿那身衣裳，照樣是官家小姐。」

陳阿福又笑道：「是，陳大小姐本是官家小姐，但穿了這身衣裳，就不像官家小姐了，像我們鄉下的紅薯花。」

陳雨晴聽了「噗哧」笑出聲，陳雨霞則憋紅了臉，不敢笑。

陳雨暉氣得滿臉通紅，本要再說，但看到江氏已經沈下臉，只得不情願地閉上了嘴。

唐姨娘給陳雨暉使了個眼色，讓她別明面找事，陳雨暉才氣鼓鼓地坐去椅子上。

眾人閒話一陣，江氏就把陳雨暉和陳雨霞以及兩個姨娘打發下去。

江氏在廳屋裡聽管家婆子說著家務事，陳阿福和陳雨晴則在側屋聊天。

陳雨晴樣子可愛，說話軟軟糯糯，帶一點江南口音。江氏把一雙子女教得很好，陳阿福看得出來，陳雨晴很想跟自己交好，江氏母子三人似乎都在跟她示好。

江氏是真愛陳世英，所以才會讓一雙子女跟她把關係搞好，也會說那些掏心窩子的話。最終目的或許是為了讓陳世英高興，但自己也得了利，既然這樣，她也投桃報李，好好跟他們相處。

姑娘家最感興趣的便是首飾、衣裳，一說到這個話題，兩人的話更多了。當陳雨晴聽說自己喜歡的幾種盤釦和吉祥兔拖鞋，都是陳阿福設計出來的，她眼睛都瞪大了。

陳阿福許諾，以後自己有時間了，會為她量身製作一套衣裳，把陳雨晴樂得眉眼彎彎……

快到午時，下人來報，薔薇院收拾好了。江氏點頭，正要領陳阿福去時，便來了一個婆子。

陳阿福覺得這個婆子有些面熟，仔細一想，才想起來是上次陪著老太太到自家去的那個婆子，當初還想上來打自己，不過，這個婆子現在走路不索利，似乎已經瘸了。

婆子說老太太不太好，讓夫人去恒壽院一趟。

江氏讓張嬤嬤領著陳阿福先去薔薇院，陳雨晴也鬧著要去，江氏同意了，讓她們姊妹兩人好好相處，又指了自己的一個叫青楓的丫鬟暫時去服侍陳阿福。

江氏去了恒壽院，看到陳老夫人的樣子，嚇了一跳，問道：「婆婆怎麼了？兒媳這就讓人去請大夫來。」

老太太雙眼赤紅，臉色蠟黃，說話也有氣無力，道：「老婆子沒甚大病，就是昨兒氣得胸口痛，一宿沒睡好。」

江氏故作驚詫道：「是誰膽子那麼大，敢惹婆婆生氣？婆婆說出來，兒媳去教訓他。」

老太太道：「昨天世英來說，那個壞丫頭要回府認祖歸宗，說什麼楚家要來咱家提親求娶那丫頭，還說要把那丫頭記在妳的名下，當成咱們陳家的嫡長女……等他走了我才反應過來，當初明明是我跟楚府說好，要把咱們府的嫡長女許給楚將軍；但我當初說的嫡長女是指暉丫頭，讓妳把她記在名下，她就是咱們府的嫡長女。可是現在，世英卻想張冠李戴，用那壞丫頭冒充暉丫頭，這怎麼行，我不同意，楚家更不會同意。兒媳婦，那個壞丫頭不好，不孝又沒有良心，把暉丫頭記在妳名下吧！她以後嫁去了楚家，妳和嵐兒、晴丫頭都能受惠……」

江氏忙打斷老太太的話說道：「婆婆，是您誤會了，聽老爺說，福兒因為給楚家姑娘當針線師傅，被……」她不好說楚令宣，趕緊改口。「被楚家老侯爺看中，讓楚將軍求娶她。昨天，老爺同楚將軍相商，說的也是福兒……」

老太太暗道，難道真的是楚家看走了眼，看上了那個壞丫頭？

「今兒晚上，妳不僅要把那壞丫頭記在名下，也一起把暉兒記在名下，兩個嫡女，再把她們的事情說清楚，我看楚家人是求娶溫婉端莊的暉丫頭，還是求娶那個沒家教又忤逆長輩的壞丫頭。」

江氏嘴角滑過一絲譏諷，笑道：「好，兒媳聽婆婆的，暉丫頭，兒媳也喜歡得緊，巴不得給她個好出身。」

老太太聽了，才滿意地笑起來，讓江氏走了。

江氏一出門，陳雨暉就從側屋走出來，她的雙眼紅腫，還不時拿帕子抹著眼淚。

她出了正院便來到恒壽院，結果聽老太太說她爹和江氏想張冠李戴，讓陳阿福頂替自己嫁去楚府的事情，當場就氣哭了。

薔薇院是個不大的小院子，四周圍牆是木柵欄，柵欄上爬滿了青藤，藤上開滿了大朵的薔薇花，極是漂亮。前後共六間房，後面一間房裡還有一個灶，應該是燒水用的。

看到這個灶，陳阿福有了主意，對陪同來的張嬤嬤道：「我會做不少好吃食，想要些食材，做些吃食孝敬長輩。」

張嬤嬤是正院管事嬤嬤，心思通透，聽陳阿福這麼一說，便明白了，人家是不放心家裡的吃食；不過她也能理解，聽說這位姑娘當初讓老太太和大姑娘、唐姨娘吃過大虧。

「好，讓許嬤嬤過會兒跟我去廚房，領些食材和柴火來。」

晌午，陳阿福留陳雨晴在薔薇院吃飯。因為有陳雨晴，她不怕有人害她，便吃了廚房做的飯菜，她還親自下廚做了一道黃金滑肉，想著小孩子喜歡吃這道菜，又讓人給陳雨霞送了一盤過去。

陳雨晴笑道：「這道菜我在興隆酒樓吃過，沒想到姊姊做的一樣好吃。」

陳阿福笑了笑沒言語。

傍晚時分，紅楓又來了薔薇院，說老爺已經回來了，請陳阿福去恒壽院。

想著馬上要見到那個老惡婆子，陳阿福一陣煩躁，但事已至此，只得去見。

她們越過幾個亭閣，走了一段遊廊，來到一處大院子。

進了正房，正前方的羅漢床上，一邊坐著笑容可掬的陳世英，另一邊坐著陳老夫人，她一臉陰沈地看著走進來的陳阿福。

老太太一看到陳阿福就胸痛，咬著牙問道：「妳不是說這個家是狼窩嗎？妳又來做甚？」

陳阿福本來想聽從江氏的勸，明面上不過分忤逆這個老太婆，但聽到她惡狠狠的聲音，再看她這副嘴臉，便沈臉說道：「我也不想來這裡，更不想看到妳，但我爹硬要接我來，我為了我爹，忍下了許多事，包括妳造的孽……」

「福兒……」陳世英趕緊出口制止道：「福兒，別這樣。」

老太太拍了一下羅漢床上的炕几，大聲喝道：「放肆！妳如此忤逆長輩，定是王氏教唆的，那個女人，看著一副柔弱樣，專幹上不了檯面的下作事。」

老太太就是要把陳阿福的氣性激起來，想著她頂了嘴，就是忤逆不孝，讓兒子、媳婦看看她的本性，最好不要讓她認祖歸宗，也別把她記在江氏名下。

陳世英揮了揮手，讓下人統統退下去，陳雨暉四姊弟也退去了側屋。他皺眉對老太太說道：「娘，兒子昨天是怎麼跟您說的？您怎麼又這樣。」

老太太指著陳阿福說道：「這個壞良心的丫頭如此不孝，你還幫著她？」

陳世英又勸陳阿福。「福兒，聽話，咱們不是都說好了嗎？妳祖母年紀大了，妳還是要尊重她，快，快來跟祖母磕頭敬茶。」

陳阿福聽老太太把王氏罵得如此不堪，更不可能給她磕頭了，自己的膝蓋再軟，也不會跪這個老太婆。

「我不會給一個害死自己相公的惡女人敬茶。」

老太太這次是真生氣了，拍著炕几罵道：「放肆！死丫頭胡說八道，也不怕雷劈死妳。」

陳世英也不贊同地說道：「福兒，怎能這麼說妳祖母。」

陳阿福道：「難道我說錯了嗎？你那麼聰明，一定覺得她是你母親，不敢多想，所以一直在自欺欺人。想想你的親爹、我的祖父，本來高僧已經給他算了命，說只要沖喜，他老人家就能活下來；可是這個老太婆是怎麼做的？她把我娘買過來，騙我祖父說，是給你買童養媳來沖喜。可是，她根本就沒有去縣衙上檔，實際上只把我娘當長工用。她那時肯定就打好了主意，爹一考上舉人，就準備把我娘攆走。

「你們被她騙了，但保佑祖父的菩薩不可能被她騙，所以，我祖父只多活了幾年，還是死了；而我在鄉下的那個爹爹，因為娶了我娘進門沖喜，他的病比我祖父還重，卻一直活到現在，身體還越來越好。所以說，我祖父的早逝就是她害的。她造的孽，不僅害死了自己的男人，連她兒子也害進去了，若是有心人把她的所做所為揭發出來，爹的仕途便艱難了……」

古代人都迷信，就是要拿菩薩來說事。

陳世英也有過類似的想法，但一冒頭就逼迫自己打消這個念頭，覺得自己這樣想母親是大不孝；可被陳阿福一說出來，心裡又氣他娘千不該、萬不該為了一己私心，欺上瞞下。不管當初那和尚說得對不對，既然已經說了沖喜，就應該真沖喜，那樣才能對得起自己的爹……

老太太氣得拿起一個茶碗向陳阿福砸去，喊道：「放肆、放肆！打死妳個忤逆不孝的東西。」

陳阿福躲開扔過來的茶碗，冷笑著說道：「我知道妳恨不得我死，妳想想，我若把妳的所做所為告訴老家的陳家族老，他們會怎麼對妳？」

這一招陳阿福確實想過，但還沒用上，就被老太太氣得當眾說了出來。

老太太聽了，一下子氣得暈過去。

陳世英和江氏趕緊把她扶去臥房，陳世英看老太太微動的眼皮，知道她沒有真的暈過去。

把老太太扶在床上躺下後，陳世英悄悄在她耳邊說道：「娘，算了，別鬧了，若把福兒逼急了，她把那些事透露給言官，那麼兒子不說官降幾級，以後升遷也難了；若她再把那些事說到老家去，母親也得不了好。」

老太太睜開渾濁的眼睛，咬牙切齒地說道：「把她溺死，就說她自己淘氣，失足掉進了河裡，只有死人才能保守秘密。楚家那裡，讓暉兒頂上。世英，家裡不能留這個禍害，否則不知道什麼時候就會害了全家。」

陳世英驚道：「娘，福兒是您的親孫女，您怎麼能這樣！」

江氏也眨了眨眼睛，覺得這個老太太心狠，怪不得連自己男人的命都不顧。

老太太冷笑道：「老婆子要不起那樣的親孫女，你聽聽她剛才說的話，那是一個親孫女對親祖母說的嗎？」

剛才陳阿福的話已經在陳世英心裡扎下一根刺，只是不好說出來，他搖頭說道：「娘，您還沒看出來嗎？福兒不是王氏，不是您能隨意拿捏的。楚家哪可能讓您隨便換人，福兒來咱家，楚家還派了幾個人來保護，外院還住著兩個武功高手，您的這個主意，不僅會害死您自己，還會害死兒子。」

老太太眼神閃了幾下，又說：「不能讓這個壞丫頭認祖歸宗，更不能把她記在你媳婦名下，若她是個私生女，我看楚家還會不會娶她！」

陳世英嘆著氣說道：「楚家求娶阿福，早把她的事情打探清楚了，人家還真不在乎她是不是我陳家的女兒。娘，您在屋裡好好歇著，那些事，兒子心裡有數。」

他讓下人來服侍老太太，又和江氏回了廳屋，陳阿福正坐在椅子上望著屋頂。

陳世英對陳阿福說道：「福兒，妳祖母糊塗了，莫跟她一般見識。」

陳阿福今天也不想把事情鬧得太過，便點點頭。

陳世英讓孩子們都進來，說道：「你們祖母剛才因為高興過度，頭有些發昏，去歇著了。以後，福兒就是咱們陳家的大姑娘，暉兒是二姑娘，晴兒是三姑娘，霞兒是四姑娘……」

陳世英把幾個姑娘重新序了齒，又說明天他請了一天假，上午就把陳阿福的名字寫進祠堂，記在江氏名下。而且，今天下午楚府已經派人遞了帖子進來，明天楚家的老侯爺和楚三夫人會請總兵付大人作媒，來府裡說合。

陳雨暉氣得不行，當時老太太可說了，讓江氏也把自己記在她名下，江氏嘴上答應得好好的，現在卻不提這事；還有那事，祖母生病了，不知道會不會再繼續……

陳世英領著孩子們去西廂吃飯，江氏則領著端飯的丫鬟，去老太太的臥房服侍她吃飯。

飯後，陳世英和江氏回了正院。

陳世英想到老太太那閃爍不定的眼神，悄聲對江氏嘆道：「恨能迷失人的心智，我娘老糊塗了，再加上恨，我怕她會幹出傻事。福兒住在府裡的這幾天夜裡，妳要派幾個心腹婆子悄悄守在二門、恒壽院和薔薇院外面，若真有事，動靜不要鬧大了。若是被楚家知道娘敢害福兒，他們不會輕易放過咱們家；還有，再讓人在唐氏和暉兒的院子外面守著。」

江氏點頭，她也怕老太太幹傻事，把丈夫、兒女連累了，不說陳阿福本身就厲害，那楚家的幾個人，楚老侯爺、楚令宣還有楚三夫人，他們陳家一個都惹不起。

另一廂，陳阿福在回薔薇院的路上，對秋月和青楓說道：「今天我和老太太起衝突的事不要告訴許嬤嬤和銀鐲、玉鐲，這是陳家的家務事，被她們知道了不好。」

青楓和秋月都點頭道好。

陳阿福倒不是真的怕陳家的破事傳出去，她知道自己把老太太得罪狠了，每天夜裡都會躲去空間，又怕若許嬤嬤知道這事，硬要進她的臥房值夜，反倒礙事。

回到屋裡，秋月和青楓都要去她的臥房值夜，陳阿福沒同意，讓她們在廳屋裡打地鋪，臥房裡若有動靜，她們也聽得到。

陳阿福躺上床，秋月放下羅帳，又熄了燭，才關上門出去。

陳阿福躺了一會兒，便悄悄起身，把枕頭塞在被子裡，輕手輕腳去了淨房。淨房的門在床邊，開了兩道門，一道對著臥房，一道對著後院。她把兩道門都關好，閃身進了空間。

她倚在燕沉香上，想著若事情順利，明天媒人來說合，後天官媒來提親，等兩家合了八字正式訂親，她便能夠回鄉下了……

第三十章

迷迷糊糊睡著了，不知睡了多久，突然聽見外面有極輕的啄門聲，接著又聽見幾聲燕子極輕的呢喃聲。

金燕子在說：「開門，是我。」

陳阿福趕緊出空間，把淨房對著後院的那道門打開一道小縫，金燕子一下飛了進來。

一人一燕又進了空間。

陳阿福道：「你怎麼來了，大寶還好吧？」

「楚爹爹派人去把妳爹和娘接來了，他們一來，臭大寶雖然還鬧騰，也沒有鬧得那麼厲害了。」金燕子又啾啾叫道：「若人家不來，還看不到這一齣大戲。」

「什麼大戲？」陳阿福問道。

「人家想媽咪了，見大寶跟著姥姥睡著了，便來看媽咪……」

金燕子一飛到陳府後院的上空，便覺得有情況，因為有些樹下和花叢中都蹲了人在那裡埋伏。牠嚇了一跳，直覺媽咪有危險，便飛去後院最高的一處假山上，那裡有一棵參天大樹，牠站在樹尖，可以看到後院的全貌。

果真到了子夜時分，牠看到一處院內竄出一個人，那個人即使把臉捂嚴實了，也能從身形和行動上看出是個男人。

那個男人直接往陳阿福的院子跑去，在路過一條花徑時，突然從花叢中竄出三個婆子，同時舉起手裡的棍子，狠狠向那個男人的頭上打去。那個男人一彎腰，雖然躲過兩個婆子的襲擊，但還是被一個婆子打中，應聲倒下。三個婆子又補了幾棍子，把他綁起來，又用破布堵上他的嘴，裝進麻袋裡，拖去一個院子。

陳世英和江氏同時出來審問，並讓人在他的身上搜了搜，不僅搜出了刀，還搜出了迷煙。

這個男人是唐氏乳娘的一個親戚，叫王三郎，在定州的一個賭場做事，還有幾分功夫。今天晌午唐氏的乳娘找到他，說有個美差，若做得好便能做陳家女婿，還能得到一大筆銀子……

下晌，王三郎便以老太太鄉下親戚的身分，被帶去恒壽院，藏在後院的一間小屋裡，接他和藏身以及傳話的人，都是老太太身邊的瘸腿譚婆子。

剛開始，譚婆子讓他夜裡偷偷去薔薇院，用迷煙把薔薇院的人都迷暈後，再跟那個丫頭有夫妻之實。說只要他們有了夫妻之實，老太太就作主，讓她嫁給他，再陪送一筆可觀的嫁妝。

但今天夜裡，譚婆子的口風又變了，讓他破了瓜後，把陳阿福吊在房樑上，偽造她自殺的現場。待他完事後，趕緊回恒壽院躲起來，明天天一亮就會想法子把他送出家門，之後，老太太會給他五百兩銀子。

聽完後，陳世英氣得渾身直哆嗦，差點沒閉過氣。

江氏趕緊起身為他揉著後背，說道：「老爺莫急，這事還好咱們事先防範了，福兒也沒傷著。」

王三郎被人帶下去，陳世英讓人把唐氏的乳娘丁婆子和老太太身邊的譚婆子帶來，再把唐氏的院子和恒壽院看管起來，不許人隨意進出。

先提問的是丁婆子。丁婆子一來，便知道她們的所做所為暴露了，嚇得腿都軟了，跪下連連磕頭告饒。

陳世英說道：「到底怎麼回事，從實招來，若不說實話，不僅妳活不了，連妳一家人都會被打死！」

丁婆子說，是老太太讓唐氏去恒壽院商議的，這個主意也是老太太出的。她說陳阿福就是一個鄉下丫頭，只要失了身，便不敢再妄想攀高枝，陳世英更不敢讓這樣的女兒嫁過去，到時候只有讓陳雨暉頂替。

只不過老太太在定州沒有親戚，便讓唐氏出人。唐氏害怕不願意，丁婆子便自告奮勇說自己有個親戚在賭場做事，還有幾手功夫。老太太一喜，就答應找這個人來。

丁婆子跟王三郎說好，並讓他準備好迷香和刀。之後，老太太跟前的譚婆子，以王三郎是老太太的親戚為藉口，直接把人接進恒壽院藏起來……

或許丁婆子知道自己活不了了，把責任都推到老太太和自己身上，將唐氏母女撇得乾乾淨淨。

之後，又提審了譚婆子。譚婆子嚇得屎尿皆出，一來就跪下哭道：「都是老太太和唐姨娘、二姑娘商量的法子，是老太太讓老奴這麼做的，老奴不敢不做啊……」

陳世英當過多年知府，自然知道審人的方式，他把要問的都問了，讓人把她們帶下去關起來。

他一拳砸在桌上，對江氏說道：「王三郎和跟這事有關的所有下人，都不能留下活口；讓唐氏得個疫病，送去鄉下的莊子，讓她死在那裡吧！暉丫頭送去定州外的萬慈庵，在那裡抄佛經一年。我娘……唉，我娘，她怎麼能這樣做！明天我會去跟她好好談談，若她再敢作惡，我們家也不能留她了；到時直接用福兒的那個法子，讓人把她欺上瞞下，致使我爹早逝的事，傳到陳家族老那裡去。另外，把她院子裡的所有人都換了……」

陳阿福聽了，都氣死了，那個老太婆太壞了！

這些做壞事的人，陳世英都處理了，但最壞的老太婆卻輕輕放過。

陳阿福對金燕子說道：「金寶，你不是說過，若有人要傷害我，你就能弄死他，是吧？」

金燕子點頭說：「嗯，但只限於直接傷害媽咪的人。比如說王三郎要害妳，我就能啄死他，但老太太是指使人，並沒有直接出手，所以我不能啄她，也不能弄死她，否則，會影響我以後的修為。」

陳阿福又道：「你不需要啄她，也不必弄死她，嚇唬嚇唬她，總成吧？」

金燕子啾啾道：「成，她那麼對媽咪，人家也非常非常生氣。要不，我拉坨屎在她的嘴上？」

「她的嘴比屎還髒，屎拉在她嘴上，都糟蹋了。」然後，陳阿福對著牠的小腦袋低語了幾句。

金燕子聽了，啾啾笑道：「好玩，人家喜歡。」

陳阿福捧著金燕子親了一下，說道：「媽咪在這裡，預祝金寶旗開得勝。」

金燕子伸出小舌頭舔舔尖嘴，勾著嘴角說道：「媽咪等著好消息吧！」

一人一燕出了空間，陳阿福打開後門的一個小縫，讓金燕子飛了出去。

金燕子在空中盤旋一圈後，落在一處大院子裡。大院子外面已經被人看守起來，裡面的人或許還不知道，靜悄悄的。

牠飛到陳老夫人的臥房外，見窗戶有個縫，便飛了進去，把床上一邊的羅帳啣住掛在鈎上，見老太太睡得很安詳，還打著鼾。

金燕子心中暗罵，真是個壞婆子，幹了壞事還能睡得這麼安穩！

眼睛在屋裡轉了一圈，看見桌上有一塊白色繡花手帕，便叼過來頂在頭上。牠飛到床邊的半空中，啾啾叫了幾聲。

老太太被吵醒了，朦朧中看不清那是什麼東西，再仔細一看，像一個沒有身子的白腦袋飄在半空中，還一上一下地動……

「鬼啊！」老太太尖叫一聲，嚇昏過去。

金燕子甩掉手帕，趕緊從窗縫飛了出去。

屋外值夜的人聽見，都跑了進來，見老太太倒在床上，口吐白沫。下人嚇得大叫起來，頓時府裡鬧開了，陳世英和江氏趕緊來恒壽院，又著人去請大夫。

第二天早上，陳阿福剛吃完自己做的早飯，就聽去外面走了一圈的青楓悄聲說，老太太不好了。昨天連夜請了大夫來施針，老太太醒是醒了，但眼睛和嘴巴都歪了，身子不能大動，說話也含糊不清，還一直說見著鬼了。大夫說老太太是受了驚嚇，中風了。

青楓又道：「聽說，少爺和三姑娘、四姑娘都去恒壽院侍疾了……」

言外之意是陳阿福最好也能去。

陳阿福心裡暗樂，金燕子真是能幹，嘴上卻說道：「老太太肯定不想見到我，我就隨了她的心意，不往她跟前湊了。」

陳世英和江氏看著老太太睡下，才疲憊不堪地回正院。

陳世英沐浴更衣，去了祠堂，把陳阿福的名字記進族譜裡。他內心還是有些挫敗，幾次暗示陳阿福，能否把名字改成陳雨福，她都沒同意；若是其他幾個孩子，他不需要商量，直接就改了，但這個大姑娘，他總是會好脾氣地和她商量，不僅是出於疼惜她沒有長在身邊，還因為這個閨女太有主見和個性。
江氏則趕緊做準備，迎接今天的貴客。
陳阿福正在屋裡發呆，紅楓端著一個托盤進來，托盤裡不僅裝了從裡到外的衣裳，還放了一套赤金嵌珠的頭面。
「夫人讓大姑娘好好拾掇一番，今天楚府的女眷，肯定會提出要見府裡的四位姑娘。」
陳阿福被服侍著沐浴更衣，這次的衣裳是楊妃色繡花短襦，海棠紅撒花襦裙，雅致中透著喜氣。
紅楓又建議道：「大姑娘，今兒要見貴客，還是上些妝吧！」
陳阿福點頭，她自己化的妝，較這個時代要淡雅些。
打扮好了，幾個下人都抑制不住眼裡的驚豔。
大概午時初，正院來人，說有貴客要見幾位姑娘。
陳阿福帶著丫鬟往正院走去，路上遇到三姑娘陳雨晴和四姑娘陳雨霞，兩位姑娘也特別打扮了一番。
來到正院，還沒進屋，就聽見屋裡傳來一陣女子爽朗且毫不遮掩的大笑聲。
進了門，繞過十二扇富貴如意屏風，羅漢床上坐著笑容可掬的江氏和一個婦人。
婦人三十歲左右的年紀，高䠷身材，柳眉鳳眼，妝容精緻，明豔動人，穿著縷金百蝶穿花大紅錦緞褙子，丁香色撒花馬面裙，珠翠滿頭，笑容滿面，身旁還坐著一個六、七歲的小男孩。

江氏招手笑道：「姑娘們，這是永安侯府的楚三夫人，華昌郡主。」

陳阿福三人含笑走上前去，屈膝福了福，說道：「見過楚三夫人。」

江氏又笑著向楚三夫人依次介紹了三位姑娘。「這是大姑娘福兒，這是三姑娘晴兒，最小的是霞兒，還有個二姑娘暉兒，昨兒突然發熱，就不敢讓她出來。」

楚三夫人笑道：「哎喲，陳夫人有福，有這麼多個閨女，閨女又是一個賽一個地漂亮，我都稀罕不過來了，快些過來，讓我好好看看。」

她的聲音清亮爽朗，毫不控制音量，給人的感覺就是大氣中透著和氣，極有氣勢又讓人心生親近。

待三個姑娘走到她面前，楚三夫人一手拉著陳阿福，一手拉著陳雨晴，笑道：「還是閨女好，軟糯糯、嬌滴滴，只可惜我沒福氣，生不出閨女來，兩個小子吵得我頭疼。」

坐在旁邊的小男孩嘟起嘴幽怨地說道：「娘每誇別人家的女娃一次，就要數落我和哥哥一次，女娃就那麼好嗎？」

他的話把屋裡的人都逗笑了。

楚三夫人笑罵道：「你和你哥哥淘氣，還不許娘說說嘴、出出氣啊！」

她雖然一手拉一個，但眼睛看陳阿福明顯要多些，眼裡掩飾不住笑意。

小男孩又說話了。「娘每次看到俊俏小娘子，都這樣拉著人家的手不放，小心別嚇著人家。」

楚三夫人佯裝瞪了他一眼，從頭上取下一支展翅金鳳掛珠釵，示意陳阿福半蹲下，替她插在頭上，說道：「好孩子，我一看到妳，就覺得咱們投緣。」

陳阿福紅著臉謝過她。

楚三夫人又從手腕上拿下一個白玉鐲子送給陳雨晴，再從腕上拿下珊瑚珠串送給陳雨霞。

兩位姑娘也屈膝謝過。

江氏臉上的笑意更濃了，指著小男孩說道：「這是永安侯府的五爺。」

楚五爺年紀小，陳阿福三人對他點頭笑了笑，叫道：「楚五爺。」

楚五爺楚令智長得唇紅齒白，像楚三老爺多些，穿著紅色繡團花刻絲小長衫，梳著一根沖天炮。

他見自己被隆重介紹了，起身跟她們作揖道：「三位姊姊好。」直起身又對陳阿福老成地說道：「妳就是我嫣兒姪女的師傅吧？謝謝妳，妳把她教得很好，我很滿意。」

這人小鬼大的孩子，太可愛了。

陳阿福喜歡可愛的孩子，她一本正經地湊趣兒道：「當不得楚五爺的誇獎，嫣姊兒很可愛，我很喜歡她。」

楚令智顯然很滿意陳阿福的答話，又道：「別客氣，妳當得起小爺的誇獎。」

眾人又是一陣笑。

待陳阿福三人按大小落坐後，楚三夫人又和江氏說笑起來，當然，她也不會冷落三位姑娘，問話最多的就是陳阿福。

陳阿福除了回答楚三夫人的問話外，也不多言語，做到落落大方、舉止端莊就行了。

之後，眾人在這裡吃了飯，三個姑娘才被打發回去。

一路上，陳雨晴對陳阿福耳語道：「沒想到，這位楚三夫人比傳說中還要氣派、爽利……」

原來，楚三老爺和楚三夫人還有一段驚天地、泣鬼神的愛情故事。

楚三夫人是太后的嫡親孫女，在她兩歲的時候，她的父王和母妃就相繼去世，被太后接到慈寧宮親自撫養。

因為她的父王是為了救皇上被逆王刺死，所以特別崇拜武藝好的英雄。長大後，拒絕了許多皇上和太后看上的有為青年，卻一眼相中了從邊關回京辦事的楚三老爺，不僅請太后賜婚，還跟著楚三老爺遠走邊關。

聽了楚三夫人的故事，陳阿福羨慕不已。雖然她父母早死了，但她還有強大的依靠，嫁給喜歡的男人，又跟著這個男人去邊關策馬揚鞭，夫妻恩愛，過著自己想過的生活，怪不得氣場十足，又洋溢著滿滿的幸福。

回到薔薇院，陳阿福拿下楚三夫人送的那支展翅金鳳掛珠釵。金釵真漂亮，有小麻雀那麼大，翅薄如翼，輕輕一動就不停地晃，幾顆珠子粉白滾圓，有食指指腹那麼大。

玉鐲看了說道：「呀，這釵真好看，還是內務府製的呢！」

「怎麼說？」陳阿福問道。

玉鐲指了指釵上一個幾不可見的字說：「陳姑娘請看這裡，這是一個『內』字。」

陳阿福又說：「原來楚三夫人是郡主啊！看她態度和藹，人也爽朗，倒是好相處之人。」

玉鐲與有榮焉地說：「是啊！我家三夫人最是和善人兒，連對我們這些下人都很好，不過，若是討她嫌的人……」發現自己議論主子，還是議論厲害的三夫人，她嚇得趕緊仹了嘴，臉都憋紅了。

晚上，聽說前院的男人們談得非常愉快，陳世英高興地接受了付總兵的說合。第二天，陳世英依然請假在家，接待楚家請的官媒上門提親；再接著，兩家合八字，俱是天作之合。因為兩人的年齡都不小了，定在明年二月初十成親。

陳世英跟陳阿福表示，楚家的聘禮，陳家一點不留，都會當嫁妝給她陪送過去，另外還會讓江氏給她準備一筆豐厚的嫁妝，並說好，明年還是從陳府發嫁。

這些天，陳世英和江氏都在為陳阿福忙碌著，陳阿福待在薔薇院裡無所事事，便做點心打發時間，每天都會給他們兩口子和一個弟弟、兩個妹妹送些過去。

陳阿福出陳府時，已是四月二十三日，出府前，她特意去恒壽院看望老太婆。

她來到老太太屋裡，老太太的眼睛和嘴已經歪了，正倚在床頭，見她來了，便含糊不清地罵道：「死丫頭，妳來做甚？滾！滾！」

陳阿福笑兮兮地走到老太太的床邊，輕聲說道：「我馬上就走，我也不想多看妳一眼。我就是來告訴妳一聲，我的婚事沒有被別人謀奪去，我已經跟楚大人訂親了，明年二月就成親。以後，我會是侯府的少奶奶，會享大福，氣死妳個老太婆……」

老太太氣得不行，一直含糊不清地喊著。「滾！滾！讓她滾……」

剛開始，在屋裡服侍的一個婆子，還低眉屈膝裝作什麼也沒聽見，但見老太太被氣得渾身發抖，怕她氣壞了，只得上前勸道：「大姑娘，若老太太氣出個好歹，對大姑娘也不好。」

陳阿福又對老太太笑道：「放心，都說禍害遺千年，妳不會那麼早死，我也希望妳能好好活著，看著我以後的日子過得有多好。還有我在鄉下的娘，她的日子肯定也會越過越好。我們從沒做惡事，不怕厲鬼找上門，不像妳，有點風吹草動就心慌。老太太，妳好好活，千萬別那麼早死，大好的日子還等著妳啊！」

說完，陳阿福就轉身離開，走到院子裡了，還能聽到從窗裡傳出老太太惡毒的咒罵聲。

她抬頭看看天空，明媚蔚藍，陽光燦爛。她深深呼出一口氣，去了正院，給陳世英和江氏磕頭。

陳世英不捨地說道：「福兒記著，這也是妳的家，以後多來住，爹和妳母親，還有妳的弟弟、妹妹們，都惦記妳。」

江氏也道：「是啊！福兒要多回來看看我們，特別是妳爹，他昨天大半夜了還睡不著覺，他捨不得妳。」

陳阿福笑道：「好，以後等你們有時間，也帶著弟弟、妹妹來鄉下的福園玩，鄉下雖然簡陋，但偶爾來住幾天，也別有趣味。」

起身後，她又跟陳雨晴、陳雨霞話別，由陳雨嵐送去陳實家。

坐在馬車上，陳阿福的心情雀躍得就像鄉間的風，輕鬆自在，無拘無束。

馬車剛駛到陳實家的胡同口，陳阿福就聽見了七七和灰灰的叫聲。

陳阿福欣喜地打開車簾，七七和灰灰一下子鑽了進來，牠們撲騰著翅膀在陳阿福的懷裡亂拱，嘴裡嚷著。「娘親，娘親，想妳，嗚嗚嗚……」哭聲淒慘，大寶這些天肯定都是這樣哭鬧的。

陳阿福又是心酸、又是高興，一手摟一個哄著牠們。「好了，好，娘親不是回來了嗎？」

陳雨嵐嘴巴張得老大，看著這匪夷所思的一幕。

這時，又聽見一陣似狗非狗的號叫聲，只聽慶伯「哎喲」了幾聲，減緩了車速，一隻碩大的狗一下子鑽進車廂，嚇得秋月和陳雨嵐驚叫起來。

追風立起身子，一下子撲進陳阿福的懷裡，把七七和灰灰擠到一邊。牠伸出舌頭舔著陳阿福的臉和脖子，激動得連眼淚都流出來了。

陳阿福揉著牠的腦袋呵呵笑道：「哎喲，寶貝，娘親也想你，快別哭了。」

馬車到了陳實家的門前，陳阿福被一狗兩鳥纏著下了馬車，見大寶和一群人已經等在門口。

大寶一看見娘親，咧開大嘴哭了起來。「娘親，嗚嗚嗚……」

陳阿福走過去，把他抱起來。「好兒子莫哭，娘親回來了，娘親也想你，想得緊……」

她又轉身安慰紅著眼圈的王氏和陳名幾人。

眾人進了屋，陳阿福向他們介紹陳雨嵐。

陳雨嵐已經得到陳世英和江氏的吩咐，來到陳名的面前，長揖及地道：「姪兒雨嵐，見過姑父。」

陳名有些懵，忙說道：「哦，哦，好孩子。」

陳雨嵐又來到王氏面前，跪下給她磕了三個頭，說道：「姪兒雨嵐，見過大姑，祝大姑身體康健，萬事如意。」

王氏見陳雨嵐長得有些像陳世英年少的時候，又舉止得當，有幾分陳世英當年的風采，便紅了眼圈。「好孩子，快起來。」

這時候本該給他一個見面禮，可王氏沒想到陳世英會讓自己的兒子來，更沒想到他會行這麼大的禮，所以根本沒有準備，憋得臉都有些紅。她突然想到，這幾天因為想閨女想得心神不寧，一直在做針線，其中一個荷包是替大寶做的，非常精緻，她便去屋裡把荷包拿出來，遞給陳雨嵐笑道：「好孩子，這是大姑親手做的，別嫌棄。」

陳雨嵐接過荷包笑道：「真好看，聽我爹說，大姑的手十分巧，果真如此。」然後，十分喜歡地把荷包掛在腰帶上。

之後，他又呈給陳實一個禮單，江氏給陳實家和陳名家都送了一些禮物。

陳實激動得不行，禮物無關貴賤，這可是知府大人家送的禮呢！

陳阿福讓懷裡的大寶去給嵐舅舅見禮，但大寶一直掛在她身上不下來。

陳阿福哄了半天，他才下來給陳雨嵐做了個揖，喊道：「嵐舅舅。」

陳雨嵐挺了挺小胸脯，像個小大人似地笑道：「好外甥，要好好學習，以後若學業上有問題，就來問舅舅，舅舅不懂，還可以問舅舅的爹，你的姥爺。」說完，從小廝手裡接過一個碧玉筆筒送給他。

陳實留陳雨嵐在家吃了晌飯。

飯後，陳雨嵐起身告辭。其實，他還想多玩一會兒的，他喜歡那兩隻討喜的鸚鵡和大狗，只是他娘吩咐他吃過飯後就馬上回家。

陳阿福牽著大寶把他送到門外。「弟弟要好好孝敬爹爹和母親，若有時間，就來鄉下的福園玩。」

大寶也道：「嵐舅舅，我家很好玩呢！有好多好玩的東西，定州府都沒有。」

裡住。

陳雨嵐聽了十分嚮往，笑著說等過年放長假了再看看，又讓陳阿福以後帶著大寶多去家裡住。

因陳阿福回來了，陳名和王氏趕緊收拾東西，準備明天就回鄉下。陳阿祿還在家裡，他們不放心。

曾嬸悄悄跟陳阿福說，曾雙還是把那個鋪子買下來了，現在正在裝修，是楚大人讓羅管事付的銀子。

陳阿福點頭，若當初自己不那麼硬氣，先向棠園借點銀子，或許就不會弄出這些事吧？真是天意弄人！

晚飯前，楚令宣突然帶著楚懷來了，他們身著戎裝，一看就是從軍營直接來這裡的。

楚令宣看了陳阿福幾眼，見她狀態很好，沒變瘦，才放心下來。他對她笑了笑，給陳名和王氏、陳實抱了抱拳，躬身喊道：「岳父、岳母、三叔。」

他的稱呼讓陳阿福紅了臉。這傢伙，哪有這麼著急的……

陳名和王氏起初愣了愣，沒想到他會這麼稱呼自己，等反應過來後，兩人都笑開懷；特別是王氏，越看楚令宣越喜歡。

因為貴客登門，讓見過世面的陳實也慌張不已，趕緊讓張氏帶著陳阿滿和曾嬸幾人做飯菜。

廚房裡已經擠不下人了，陳阿福和陳阿滿便坐在院子裡摘菜。

陳阿滿瞄了瞄上房，對著陳阿福說：「阿福姊，妳真有福氣，沒想到，知府大人竟然是妳的生父，妳竟然是千金大小姐；還有，楚大人那麼大的官，長得又那麼俊俏，對妳還這麼上心。天啊！你們這一對，真像戲裡演的那些才子佳人。」

陳阿福被逗樂了，說道：「不瞞妳說，這些天，我也像是在作夢啊！其實，唉……」她沒有繼續往下說，這不是她原本想走的路，她不知道前路會如何……

陳阿滿看陳阿福望著天空發呆，納悶道：「妳有了那麼好的親事，怎麼還在嘆氣啊！」

飯後，楚令宣要走了，陳名等人都心照不宣地送他到院子後就返回屋內，讓陳阿福牽著大寶送他到門口，兩人站在門口說話。

此時晚霞滿天，玫紅色的霞光在陳阿福白皙的臉頰染上了一層胭脂，顯得更加妍麗。

美人如玉，想著那晚自己拉過的小手，柔軟滑嫩，楚令宣不由心中一蕩，趕緊把手握成了拳頭，他笑道：「我已經跟岳父和岳母說好了，明天會陪著你們一起回鄉下。我爺爺和三嬸昨天就帶著嫣兒去了影雪庵，三嬸急著見我娘。明年給陳大人家送聘禮之前，我們楚家會先送一次聘禮到祿園，妳是岳父、岳母養大的，不能讓他們受委屈。」

陳阿福很感激他想得如此周到，自己頂著陳府的女兒名義從陳府發嫁，真的非常委屈陳名和王氏，若楚家如此禮遇他們，陳名和王氏心裡想必會好過些。

她低聲說道：「謝謝楚大人。」

楚令宣搖頭說道：「阿福，還叫我楚大人？」

陳阿福問道：「那我該叫什麼？」

總不能叫令宣、小宣、宣宣吧？

「除了大人，都行。」楚令宣豪爽地說道。

陳阿福想了想，試探地叫道：「楚，大，爺？」

楚令宣笑起來，說道：「把姓去了，暫時這麼叫。放心，除了成親後會到京城侯府小住幾天，以後妳便長住棠園，偶爾也要來定州住住。最近幾年，我和爺爺不會讓妳住在京城那個是非之地，更不會給別人拿捏妳的機會。」

聽到這個好消息，陳阿福都快激動哭了。

這幾天她一直在考慮，有什麼辦法可以不住到京城，那樣跟大寶就要分開了，她捨不得；若不幸真的要去京城，還要找個不讓大寶跟著自己的藉口。她一直在猶豫該不該跟楚令宣說大寶的事情，雖然覺得楚令宣應該是值得依賴的人，但又怕大寶的身世太過複雜，楚家會不願意陷入某種漩渦。

何況，她只要去京城侯府，很有可能會被榮昭公主以服侍婆婆的名義弄去公主府折騰，那豈不是更苦逼……

見她笑得燦爛，楚令宣的笑容更加大了，說道：「當然，我不會讓妳受委屈，有些事……」他看了看大寶，又說道：「有些事，以後再跟妳詳說。」

大寶見楚令宣看自己，很想給他一個白眼，但想到以後自己或許真要在他手下混飯吃，便沒敢翻白眼，只是把小嘴嘟得更高了。

這幾天，大寶一直不待見楚令宣，連聽到這個人的名字都覺得煩，聽說娘親要嫁給他，自己以後也要叫他爹，便感到非常憂傷。雖然他很高興嫣兒妹妹成為自己的親妹子，但他就是不喜歡當他爹的男人。

這次他來送楚令宣，是被娘親拖著來的。他嘟著嘴，連一個笑容都沒給楚令宣，就是要讓他看出來，自己不高興了。

楚令宣伸手要摸他的頭，覺得不妥，又收了回來，笑道：「回鄉後，大寶就要拜我為義父，既然是我楚令宣的義子，就不能再去上水村的私塾讀書。我已經請了一個好西席，到時候會在棠園教他。」

陳阿福點頭，大寶一直待在棠園，會更加安全。「二皇子和七皇子走了嗎？他們不會再找咱們麻煩了吧？」

楚令宣說道：「二皇子前兩天就去膠東巡視，七皇子好像去紅林山遊玩了。」見陳阿福有些緊張，又道：「放心，七皇子知道妳是我的人，不敢再起別的心思了。」

送走楚令宣，陳阿福跟已經來了多時的曾雙，交代福運來商鋪的事。她有些怕了，可能很長一段時間不會再來定州府，許多事只得讓曾雙全權處理。

等到屋裡沒外人了，陳阿福向陳名和王氏道了歉，說因為事急從權，只得聽從陳世英讓她認祖歸宗、並把她記入江氏名下的建議；但也只是把她的名字記入了族譜，她並沒有給陳世英和江氏磕頭，在她的心裡，只有陳名和王氏才是她的爹娘。

聽到陳阿福的表態，陳名的眼圈都有些紅了。「好孩子，有妳這樣的好閨女，是爹的福分。」

王氏道：「爹娘知道阿福孝順，英弟畢竟是妳的親生父親，妳又記在陳夫人的名下，以後還是按禮節改口吧！不要被別人抓住把柄。唉，那些貴人太可怕了，若不是妳進了參將府，真不知道會出什麼事。」

陳阿福雖然心裡抗拒認陳世英當爹，但事情發展到這一步，總會有那麼一天，她一手挽著王氏的胳膊，一手挽著陳名的胳膊，說道：「爹、娘，在女兒心裡，他們越不過你們。」

晚上，躺在床上，陳阿福見大寶翻來覆去睡不著，她已經看出大寶不高興，便問道：「大寶，你有心事嗎？」

「嗯。」大寶沒有否認。

「是不喜歡楚大叔嗎？之前你很喜歡他呀！」陳阿福又說。

大寶一下子坐了起來，說道：「以前喜歡他，是因為他是嫣兒妹妹的爹，我只叫他大叔，可是現在，他卻要當我爹。」嘴巴又癟上了，幽怨地說道：「兒子還是以為，當初姥姥就該讓我當娘的小女婿，這樣，就沒有哪個男人可以當我爹，也搶不走娘了。」

朦朧中，竟然看到他的眼裡閃著水光，難受得不行。

陳阿福又好氣、又好笑，起身把他摟進懷裡，輕聲說道：「傻話！娘不是早就跟你說過，大媳婦、小女婿的日子是不會幸福，也不會長久的。看看姥姥，還有陳姥爺，他們不是分開了嗎？你當娘的兒子多好，咱們母子永遠都不會分開，小女婿這種傻話不要再說了，人家聽見了，不僅要笑話你，還要笑話娘。還有，娘沒有被搶走，娘跟楚大叔成親，以後不僅多了一個人喜歡娘，還多了一個和娘一起喜歡和照顧大寶的人。哦，不對，是多了兩個喜歡咱們的人，還有嫣兒啊！這樣不是更好嗎？」

大寶哽咽著說：「娘親說得有道理，我也喜歡嫣兒妹妹，可是，我就是不喜歡娘親嫁人，不管嫁誰都不喜歡，心裡特別不痛快。」

陳阿福輕輕拍著他的後背哄道：「咱們住去棠園也好，那裡你熟悉，離姥姥和姥爺家又近，你隨時都可以回祿園玩，也能跟村裡的小夥伴玩；而且，楚大人也不會天天回來……」

大寶聽到娘親嫁給楚大叔有這麼多的好處，想著這樣總比嫁給別的男人要好得多，心裡方才好過些，母子兩個又躺下睡覺。

第二天，眾人都起了個大早，剛吃完飯，楚令宣就帶著十幾個人及幾輛馬車來接他們了。

這次，陳阿福、大寶、陳名和王氏一起坐上那輛華蓋大馬車。

一行人於午時回到了祿園，楚令宣直接去影雪庵，因楚老侯爺和楚三夫人、楚小姑娘會在庵裡住幾天。

陳阿福母子在祿園吃了晌飯，又跟陳名和王氏說，明年楚家會給他們送聘禮，自己成親後也會長住棠園。

王氏和陳名聽了高興不已，楚家這樣，不僅把阿福當成他們的親閨女，也把他們當成了真正的姻親，還讓閨女住在棠園，陪伴在自己身邊。

高興了一陣子，王氏想到了什麼，臉上的喜色又淡下來，說道：「阿福，娘覺得這樣不好，楚大人在定州，不能經常回棠園，你們豈不是不能天天見面？這樣，你們之間容易有別的女人介入。」

陳阿福昨天夜裡也想過了，楚令宣這樣的安排，不讓她住去京城還可以說是保護她，但連定州都不讓她長住，就有些意味不明了，他們肯定有什麼原因，以後等他解惑吧！

「娘，楚大爺不是那樣的人，他若想要女人，這麼多年，早有了，還會等到現在？他們如此，或許有什麼考量吧！」

陳名也笑道：「女人就喜歡瞎琢磨。」

晚上，祿園請大房一家吃飯，送了他們一頭早就許諾好的小公牛，又說了陳阿福和楚令宣訂親的事。陳名還悄悄跟陳業父子和陳老太太說了陳阿福認祖歸宗的事，一再囑咐不能告訴胡氏，這事要保密。

陳阿福母子沒去，因為她在場的話，陳名有些話不好說，她也不想看到那些患得患失的眼神。

翌日，陳阿福母子剛吃完早飯，楚令宣就派人送信來，明天他們一家會從影雪庵回來給她祝壽，連他母親都會來。

明天是四月二十六日，也是陳阿福十六歲生辰。

陳阿福趕緊擬了個食材單子，讓人去縣城採買，領著人開始準備吃食，還必須是素席；又讓人把一些放在庫房裡的豪華擺設及器皿都拿了出來，這些東西百分之九十是楚令宣送的，剩下百分之十是楊明遠送的，她捨不得買這麼好的東西。

同時，陳阿福和棠園主子訂親的事情，已經在附近幾個村子傳揚開來。村子裡簡直炸了鍋，村人們大都不相信，一個村姑，曾經是個傻子，立了女戶，還養了一個兒子，怎麼能嫁給當大官的楚大人？甚至有些人說，楚大人肯定是置外室，不會是娶正妻。

有些人去問棠園的人或是佃戶，得到確切的答案後才不得不相信，自然又是一通羨慕嫉妒恨。

胡老五可高興壞了，覺得還好自己有眼力，早早巴結上陳名家，那些現在想巴結陳家的人，可是不容易貼上去了。他專門跑來祿園，態度謙恭地跟陳名彙報了自己照顧王氏娘家的情況。現在，王老漢家的人不敢晚上出門，不敢走僻靜的路，他們隨時都擔心會從哪裡冒出一塊石頭砸在頭上，甚至連雞鴨鵝豬兔都不敢養……

又說，陳家大房、二爺爺家、三老叔家、高里正家、武木匠家等自認為跟陳家關係不錯的人家，都會來給陳阿福祝壽，或許還有別的人家……

王氏聽了，趕緊去跟陳阿福說。

這就是窮在鬧市無人問，富在深山有遠親。當初人人避之不及的傻子，現在卻是村裡爭相巴結的對象，連過個小生辰都要驚動這麼多人。

陳阿福只得去祿園跟陳名和王氏商量，她掏錢，在祿園辦幾桌席，村裡的人家就在祿園吃。

陳名笑道：「爹也是這麼想的，但不需要阿福掏銀子，爹現在有錢。」

陳阿福沒和他爭執，點頭同意了。

大寶則由薛大貴陪同，把從定州帶回來的禮物送到私塾給蔣先生和同年，並和蔣先生說了，他以後不再到私塾上學了。

晚上，金燕子領著動物們回來了，這次牠又帶了一些不認識的鳥兒回來，五顏六色，非常好看。

牠的嘴裡還啣著一株花。這株花從根部起長出三根莖，大概有五十多公分高，各開了白、紅、黃三朵像圓球一樣的花，有嬰兒拳頭那麼大，非常漂亮，芳香四溢，而且，根部上還帶著許多土。

陳阿福從來沒見過這種花，覺得一定是牠在深山裡發現的稀罕品種，喜道：「寶貝，你知道媽咪要過生辰了，給媽咪找來了好花，謝謝你。」

金燕子啾啾叫道：「快，快把它養在盆子裡，這不是花，是不可多得的稀有藥材，學名三色球，俗名夜夜春。」

三色球是什麼花，或者什麼藥？陳阿福見識短淺，沒聽過，夜夜春這個名字更奇怪，不會是那什麼奇怪的藥吧？

秋月從廚房裡抓了兩把糙米出來餵鳥兒，又把那十幾隻漂亮的小鳥關進了籠子裡。

陳阿福把花栽進大花盆裡，看到花已經有些蔫了，便進了淨房，鎖上後進了空間，她要拿點燕糞出來澆花。

她見金燕子也跟了進來，問道：「那花治什麼病，為什麼叫夜夜春？好奇怪的名字。」

金燕子啾啾說道：「這種花人家以前在深山中看到過幾次，只覺得好看，不知道有什麼作用。還是昨天，我路過靈隱寺時，想去捉弄一下那個貪心的老禿驢，結果無意中聽到了一段話……」

無智大師把自己關在製香房裡，不見任何人，就連一個華服裹身的青年，在禪房外站了大半天也沒見。後來，大師的大弟子歸零來接待了那個青年。

青年是來求醫的，把臉憋紅了，才說出難言之隱，原來是因為房事太多造成不舉，他看了許多大夫，都沒看好，聽說無智大師能治百病，才厚著臉皮跑了大老遠的路來求醫。

歸零給他把脈後說，他的身子已經被掏空，加上行事的時候受了驚嚇，常藥是不能治好的了，除非找到三色球做藥引。

那青年喜道：「只要有這種藥，本……我就能找到。請問師父，那藥長什麼樣？無論花多少錢、費多大的力，我都會想辦法找到它。」

歸零說道：「那種藥有三根長莖，五十多公分高，葉子為半圓形。每年春末夏初開一次花，每莖各開一朵，分別為白色、紅色、黃色，這三朵花便是藥引。此花學名為三色球，俗名夜夜春，乃男科之聖藥，包治各種不舉，只不過，此花長在深山之中，極難找到……」

老和尚的徒弟還會治這種病，真是醫學無國界，不，應該是醫學無檻內、檻外之分啊！

只聽金燕子繼續說道：「一聽這話，人家就想起前些天還看到過這種花，想著今後若楚爹爹不舉了，就有法子治，才去把它刨了回來。」

陳阿福感到又好氣、又好笑，罵道：「壞東西。」還用食指戳了一下牠的小腦袋。

金燕子用翅膀捂著嘴啾啾笑起來，小眼神十分曖昧。「媽咪現在不要嘴硬，說不定以後還會感謝人家啊！唉，春閨難耐啊！」

真是個古靈精怪的小東西！

陳阿福沒理牠，用牙籤挑了點燕糞，出了空間。把牙籤放進花灑，晃了晃，給三色球澆了水，沒敢澆太多，剩下的水又澆了其他花。

都大晚上了，簷下的鳥兒還叫個不停。好些天沒聽到這麼美妙的啾啾聲了，大寶躺在床上聽得很開心。

陳阿福把他摟進懷裡說道：「明天，楚大叔和他的爺爺、母親、三嬸，還有嫣兒就要來咱家了，他們不光是給娘親祝壽，楚大叔還會在親人的見證下，收你當義子。」

她不敢說的是，在定州陳府的時候，她的戶籍已經從三青縣落戶在定州府，她已經不是女戶了，所以她的名下也不可能有兒子。同時，陳大寶將會以楚令宣義子的名義，記在他的名下。

見大寶嘟嘴不吱聲，她又道：「你看楚大叔多重視你啊！他會在那麼多的人面前，讓你給他當兒子，可見他有多麼喜歡你。好兒子，你只需要給他磕個頭、敬個茶，以後叫他爹爹就行了，其他的什麼都沒變。還有，嫣兒妹妹也會給你行禮，叫你哥哥，她再也不會只叫你的名字了。」

大寶顯然對最後一句話更感興趣，問道：「嫣兒妹妹以後只會叫我哥哥，而不叫大寶了？」

陳阿福點頭道：「嗯，是，你是哥哥，還要給妹妹準備見面禮。」

大寶一下子坐了起來，緊張道：「那怎麼辦，我該送嫣兒妹妹什麼禮呢？禮物太差，我這個哥哥是拿不出手的。」

陳阿福笑道：「放心，娘幫你準備好了，是一個漂亮的小頭飾。」

頭飾是陳阿福照著前世髮箍做的，早就做好了，還沒送出去，這次正好讓大寶當禮物。

第三十一章

楚家人是午時初來的。

楚老侯爺、楚三夫人、楚令宣、楚含嫣和楚令智都來了，不知為何了塵住持卻沒來，意外的是，七皇子居然也跟著來了。

陳阿福恨這個人恨得牙癢癢，而且，大寶就在這裡，她不願意大寶被心思不明的人看見，牽著大寶的手心都出了汗。

她只有硬著頭皮對幾人福了福，笑道：「貴客臨門，我家樹上的喜鵲一大早就吱吱喳喳叫得歡呢！」

或許是為了附和她的話，樹上和籠子裡的所有鳥都齊齊地叫起來，熱鬧極了。

楚三夫人爽朗地哈哈笑起來。「哎喲，早就聽宣兒和嫣姊兒說福園鳥語花香，景致極好，當真是繁花似錦，鶯啼燕語，芬芳濃郁。」又指著七皇子說道：「之前是誤會，福兒莫放在心上，我已經罵過他，他以後再不敢了。」

「陳姑娘莫怪，那天是本王唐突了，哪裡想到妳是楚將軍的未婚妻，我華昌皇姊未來的姪兒媳婦。」七皇子甩開大摺扇，燦爛的笑容沖去了之前的陰鬱，使得整張臉也明媚了幾分。

他的話音一落，一隻在他們頭頂上盤旋的小燕子便吱吱喳喳叫起來，像足了炸毛的小麻雀。

是金燕子，牠大呼道：「哦，我的天！媽咪，這個男人就是找歸零看病的人，就是他不舉。他都不舉了，還搶女人幹啥，只看不練嗎？太不可思議了……」

陳阿福強壓下心裡的吃驚，面上不顯。

楚含嫣跑過來，抱著陳阿福的腰說道：「姨姨，想妳。」說著眼淚就流了出來。

陳阿福把她抱起來笑道：「姨姨也想妳。」

楚三夫人指著她們倆笑道：「公爹看看，她們多像母女啊！哎喲，真是前世的緣分。」

楚老侯爺捋著鬍子哈哈大笑起來，讓陳阿福紅了臉。

陳阿福沒注意到的是，他們一進來，楚令宣就把大寶拉了過去，似乎在低頭跟他說話，實際上是將他拉著背對七皇子。之後，楚令宣有意無意地不讓大寶正對七皇子，或是擋在七皇子和大寶之間。

楚老侯爺一看見大寶，竟然比第一次看到他還激動，原來，自己一直誤解大兒子了……

楚令智跑上前拉著陳阿福的袖子說道：「陳家姊姊，聽嫣姊兒說福園的恭桶極好看，是大南瓜和大辣椒的模樣，快讓我看看，我想去撒尿。」

這話把眾人都逗樂了。

楚含嫣顧不得跟陳阿福親熱了，從她的身上滑下來，一手拉著楚令智，一手拉著大寶，三個小娃手牽手地一起往西廂跑去。

七皇子突然在眾多花朵中發現了一盆與眾不同、與傳說中某種花極其相似，眼睛都瞪圓了。他急步走到三色球前面站定，仔細觀察，竟與歸零和尚說的三色球一模一樣。

他的心裡樂開了花，以至於激動得快窒息了。他，終於能夠舉起來了！

七皇子不想讓別人看出他的異樣，最好也不要讓別人看到這種花。他故作輕鬆地轉過身，把那盆花擋了起來，拿著大摺扇不停地搧著。

那盆花是眾多花盆中的一盆，又被七皇子擋住了視線，另幾人都沒注意到，只有陳阿福用盡了力氣，才把笑聲壓進嗓子裡。

幾個大人參觀了一圈，大加讚賞了一番，才去上房廳屋。

楚令宣走在後面，低聲跟陳阿福說七皇子在紅林山遊玩，意外和他們碰上了，因為他來了，母親便沒有來。

「他跟三嬸的關係非常好，放心，他不會再找事；還有，先招待好他，晚些時候再認大寶當義子。」

這正合陳阿福的意，她低聲道：「怎麼辦，以為了塵住持要來，我們準備的都是素席。」

楚令宣笑道：「妳準備的素席也十分美味，只需要拿些酒出來即可。」想著福園沒有男人，肯定不會有好酒，轉身吩咐羅管事道：「回棠園拿幾罈青花釀來。」

陳阿福想著祿園準備了許多肉，便讓山子過去拿一些來。

七皇子見楚家三人說得高興，起身對陳阿福道：「陳姑娘，我覺得妳家園子裡的花特別好看，還想再去看看。」

陳阿福笑道：「瑞王請便。」

七皇子又說：「本王素喜蒔花弄草，若陳姑娘有名品花卉，不妨賣與本王，放心，本王會出高價購買。」

他什麼時候喜歡蒔花弄草了？楚家三人納悶不已。按照規矩，他們三人都會幫著陳阿福客氣待客，人家到底是王爺，但這貨先是調戲了陳阿福，後又非常沒有眼力地跟來湊熱鬧，害得了塵沒辦法一起來，所以，他們三人繼續說著話，都裝作沒聽見。

七皇子自己走出去，後面跟著一個小太監。兩人來到三色球旁看了一陣子，小太監回屋對陳阿福低聲道：「我家王爺請陳姑娘出去一趟，王爺還真看中了一盆花。」

陳阿福便依言來到院子裡。

七皇子故作輕鬆地指著三色球說道：「這花朵大豔麗，芬芳濃郁，本王之前竟是沒有見過。」

陳阿福笑道：「王爺好眼力，這花是我前些天花高價買來的。是一個獵人進深山打獵，無意中看到便帶了出來，聽說它與某種稀世藥材長得很像，比千年人參還難尋，也不知是不是真的，我準備明天拿去醫館給大夫看看。」

七皇子嘴角抽了抽，趕緊否認道：「這麼好看的花，又這麼香，怎麼可能是藥材，不可能！」又道：「這花本王十分喜歡，陳姑娘能否割愛？」

陳阿福為難道：「要說王爺喜歡此花，是它的福分，只不過，我也只此一盆，甚至整個三青縣都找不出第二盆，真的……王爺看看還有沒有其他喜歡的花，我分文不取，送予王爺。」

七皇子真想大喝一聲，妳敢不給，爺就搶！但看看上房裡的楚三夫人，只有忍了。

他只想在最短的時間做成交易，便決定用銀子閃瞎陳阿福的眼睛，低聲說道：「本王實在是喜歡這盆花，想買回京城天天觀賞，一口價五千兩銀子，如何？據我所知，最貴的蘭花也不過這個價了。」

陳阿福沒想到這貨會出這麼多錢，可見他的心情有多迫切了。「王爺如此喜歡，我再捨不得也只有割愛了，唉！」表現出極肉痛的樣子。

七皇子生怕她反悔不賣了，對小太監伸手道：「拿銀子來。」

七皇子把銀票遞給陳阿福後，對小太監說道：「快，快把這花端到本王的車裡，要把它伺候好了，若有閃失，本王要了你的狗命。」

小太監答應著，端著花小心翼翼地向門外走去，七皇子終於鬆了口氣。

兩人進屋後，楚家人一聽說七皇子花五千兩銀子買了一盆花，都是吃驚不已。

楚三夫人提出想看看那花長什麼模樣。

七皇子推辭道：「我已經讓人搬上車了。」

楚三夫人道：「只是搬上車，再搬回來就是了。」

七皇子又說：「容本王賣個關子，等回京後，本王專門搞個賞花宴，請皇姊過府觀賞。」

陳阿福暗笑，等回了京，那花還剩什麼啊？

七皇子好不容易挨到吃完了飯，起身說道：「本王突然想起紅林山還有一處極好的景致沒有去，想再去遊玩一番，這就先告辭了。」

聽了七皇子的話，楚家人假意挽留了一番，高興地把他送走。

之後，陳阿福把在西廂吃飯的三個孩子領來上房。

老侯爺坐在八仙桌旁，楚三夫人坐在右邊的第一個位置，楚令宣坐在左邊的第一個位置，楚令宣的前面還擺了一個蒲團。

陳阿福摸了摸大寶的腦袋，輕聲道：「大寶，乖啊！」

陳大寶是在貧困情況下長大的，自然知道怎樣做對自己最有利。雖然心裡不情願，但他知道自己必須這麼做，便順從地走過去，跪在蒲團上給楚令宣磕了三個頭，說道：「爹爹在上，兒子給你磕頭了，祝爹爹身體健康，萬事如意。」說完，把丫鬟遞過來的茶碗舉起來。

楚令宣把茶接過來抿了一口，說道：「好孩子，以後要好好立志，做對朝廷有用的人。」

說完，一個丫鬟端著裝有一尊紅翡「鯉魚躍龍門」擺件的托盤上前，楚令宣拿著擺件交給大寶。

大寶起身接過，說道：「謝謝爹爹。」

他身後的夏月恭敬地接過擺件。這個擺件有十幾公分，通透豔麗，一看就價值連城。陳阿福有些心驚，楚令宣竟然拿這麼好的東西送給一個孩子。

大寶又分別給楚老侯爺和楚三夫人磕了頭，改了稱呼，分別稱為「太爺爺」、「三祖母」。

之後，大寶站在一旁，楚含嫣過來給他屈膝行禮叫「哥哥」，大寶又給楚令智作揖改口叫「五叔」。

楚含嫣納悶地問：「姨姨，哥哥都叫我爹爹做爹爹了，姊兒也該給姨姨磕頭，叫姨姨娘親啊！」

陳阿福紅了臉，楚三夫人大笑道：「嫣姊兒著急了，妳要等到明年妳爹娶了親，才能改口叫姨姨娘親。」

楚含嫣嘟著小嘴遺憾道：「還要等那麼久啊！姊兒很著急啊！」

楚老侯爺哈哈笑道：「著急也要等，這是規矩。」

回棠園的時候，楚令宣抱著楚含嫣走在最後。

陳阿福牽著大寶把他們送到門口，楚令宣從懷裡取出一個荷包，對陳阿福笑道：「送妳的生辰禮。」

陳阿福道了謝。

楚令宣走到那棵柳樹旁，又駐足回頭，見一大一小還站在門口看著他們。他揮了揮手讓他們回去，自己也轉身向棠園走去。

楚含嫣納悶道：「爹爹，為什麼不多站一會兒呢？姊兒想看他們。」

楚令宣道：「現在日頭正大，咱們走了，他們才能回屋裡。」

陳阿福一回到上房，曾老頭就把禮單和禮物拿來，請她過目。她看過後，把那個荷包打開，見裡面是對翡翠鐲子。她把鐲子套在手上，鐲子水透碧綠，顯得手腕更加白嫩如玉。她抿嘴笑了笑，把鐲子拿下來，再把這些禮物和王氏一早送來的衣裳收好，一轉頭便看見大寶背著手來到她面前，很神秘的樣子。她問道：「你怎麼還沒去床上午睡？」

大寶伸出背著的手，手裡捧著一張紙，說道：「娘親，這是兒子送妳的生辰禮物。」

陳阿福有些吃驚，說道：「兒子也給娘親準備了禮物？」

大寶點點頭說：「嗯，這是兒子偷偷畫的，為了給娘親一個驚喜。」

陳阿福接過那張紙翻過來看，上面畫著一個梳著丸子頭的女人，女人牽著一個梳著沖天炮的男孩，女人低頭看著男孩，男孩仰頭看著女人，一旁還寫了兩個大字「永遠」。

大寶低頭扭著小胖指頭說道：「不管娘的病好沒好，都是這麼牽著兒子的，以前是這樣，兒子希望以後也這樣，永遠，永遠。」

這幅畫既有他對母親深深的愛，也有他內心深處的擔心和期望。

陳阿福摟過他，欣喜地說：「呀，畫得真好，謝謝兒子，娘很喜歡這幅畫。」聲音放得更柔了，說道：「是啊！以前、現在，娘都是這樣牽著兒子的，但是，等你長大了，長得比娘還高了，你就要牽著老邁的娘了。那時，你不只會牽著娘，還會牽著你的媳婦、兒女、孫輩，一長串的人呢！」

大寶想到那一幕，也笑起來，說道：「嗯，等娘老了，我就娶個媳婦回家孝敬娘，再讓我媳婦多生幾個娃，讓娘含飴弄孫。」

聽了大寶的話，陳阿福呵呵大笑起來，似乎很期待那個場面，說道：「好，娘就等著那一天。所以啊！喜歡兒子的不會只有娘親一個人，也不只你妹妹和楚……爹爹，愛你、依賴你的親人會越來越多，是不是？」

大寶點點頭，抿嘴笑得更甜。

把熊孩子哄好了，讓他上床午睡。

忙了一個白天，晚上陳阿福開始給楚家人準備回禮。

一直忙到半夜，她剛洗漱完準備歇息，就看到一天不見的金燕子從窗戶鑽進來。

「野了一天，跑哪兒去了？」

金燕子是突然失蹤的，連小跟班七七和灰灰都沒帶。

金燕子一抖翅膀，掉下兩根小銅管在她手上，啾啾說道：「咱們去空間說話。」

陳阿福起身去了淨房，鎖上門後進入空間。

金燕子說道：「人家跟著七皇子去靈隱寺，想看看熱鬧。七皇子請歸零和尚看那株三色球是不是真的，歸零和尚說是真的，七皇子就讓他給自己治病開藥。歸零和尚說治病可以，但要七皇子對天起誓，以後要潔身自愛，不許強搶民女，還要在三年內做五五二十五件好事，才願意給他治病。七皇子憋紅了臉，還是發了誓……」

陳阿福聽了大樂，說道：「歸零和尚做得好，的確不能讓那貨再隨便禍害姑娘，還有那二十五件好事，不知道他會做什麼。」

金燕子又恨恨說道：「看完熱鬧，我又去看望了那個無智老禿驢。媽咪，咱們都被那個老禿驢騙了，綠燕窩的確是拿去製藥的，我聞了那種藥丸，裡面加了綠燕窩，可根本沒有燕沉香的葉子。老禿驢要了葉子，都拿去製香，真是太可惡了。人家一生氣，就把他製好的香全都偷來了，還剩半片沒用完的葉子也被人家吃了，末了還往他的茶碗裡拉了坨臭屎。」

一雙小綠豆眼亮晶晶地看著陳阿福，一副「快表揚我吧！看我都報了仇」的樣子。

陳阿福把銅管打開，一根銅管裡面裝著五根燕葉沉香，一根銅管裡裝了四根。「你去的時候，老和尚沒注意到你嗎？」

金燕子啾啾說道：「老禿驢興許睏了，正倚在羅漢床上睡覺，嘴張得老大，呼嚕聲打得震天響，人家就把桌上和爐子裡的燕葉沉香，都裝進銅管裡拿回來。」

還是那句話，小東西有時精明得緊，有時又很天真，牠怎麼算得過狡猾的老和尚。那麼丁點大的葉子都能香那麼久，兩片半的葉子不知道能做多少根香；而且，小東西拉的糞，他也可以拿去當花草的上好肥料。不過，這話不能說出來，省得小東西心裡不痛快，又去找老和尚的麻煩。

陳阿福湊趣兒地笑道：「寶貝真能幹，這次一定能氣得那老和尚肝疼。」

金燕子聽了更高興，用翅膀捂著嘴使勁樂。

陳阿福也高興，到現在為止，她還沒捨得用燕葉沉香呢！這次一下多了九根，她終於可以用了。

她把金燕子捧到嘴邊，金燕子知道媽咪高興要親自己了，趕緊把翅膀拿開，讓媽咪親了一口。

陳阿福一出空間，就掰了一小截香裝進衣櫃裡。

隔天上午，陳阿福帶著大寶去了祿園。

楚三夫人說今天上午他們會來祿園，正式拜訪未來親家。之後，楚令宣要回定州，楚三夫人要回京城，楚令智因為還沒玩夠，會跟楚老侯爺多待一段時間。

因此，陳阿福早讓人去跟陳名和王氏說，讓他們準備準備，請楚家人吃頓晌飯。

祿園打掃得乾乾淨淨，好擺件也都拿出來擺上。阿祿沒去上學，他和陳名、王氏三人都穿上了緞子衣裳，打扮得極是光鮮。

陳名把陳阿福領進西側屋，指著炕上的一堆東西說：「這些都是給妳祝壽的人家送的壽禮……」又說了哪些東西是哪家送的。

陳阿福把高氏做給她的綢面繡花鞋、魏氏做的一件緞子衣裳留下，其他的都留給陳名和王氏，說自己承了那些人的情，以後他們有事的時候，自己也會備相對的禮。

大概巳時末，阿祿和大寶兩個小男人便站在祿園門口迎接客人。

阿祿好奇地悄聲問大寶。「你真的已經叫楚大人爹爹，叫楚老侯爺太爺爺了？」

大寶嘆了一聲說道：「是啊！沒法子，我娘親要嫁過去，我只得這麼叫。」

阿祿笑咪咪地說：「等我姊姊正式嫁進楚家，我便能叫楚大人姊夫了。昨天我去上學，同年們都羨慕死你和我了。」

大寶沒吱聲，心道：娘都要嫁人了，有啥好羨慕的……

兩人正說著，便看見楚家人向這邊走來。

阿祿先向大門裡喊了一聲。「客人來了。」又整理一下自己的衣裳，再幫大寶拉拉衣裳，兩人迎上前去。

楚家五口人都來了。把他們迎進廳屋，請老侯爺和楚三夫人上座，楚三夫人沒坐，而是極力請陳名跟老侯爺一起坐在八仙桌旁。兩家人說了些應景的話，陳名緊張得話都有些說不清楚，不過，老侯爺和楚三夫人都健談，不至於冷場，陳名和王氏便漸漸放開了，楚老侯爺最後又請陳家去棠園吃晚飯。

楚令宣的話不多，經常趁別人談興正濃的時候瞥陳阿福一眼，抿著唇笑。

大寶撇撇嘴，悄聲跟楚含嫣說：「看看妳爹爹，他總是偷看我娘。」

楚含嫣抬頭看了一眼，天真地問：「我爹爹不就是你爹爹嗎？什麼樣的看才算是偷看呢？」

大寶被問得愣住了，這個問題他解釋不了。

眾人吃了晌飯，把楚家人送走。因為祿園沒有管家，羅管事走在最後，把禮單和禮物呈給陳名，禮單上記了花花綠綠一大堆什物。

下晌，陳名和王氏去自家後院，把成熟的水果、黃瓜都摘了下來，全摘完也只裝了一小筐，再加上兩食盒自家做的點心，就當作給楚三夫人帶回京城的禮物。

兩人都有些不好意思，楚家送了自家那麼多禮物，可自家只送這麼點東西，怎麼拿得出手，可能會給閨女丟臉。王氏又去福園找陳阿福商量，問她再送些什麼好。

陳阿福笑道：「水果、黃瓜現在就是有錢也沒地方買，這東西人家才稀罕，其他的就不用準備了，只要花錢就能買到的東西，他們都不缺，咱們就是送去了，楚三夫人也不會費勁往京城拿。」

王氏又說道：「妳上次不是讓娘做一雙漂亮的貓熊拖鞋給繡坊嗎？娘已經做好了，鞋面還繡了一對貓熊寶寶，極漂亮，就把那雙拖鞋送給楚三夫人吧！她肯定會喜歡。」

鞋子應該是晚輩做給長輩的，陳阿福可不願意委屈王氏，搖頭說道：「娘，楚三夫人雖然出身皇家，但娘跟她一樣都是我的長輩，我怎麼能讓娘給她做鞋子？不用。以後我有時間了，再給她做一雙。」看王氏不太願意，又道：「以後我給娘畫一個『貓熊戲竹』的花樣，娘繡個小屏風，等到過年的時候給楚家當年禮送去，他們肯定喜歡。」

王氏聽了，覺得這主意好，才回了祿園。

陳阿福不好意思當眾把楚令宣的衣裳和荷包給他，便讓魏氏幫忙轉交。她只揣著裝了一根燕葉沉香的銅管，又讓夏月拿著一個貓熊玩偶、拎著兩食盒自家做的點心去了門外，等到陳名三人出來，幾人一起去棠園做客。

楚三夫人見陳家送了一筐水果、黃瓜，笑開了懷。「不瞞你們說，我一直在想，該怎麼厚著臉皮向你們討要一些，沒想到你們給我送了這麼多。」

陳名和王氏見自己送到貴人的心坎上，都極是開心。

陳阿福把燕葉沉香送給楚三夫人，笑道：「大師只給了我三根，我給了了塵住持一根，一根自己用了，三夫人切莫告訴別人，若是別的貴人要，我是真的沒有了。」

楚三夫人從銅管裡拿出燕葉沉香，沁人心脾的香氣立即瀰漫開來，她的眼睛都瞪大了，深深地吸了一口氣，喜道：「沒想到，這寶貝我也能有一根，在大嫂那裡聞了這味道，我到現在都心心念念著呢！福兒放心，我自然不會給妳找麻煩，對外只說我機緣巧合下得到一根。這東西我捨不得用，回京就孝敬我皇祖母。」

陳阿福一聽她把那麼高大上的人物搬出來，呵呵傻笑了幾聲。她雖然還有十根燕葉沉香，可其中九根是見不得光的。

在楚家吃了晚飯，眾人又聊了一陣子。老侯爺說，大寶的西席已經找好，過幾天就會從京城趕來，到時候，大寶、智兒和阿祿一起跟著西席學習。

陳名聽了高興得不行，西席是舉人，比秀才出身的蔣先生學問還好，如此，阿祿考上舉人的希望更大了。

天色漸黑，西邊的晚霞已經沒入紅林山頂，只剩下一圈金色的雲層掛在山尖，陳家人才起身告辭。

楚令宣領著楚含嫣和楚令智送陳家人出門。

出了棠園，幾個孩子來到棠園和福園之間的那塊空地上就不走了，站在那裡笑鬧著，陳名和王氏先回了祿園。

楚令宣和陳阿福站在那棵樹下，楚令宣低聲說道：「妳做的衣裳和荷包我很喜歡。」

「哦。」陳阿福應了一聲。

楚令宣問：「我送妳的鐲子喜歡嗎？那是我專門去京城的吉泰銀樓買的。」

「喜歡。」陳阿福答道。

楚令宣又說：「我明、後天回不來，三天後儘量回來一趟。」

「嗯。」陳阿福又應了一聲。

楚令宣繼續說：「我不在，我爺爺和嫣兒、五弟就麻煩阿福了。」

「不麻煩。」陳阿福說道。

楚令宣搖頭輕笑起來，說道：「妳就不能和我多說兩個字？我見妳跟三嬸和嫣兒說話的時候，話可多著呢！特別是跟嫣兒，一個人就能說半天。」

陳阿福聽了也笑起來，講真的，她雖然跟他接觸過一段時間，但聊天的時候並不多，她不知道該跟他說些什麼。

西邊最後一點金光沒入山頂，夜幕如潮水般湧來，剎那間，天黑下來，天邊出現了幾顆星星，在那裡眨著眼睛。

星光中，樹下更黑了。

楚令宣見幾個孩子玩得瘋，也沒注意他們，便又往陳阿福的身邊挪了挪，垂著手把陳阿福的小手攥在手心裡。

陳阿福的手縮了縮，沒掙脫開，也就由他拉著，感覺他的手又大又厚，還滾燙，手心的繭子很厚，應該是拿刀槍磨出來的。

楚令宣見陳阿福沒有掙扎，高興得嘴角上揚，開心不已。

這時，大寶往這邊看過來，他看了兩眼，拉著楚含嫣往這邊跑來。

楚令宣趕緊放開手，兩人都向兩邊挪了挪。

大寶來到近前說：「娘，天都黑了，咱們該回家了。」又提醒楚令宣道：「爹爹，你明天不是要早起去軍營嗎？睡得太晚，就起不來了，遲到了，長官會斥責你的，弄不好還會被打手心。」

楚含嫣崇拜地看著大寶說：「哥哥知道得真多，姊兒怎麼就沒想到呢！」

楚三夫人和楚令宣走後，福園又恢復了平靜。

每天巳時，楚含嫣和楚令智會來福園，陳阿福便給三個孩子當老師。午時整，老侯爺也會來這裡吃飯。飯後，老侯爺一個人回棠園歇息，傍晚時再來吃晚飯，然後一老兩小一起回棠園。

楚令宣隔幾天回來一次，都是來去匆匆，總是天黑透了才快馬加鞭跑回來，找理由來福園跟陳阿福說幾句話，給幾個孩子帶點禮物，隔日天未亮就又匆匆離去。

離多聚少，再加上看到楚令宣來去匆匆非常辛苦，陳阿福對他的牽掛和心疼也就多了幾分，每次都會熬夜給他做些吃食帶去衙門或是軍營中吃。他們相處哪怕只有短短半刻鐘，還有個大燈籠照著，兩人都非常珍惜，即使是幾句問候關心的話，或是相視一笑，也倍感甜蜜。

五月十二日，盼望已久的西席廖先生終於來了。

廖先生五十幾歲，偏瘦，深邃的目光給人感覺很有學問的樣子。陳大寶、楚令智和陳阿祿正式拜了師。

書房設在棠園外院，自此之後的每天早上辰時三刻，大寶和阿祿便會從家裡出發，去棠園上課，逢十休息。不過，晌午和晚上，他們和楚老侯爺還是會來福園吃飯。

陳阿福也請過廖先生，但廖先生不來，她便讓人偶爾送些飯菜過去給他。

現在只有楚小姑娘一個學生，還有已經鍛鍊出來的夏月、秋月兩位小老師幫忙，陳阿福更加輕鬆了，無事就操心家裡的田地和鋪子，或是做做針線活。

幾日後，陳阿福決定去一趟靈隱寺，她有事要求無智老和尚。

她在十里鎮旺山村的四百畝冬小麥已經全部收完了，之後這些地，她想種植玉米，她想把玉米種拿進空間放，希望能培育出前世的甜玉米或是糯米玉米。而且，羅管事已經明確地表示，棠園也想多種些水果、黃瓜，若是西瓜好也想種西瓜。

她已經用過西瓜種、黃瓜種、水稻種，以及之後要用的小麥種、玉米種等等，她都想拿去空間放幾天，培育出好種子，不僅好吃，還希望能多產，少遭病害，不只自己能大賺一筆，也能為這個世界的老百姓謀些福利。但這麼多種子，總不能都說是在番人那裡買的吧？謊越多越不好圓，她必須得找一個能人幫她承擔下來。

她想了半天，這個能人只有無智老和尚！

老和尚是高僧，又經常出去雲遊四海，甚至還去過番外，若他能把這些種子認下來，說他是在番人或是深山中弄來的，別人才會相信。

但想到那個貪心的老和尚，她又有些心虛，怕他又覥著臉要空間裡的東西。金燕子已經恨透了他，不可能再給他了，想了半天，只得多給他送些水果、黃瓜去。想著光給老和尚，不給了塵住持不好，也得給她送些去。

吃晚飯的時候，陳阿福跟老侯爺商量，說她作了個奇怪的夢，想找無智大師幫忙解惑，正好可以帶楚小姑娘去影雪庵看望了塵住持。

老侯爺非常開心未來的孫兒媳婦能得無智大無師看重，便說他也想去看看了塵住持，明天一起去。

第二天一早，陳阿福去後院摘黃瓜，連手指粗細大小的都摘了，沒有剩下多少。上次把大些的黃瓜都送給陳世英家，這些天又長了些出來，但還沒完全長大，她只得又去祿園，把結出的小黃瓜摘了。

辰時末，老侯爺、陳阿福和楚含嫣三人坐上馬車向紅林山而去。金燕子知道陳阿福要去見老和尚，便十分有心眼地待在空間裡不出來，還警告陳阿福不許再給老禿驢東西。

到了靈隱寺，陳阿福先下車，老侯爺帶著小姑娘繼續往影雪庵去。

陳阿福領著拎著食盒的秋月和兩個護院剛走進靈隱寺大門，便看見歸一小和尚等在那裡，見他們來了，上前雙手合十道：「女施主來了，貧僧師父正等著女施主呢！」

陳阿福笑著給了他一包自家做的玫瑰糖，歸一高興地接過去。

過了小石橋，秋月和護院又被請去涼亭等候，陳阿福一個人跟著歸一去老和尚的禪房。她一進去，老和尚的眼睛就緊盯著她的食盒不放。

陳阿福把兩個食盒放在他的炕几上，他猴急地把食盒打開，拿出一根小黃瓜吃起來。

「嗯，清脆、甘甜、好吃，味道的確比一般的黃瓜要好上許多。」老和尚說道。「女施主無事不登三寶殿，不會只給老衲送這稀罕黃瓜吧？」

陳阿福笑道：「嗯，是有事要麻煩大師。有些經過我處理的優良種子，我希望大師能認下來……」

老和尚眨眨眼睛，雙手合十道：「阿彌陀佛，出家人不打誑語，女施主怎麼能讓老衲說謊呢？」

陳阿福看他眼裡冒著精光，偏還裝作一本正經，只得陪笑道：「大師，若我培育出好品種，不僅大順朝百姓得利，大師也能品嚐到不一樣的糧食、水果、菜蔬不是？」

「老衲就是不幫忙，女施主培育出好品種，老衲也能品嚐到啊！」老和尚見陳阿福有些急了，趕緊說道：「老衲的意思是，讓老衲出力，也得讓老衲得一些好處，總不能白出力吧？」

陳阿福驚道：「大師，你是得道高僧，怎麼會說這種話呢？」

老和尚嘿嘿笑道：「女施主這就不懂了，高僧不是裝出來的，而是由裡到外的一種修為，是不自覺的流露，那些一看就像高僧的人，大多是裝的。」

這種解釋真讓陳阿福無語。「我請大師做的事，是為廣大黎民百姓做好事。出家人慈悲為懷，不管是不是高僧，都應該很願意做這些善事才對，特別是大師這種修為不自覺流露出來的高僧，就更應該多做善事。」

老和尚揪著白鬍子笑起來，說道：「女施主說得甚是，其實，老衲要那些東西，也是為了廣大黎民百姓，也是做善事。」

陳阿福撇嘴道：「可不一定，那葉子……」

老和尚紅著老臉，打斷她的話說道：「那葉子，也是老衲無法了，想做出絕世好香，偏那小東西太摳門……好、好，既然女施主是為天下黎民百姓謀福利，女施主不好說的話，都往老衲身上推即可。不過，既然以老衲的名義拿出去，沒有理由靈隱寺自己不種，女施主給老衲一些那種特殊的西瓜種和黃瓜種即可。」

這個要求合理，也不算過分，陳阿福點頭同意，說過兩天就會給他送來。

老和尚又低聲說道：「教那小東西不要生氣，氣大傷身。老衲以非正當手段要了牠的葉子，牠也用非正當手段拿了老衲的香，如此便兩抵了。我跟牠，還是可以做朋友的。」

陳阿福的腦海中閃出金燕子的聲音。「臭禿驢，想得美，誰跟他做朋友。」

老和尚起身從櫃子裡拿出一個紫檀雕花小盒，從裡面取出一個成人拇指大、金黃色的把件，笑道：「這是老衲四十幾年前出海雲遊時，在海中一座小荒島上看到的。那小島人跡罕至，一片荒涼，老衲卻在一堆沙礫中發現這麼個稀罕東西。這琥珀應該是歷經上萬年形成的稀世珍寶，這精湛的雕工是現在的匠人無法達到的，真是奇怪。」

陳阿福接過把件，是琥珀雕的一隻小鳥，晶瑩剔透，色澤鮮豔，裡面還有一隻小蟲子。

最奇特的是，鳥的兩隻小眼睛和小尖嘴正好是天然的紅色，似乎還勾著嘴角樂呵，憨狀可掬的樣子，像極了金燕子。

陳阿福樂了起來，用手指輕輕摸了摸小鳥，竟然還有一股香味。

真是個寶貝！

她直覺，喜歡寶貝又財迷的金燕子肯定喜歡這東西，牠的空間裡，有許多名貴珠寶，唯獨差了琥珀一樣。

這老和尚還真會討巧。

陳阿福笑道：「真是個寶貝……」又假裝為難道：「我該不該代牠收下呢？收吧！牠可是很有骨氣的小東西啊！從來不喜歡別人賄賂；不收吧！這又的確是不可多得的稀世寶貝……」

金燕子先聽老禿驢把東西說得那麼好，心就開始癢起來，又聽陳阿福這麼說，急得不行，趕緊說道：「媽咪，人家雖然很有骨氣，但也不喜歡做虧本的買賣，那老禿驢拿了我那麼多寶貝，他也該賠償一二才是，收下，快收下！」

聽金燕子如此說，陳阿福笑道：「好，我就代牠收下了。」

老和尚嘿嘿笑道：「如此，我跟那小東西就兩清了，讓牠無事來老衲這裡坐坐，老衲給牠講講禪，還會請牠吃好吃的素齋。」

「想得美。」陳阿福的腦海裡又出現金燕子的聲音。

兩人又談了一陣子，陳阿福才起身告辭。

老和尚非常聰明地讓小徒弟歸一和歸二拿幾個袋子，各裝了些大米、麥子、玉米、西瓜子等東西，又讓他們把這東西送到陳阿福的馬車內。

陳阿福很高興，戲要做足才好。她同兩個小和尚一走出禪房，那兩個護院見狀，接過了幾個袋子。

幾個人剛走過小石橋，又看到了那位九爺。

九爺在那裡看風景，兩個小和尚停下腳步，雙手合十道：「阿彌陀佛，李施主請了。」

九爺對小和尚點點頭，說道：「兩位小師父有請了。」

陳阿福雖然低垂著目光，卻明顯感覺到九爺特意看了她好幾眼。

幾人出了靈隱寺，坐上馬車向影雪庵而去。

這是陳阿福和楚令宣訂親以後，第一次去看望了塵住持，總有種醜媳婦見公婆的感覺。

夏初的紅林山更加絢麗多姿，滿山遍野的杜鵑花似染紅了整個山林。了塵正跟楚含嫣在院裡的樹下玩耍，小姑娘的格格嬌笑大老遠就可以聽到，楚老侯爺坐在另一棵樹下悠閒地喝著茶。

不知道的人，一定以為他們是父親、女兒、外孫女三人。

陳阿福想到那位被迫讓自己妻子出家的楚駙馬，但父親、兒子和孫女只認前妻不認他，還是有些悲涼吧？

了塵見陳阿福來了，笑著迎上去，拉著給她屈膝行禮的陳阿福，笑道：「好孩子，怪不得貧尼第一眼便覺跟妳有緣，當真是緣分，妳能嫁給宣兒，是宣兒和嫣兒的福氣。」

幾人在這裡吃了齋，老侯爺和楚含嫣先去歇息，陳阿福和了塵在禪房裡聊天。

兩人拉著手坐在炕上，了塵講著楚令宣小時候的各種趣事，掏鳥蛋、捉弄人、掩護九皇子偷溜出宮玩耍被他爹暴打等等，不時逗得兩個人開懷大笑。

在了塵的描述下，一個漂亮、淘氣、聰明的小男孩浮現在陳阿福眼前。誰能想到，那樣一個可愛的男孩，卻變成了現在的冰山臉，連笑一下都難。

待一老一小醒來後，三人便告別了塵住持回家。

現在，陳阿福有了無智大師做後盾，除了說西瓜種是她從番人手裡買的，其他種子都推到老和尚身上去。

回福園後，她從空間裡拿出一些黃瓜種、西瓜種、玉米種給羅管事，並告訴他種子最好要先用溫水泡，但種子有限，不能多給，若莊稼種好了讓他們自己留種。

玉米種分成兩份，棠園和旺山村一家一半，各只夠種一百畝地，西瓜種和黃瓜種各留給棠園五畝地及一畝地種。

陳名家的小麥收了後，聽陳阿福的建議種西瓜。大房也要了五畝地的西瓜種，本來陳阿貴還想多要，陳阿福說只剩這麼多。

第二天，林老頭父子來了福園，他們是來送銀子的。旺山村的那四百畝小麥收了租子又交了稅，賣成銀子共得六百多兩。陳阿福讓秋月陪著他們吃晌飯，又把處理好的玉米種子給他們。

林家父子還高興地說，現在那八十畝地的西瓜長勢極好，已經結出許多西瓜，大的有兩、三斤重，大概半個月後就能收成。

正說著話，楚小牛領著一個長工來了。這個長工叫王老五，二十多歲頭髮就掉了大半，腦袋是嚴重的「地方包圍中央」，稀疏的頭髮束在頭頂像個小犄角。

他是個外來戶，是高里正的一個遠親，說是家鄉遭了洪災，父母、親人都死光了，他便來這裡依親。高里正幫他辦了戶籍，又在村北頭租了一個小院子，跟陳名家過去的院子隔了兩戶人家。從此他就生活在這裡了，給人當長工、打短工，只要能掙錢，啥髒活、累活都幹。

這個人話不多，很勤快，但找媳婦的要求非常高，就是要漂亮。村裡凡是有漂亮姑娘的人家，他幾乎都去提過親。當初還因為喜歡陳阿福水靈，經常去菜園跟她來個偶遇。這個人就是響鑼村的一個笑話，人家都說他是癩蝦蟆想吃天鵝肉，所以到現在都二十三歲了，還沒娶到媳婦。

去年，福園和祿園招侍弄田地和西瓜地長工的時候，他便來報名。陳名和陳阿福覺得這個人不錯，踏實肯幹，除了找媳婦的標準不切實際，不太講究衛生外，其他的都很好，於是便招募他，但前提是他必須要把個人清潔整理乾淨。

他非常勤快，比另外三個長工都肯做事，也願意動腦筋，衛生方面也注意了些，後來陳阿福還升他當了個小頭目，讓他主管西瓜地。

王老五手裡捧著一個近十斤的大西瓜，樂得嘴都快咧到耳根後，汗把頭髮浸濕貼在頭頂，顯得頭髮更少。

楚小牛笑道：「大姑娘，咱們家的西瓜長這麼大個了。」

王老五笑道：「稟大姑娘，地裡好些個這麼大的瓜，我敲了敲，砰砰砰地響，應該熟了。大姑娘看看，若是熟了，這幾天就可以陸續採摘了。」

陳阿福也極高興，趕緊讓人把瓜洗淨後，用刀切開。瓜瓤紅豔豔的，一吃，又甜又脆又多汁，若再等幾天，再沙一些，就更好吃了。

林老頭激動地說：「老天，這裡的瓜怎麼這時候就熟了？比我們旺山村的瓜至少要早熟十天，而且比我之前吃的西瓜都好吃。」

陳阿福當然不會說，這是澆了燕糞那種稀世化肥，只得含糊道：「或許跟這裡的土質有關吧！」

然後，讓人趕緊去定州跟曾雙聯繫，三天之後就開始出瓜，運去定州賣。定州是大順朝重要的交通樞紐之一，城邊的運河向北通往京城，往南通往江南，在定州西瓜可以賣到大順朝兩個最富庶的地方，以及沿岸的一些地方。

同時，再少量給陳名在三青縣的陳二糧鋪一些，那個鋪子雖然主要賣糧食，但也可以賣西瓜。

除了給正在睡覺的楚含嫣和空間裡的金燕子各留下一塊，其他的瓜都分給下人和動物們吃了。追風當然不感興趣，而七七和灰灰這兩隻聰明的鳥，只要是好吃的東西，沒有牠們不喜歡的。

然後，又讓王老五再去摘四個，一個送去祿園，一個送去棠園，另外兩個送去給無智老和尚和了塵住持。

夜裡，忙碌完的陳阿福，把一塊西瓜切在小碗裡，端著小碗去了空間。自從金燕子得到那個琥珀小鳥後，就一直躲在空間裡玩，叫都叫不出來。

「寶貝，快來吃西瓜了，甜得緊。」陳阿福招呼道。

金燕子還在用翅膀扒拉著琥珀小鳥，說道：「媽咪，好奇怪哦，這東西若是再黑些，我都要以為是照著我小時候的樣子雕出來的，怎麼那麼像我呢？而且我有一種預感，牠似乎有生命，只是現在還在沈睡，但總有一天會醒來的。」

陳阿福嚇一跳，湊過去仔細看了看琥珀小鳥，搖頭說道：「我怎麼看不出來牠像有生命呢？」看到金燕子的小尖嘴翹得更高了，笑道：「媽咪是凡夫俗子，眼光當然沒有金寶厲害，說不定這隻琥珀小鳥在空間裡吸收靈氣，真的有一天能夠醒來。牠醒來就好了，咱們金寶在空間過冬的時候，也不會太寂寞；若牠是隻雌寶寶就更好了，寶貝就能多個……妹妹。」

她本來想說多個媳婦，但想到小東西若再多個這樣的念想，更會「癡心妄想」，於是改口說成妹妹。

金燕子樂得嘴角彎彎，啾啾說道：「媽咪以後不要叫牠琥珀小鳥了，冷冰冰地像個擺件，叫牠金貝吧！一聽就跟人家是一對。」又遺憾地說：「也不知道牠要一百年才醒得來，還是一千年才醒得來。」

一竿子支得那麼遠，沒有自己的事，陳阿福更不感興趣了，打著哈欠說道：「寶貝，快吃西瓜，這瓜又甜又長得快，你的功勞最大。」

第三十二章

這日傍晚，福園裡眾人正吃著晚飯。

院子裡突然傳來曾老頭驚喜的聲音。「哎喲，大爺回來了。」又提高聲音喊道：「老太爺，大姑娘，大爺回來了。」

隨著腳步聲，楚令宣走進飯廳。他已經先回棠園洗過澡了，穿著冰藍色長袍，濕漉漉的頭髮披散著垂下來。

楚含嫣已經放下筷子迎到門口，一看見他就伸開雙臂叫道：「爹爹，爹爹。」

楚令宣抱起楚含嫣，先笑著看了陳阿福一眼，又去老侯爺面前行禮。

陳阿福起身笑道：「大爺還沒吃飯吧！我讓人拿一副碗筷過來，再多炒兩樣菜。」

「好。」楚令宣點點頭，坐到老侯爺的旁邊。

陳阿福親自去廚房炒了兩道楚令宣喜歡吃的菜，一個薑汁熱窩雞，一個青椒小炒肉。

飯後，老爺子先回棠園，楚令宣陪著還沒玩夠的楚含嫣、楚令智繼續留在福園。見幾個孩子向後院跑去，陳阿福和楚令宣也跟著去了。

孩子們直接跑去兒童樂園，楚令宣的腳步沒有停，繼續向前走去，陳阿福只得跟在他的後面。

來到牆邊，看到那壟黃瓜藤蔓上開滿了黃花，還長出許多手指長的小黃瓜，長勢極好。

楚令宣停下笑道：「妳不只人養得水靈，花、菜蔬、水果都養得水靈。」

陳阿福聽了笑起來，玩笑道：「你還真會誇人，只是不知那水靈的人裡面，包不包括你和老侯爺？」

楚令宣笑道：「當然包括，我爺爺的臉色更加紅潤了，我也白淨了些。」

陳阿福大樂。「大爺原來就不黑啊！」

見她笑得眉眼彎彎，楚令宣的臉上有了些許紅暈，認真說道：「我說的是真話，我的同袍都說我越長越白嫩了。我原不相信，後來特地照了照玻璃鏡，真的白淨許多。」

「玻璃鏡」三個字咬得特別重。

陳阿福格格笑出聲，這人平時比較嚴肅，有時說話也挺逗人的。她當然不願意讓別人猜測自己有不同之處，笑著解釋道：「不是我會養人，只不過做飯時多用了些心思而已。還有哦，心情好了，對人的皮膚也有益。」

楚令宣伸出兩隻手把陳阿福的雙手拉過來，握在手心裡說道：「嗯，的確如此，自從跟妳認識後，我的心情真的好多了。妳不知道，在遇到妳之前，我有多少年沒開心地笑過了。」

陳阿福紅著臉側過了頭。

楚令宣看著她烏黑的頭髮，妍麗的小臉，紅豔豔的小嘴近在咫尺，他的呼吸更沈了，眼神也更加熾熱。長這麼大，他第一次如此看一個女人，第一次如此心跳過速，哪怕成過親，有了孩子，他還沒有親過女人呢！

他有低下頭親親她小嘴的衝動，但此時天光還亮，被人看到對她的聲譽不好，又怕被孩子們看到，更不好。想著就親親她的臉頰，只一下下，速戰速決……

他猶豫著剛要低頭，就聽見一聲清脆的鳥鳴。抬頭一看，樹枝上，一隻小燕子正直直地看著他，眼裡又是不屑、又是急切，正是閨女喜歡的那隻叫金寶的燕子。

楚令宣看到這副表情的小燕子，之前那點旖旎的心情被沖得一乾二淨，愣愣地看著牠。

金燕子更不高興了，瞪著眼睛破口大罵起來。「啾啾啾啾，啊喳喳喳……」

陳阿福聽懂了，牠是在罵。「你是不是個男人啊！虧我那麼力挺你，原來是中看不中吃。都這時候了，不知道抱著女主使勁啃、使勁啃，還在那裡猶猶豫豫不下嘴。我看了那麼多男主，就數你最沒用。不行，我得再去山裡找株三色球……」

楚令宣聽不懂牠的鳥語，莫名其妙地看牠對自己惡狠狠地一陣狂叫，然後展開翅膀飛上了天空。

陳阿福忍不住大笑起來，這一人一鳥都傻得可愛。

剛才，她也以為楚令宣會親親她，不知道他在猶豫什麼，把特別想看愛情戲的金燕子惹毛了。再看看臉蛋紅紅的楚令宣，這個男人雖然成過親，有了女兒，但在那種情況下娶的女人，應該不會很親近；年少時家裡又出了那件事，更沒有心情去談戀愛……

楚令宣有些惱羞成怒，低聲說道：「不許笑。」

見陳阿福立即咬著紅潤的小嘴不敢笑了，楚令宣心裡又躁動起來，剛低頭要親她的臉頰，就聽到背後傳來楚含嫣的聲音。「爹爹，姨姨，你們在幹啥？是躲貓貓嗎？」

楚令宣嚇得趕緊放開陳阿福的手，站直身子往後一瞧，楚含嫣、陳大寶和楚令智正站在芭蕉樹下看著他們。

「啊？我們……」楚令宣不知該怎麼回答。

陳阿福瞥了一眼垂頭喪氣的楚令宣，可憐的傢伙，想搞點小動作總是有人搗亂。她笑著走過去，牽著楚小姑娘的手說：「是啊！我們想悄悄躲起來，看姊兒能不能找到，可還沒等我們藏好，姊兒就找來了。」

楚含嫣聽了，高興得不行，說道：「哥哥很能幹啊！是他讓姊兒來這裡找你們的。」一下子就把大寶出賣了。

楚令智撇了一下嘴說道：「幼稚，連這話妳也相信。在邊關草原上的時候，我爹爹和娘親經常說他們在躲貓貓、練打拳，有時候還練摔跤，其實根本不是這回事。」

大寶很感興趣地問了一句。「那是怎麼回事？」

楚令智雙手一攤說道：「後來我被下人抱走了，也不知道怎麼回事。」

此時天已經黑透，兩人也都沒有那種心思，便領著孩子往前院走去。

陳阿福牽著大寶站在門口，看著一大兩小向棠園走去。到了那棵柳樹下，他們都停下轉身過來，楚含嫣和楚令智伸長胳膊向他們揮著手，而大寶不像原來那樣跳著腳地揮手，只敷衍性地抬起手晃了晃。

陳阿福無奈地嘆了一口氣，又站了一會兒，見他們轉身走了，才牽著大寶往回走去。進了正房，她把大寶抱在懷裡坐著，想著得跟這孩子好好溝通。

這是在男人為天的古代，楚令宣本身有強大的家族、高大上的職業以及強勢的個性，他能接受大寶，目前看來又非常善待大寶，已經非常非常不容易了。

她希望大寶能夠珍惜這份善意，哪怕不能馬上把楚令宣當親爹一樣喜愛，但至少表面上要過得去，不能動小心思。他以為自己很聰明，掩飾得很好，其實大人們都看透了。

大寶被娘親摟在懷裡，聽到娘親輕輕的嘆氣聲，他把腦袋在她的胸口蹭了蹭，主動說話了。「娘，妳是不是覺得兒子耍心眼了，對楚大叔陽奉陰違？其實，我也不想這樣的。」

「知道不該這樣做，為什麼還要做呢？」

大寶嘟嘴說道：「我就是忍不住，一想到以後咱們會跟他睡一個炕，我心裡就不舒坦。」

陳阿福抽抽嘴角，這話說的，還「睡一個炕」！

「胡說什麼呢！誰睡一個炕啊！別人聽到了要笑死。」

大寶不解地說道：「有啥可笑的，別人家都是這樣的。姥爺、姥姥，還有大伯、大伯娘，村裡的那些人家，只要是兩口子就要睡一個炕，還要帶著兒子、閨女睡。有些人家房子少，連孫子、孫女都要睡一個炕呢！」

陳阿福暗道：他已經五歲，也該分房睡了，以後得找個時間把這事處理了。

「咱家房子多，不會出現那樣的事。」陳阿福說道，揉了揉他的小腦袋又說：「大寶，你看看嫣兒妹妹，她不是娘的親女兒，不是你的親妹妹，過去也沒跟咱們一起生活，你覺得，她喜歡娘親嗎？喜歡大寶嗎？」

大寶抬起頭驚訝地說道：「嫣兒妹妹當然喜歡咱們兩人了，娘還沒看出來嗎？」他覺得娘親是在明知故問。

陳阿福又道：「是了，她之所以喜歡咱們，那是因為咱們用真心去對待她，像親人一樣愛護她，所以才換來她的愛。現在，你爹爹也用真心對待你，像親人一樣愛護你，他也希望能換來你對他的愛。若你一直這樣像防外人一樣防著他，他會難過的。不只他難過，嫣兒妹妹若知道你這樣對她爹爹，也會難過的。你換位思考一下，若是娘一直對嫣兒妹妹很好，但她卻不領娘的情，還處處防著娘，你難不難過？」

大寶點點頭，又問道：「娘，楚……爹爹是真心喜歡我嗎？娘以後嫁給他，還會像現在一樣愛我嗎？」

這是他內心最糾結的問題。

陳阿福用下巴碰了碰他的頭頂，沖天炮扎得她有些癢，她說道：「先回答第一個問題，至少，你爹爹目前是真心喜歡你的。你想想，若他不是真心的，怎麼會認你做義子，教你功夫，還從京城給你請學問好的先生來授課，盼望你成才？投我以木桃，報之以瓊瑤，你也應該真心對待他才是。哪怕現在還做不到發自內心喜歡他，但必須要發自內心尊重他，不然，久而久之，他傷了心，還會不會這樣對你好，娘就不知道了……再回答第二個問題，兒子這樣問，這樣想，娘有些傷心呢！這個世上，有一種感情永遠不會變，那就是娘對孩子的愛。不管什麼時候，不管過了多久，這份愛永遠不會改變，永遠，永遠……」

說到這裡，陳阿福想到了他親生的娘，兒子沒了，她該多麼難過啊！

陳阿福的最後一句話感動了大寶，他就知道娘親會永遠愛他，他也知道自己若討了楚令宣的嫌對他沒好處，便保證道：「娘，我知道了，我以後會努力地真心喜歡爹爹，努力地不跟他耍心眼。」

之後，陳大寶去書房完成先生交代的課業。

陳阿福則把曾老頭、楚小牛和薛大貴叫來，商量明天運西瓜的事宜。

第一批成熟的西瓜有六百多個，重量大概近七千多斤。

她估算了下，一畝地的產值不會低於四千斤，六畝地共能產瓜兩萬四千斤。明天出第一批，五天後能出第二批，十天後能出第三批。

緊接著，旺山村瓜地也該摘瓜了。那裡的畝產應該不到三千斤，八十畝地，保守估計共能產瓜二十萬斤左右。這麼大的量，古代的交通不發達，想要賣個好價錢，肯定先要把銷路探好。

好在有這六畝西瓜打前哨，先把這麼好的瓜賣去富庶的地方，那裡的商人覺得好，便會自己找上門來買。

除了給陳二糧鋪一千斤，其他都送去定州福運來商行，再由商行走運河賣去遠方。還有就是，先摘四十個西瓜自家吃和送人。

翌日，大寶他們都休沐。

除了楚含嫣不喜人多，待在福園，老侯爺、楚令宣帶著楚令智和大寶在福園旁邊的西瓜地看熱鬧，連廖先生都來了。村裡的一些人家及棠園的佃戶，還有莊戶和棠園下人的孩子，也來了許多人看熱鬧。

楚老侯爺笑咪咪地極開心，看到這些漂亮的大西瓜，他想到了以後栽種的水稻、小麥、玉米等農作物，都是無智大師提供的種子，若它們也同這些西瓜一樣，高產量、好口味，那是大順朝百姓之福啊！

他之前不太贊成自家孫媳婦太熱衷於開商行、種田地，可如今一看，這不是錢的問題，而是關係到百姓吃飽飯的大問題，是為皇上分憂，這他就要大力支持了。

阿福，名字取得真好，真是有福之人，這個孫媳婦找得可心！

老爺子不拿自己當外人，讓人摘了兩個瓜，切成小塊招待這些看熱鬧的人。

大寶看了看站在遠處樹下的楚令宣，他跟這些老農說不到一起，不像老侯爺和廖先生能融入鄉民中。

大寶拿著一塊西瓜來到楚令宣的面前，雙手遞給他說道：「爹爹，吃西瓜，很甜。」

楚令宣愣了愣，高興地接過西瓜吃了一口，說道：「嗯，是很甜。」

大寶沒有離開，而是站在他旁邊說道：「娘親說，她泡西瓜種的時候我也出了力，會給我十兩銀子的工錢。這錢是我自己掙的第一桶金，我想給娘、姥姥、姥爺，還有爹爹買樣禮物當孝敬，爹喜歡什麼禮物？」

楚令宣不知道大寶怎麼突然對自己示好了，也不知道他為什麼把十兩銀子叫做一桶金，但如此懂事又感恩的孩子，讓楚令宣的心異常柔軟起來。看著大寶睜著清澈明亮的大眼望著自己，這雙眼睛裡有狡黠，有討好，有小心翼翼，還有純真，有清明。

楚令宣想著，若是他在那個大院子裡長大，後兩種眼神是無論如何也不會有的。在鄉下雖然受了不少苦，之前也生活得小心翼翼，但良善的陳家人，還是讓他快樂地長大了。

想到祖父當初帶來那個不可思議的消息，楚令宣真是又吃驚、又高興。之前，他害怕陳阿福的出身低，怕家人不同意，想了多種應對長輩不同意的法子，甚至想過近幾年內都不太可能定下親事；可是，他沒想到祖父那麼痛快就同意了，後來才知道祖父在去跟那個人說明此事的時候，得知了一件不可思議的秘事。

這件事，除了皇上和那個人知道，騙過了所有人……

真是上天助他，他明年就能如願把心愛的女人娶回家，雖然肩上的責任更重了，但他願意揹負。為了忠君，也為了阿福。

看到楚令宣沒有回答自己的問題，大寶的眼神暗了暗，緊張地扭著手指又說道：「爹爹，你不喜歡我送你禮物嗎？」

陳大寶的話打斷了楚令宣的沈思，他趕緊笑道：「謝謝大寶，你掙了錢還知道孝敬我，爹爹很欣慰。你若想送爹爹一樣禮物，就送……」他佯裝思考了一下，說道：「就送一枝筆吧！我寫字的時候，就能想到大寶。」

大寶高興地點點頭說：「好，我會去縣城買好些的筆。」

五月底，旺山村的西瓜開始採摘，這些西瓜的口感雖然稍遜，但比當代農民種的西瓜還是要甜些、大些。

六月初，那六畝地的西瓜收完後，陳阿福又讓人把地整治出來準備種秋玉米。

陳大寶如願拿到娘親給他的十兩銀子工錢，要去縣城買孝敬長輩的禮物。

除了楚令宣以外，他也徵求了其他人的意見，準備給陳阿福和王氏兩人買把松木雕花梳子，給陳名買套茶碗。後來他覺得楚老侯爺、廖先生和陳老太太是長輩，也該給他們買禮物，所以又決定給前兩人各買一枝筆，給陳老太太買把梳子。

陳阿福沒時間陪他，就讓薛大貴陪他去。

午時初，福園來了幾個意想不到的客人，是陳世英，他還帶來了陳雨嵐、陳雨晴、陳雨霞三姊弟。

陳阿福猜到陳世英這段時間會來，這裡是他管轄的地界，出了這麼好的新品西瓜，他肯定關心，但沒想到他把他們三姊弟也帶來了。

三姊弟四處望了望，感到新奇不已，覺得這裡跟他們想像中的鄉下不一樣。院子裡，竹樹掩映，鮮花盛開，房子雕梁畫柱，簷下有十幾個鳥籠，籠裡的小鳥極好看，毛色鮮豔，叫聲婉轉，越過院牆極目處是連綿青山，另有一番旖旎風光。

「姊，妳家真漂亮。」陳雨嵐搧著扇子說道。

「是啊！連風裡都帶著香味。」陳雨晴笑道。

陳雨霞只靦覥地笑著點頭附和。

陳阿福笑道：「你們喜歡，就多住幾日。」

幾人進了上房，上茶，落坐。

陳世英說道：「爹早就想來妳這裡看看，無奈一直抽不出空，今天有空了，妳弟弟、妹妹也都想來看看妳，就帶著他們一起來了。」他又誇了陳阿福送的西瓜好吃，提出來想去看看瓜地。

陳阿福遺憾道：「我家附近瓜地裡的瓜前幾天就摘完了，現在連秧子都沒有，正準備把地翻翻，再施些肥料，過些天種秋玉米。你們要看瓜地，只能去旺山村那裡看。」

陳世英還是想親眼去旺山村看看，這樣就要用去半天的時間，想在今天返回府城怕是來不及了。於是便打算吃過晌飯後，他一個人坐馬車去旺山村，然後在那裡的莊子住一晚，讓陳雨嵐三姊弟下晌回定州府。

陳雨嵐、陳雨晴和陳雨霞三人都不願意。

陳雨嵐說道：「爹在旺山村住一宿，我們就在姊姊家住一宿。」

陳世英搖頭道：「你明天還要上學，不能耽誤學業，以後你放了假，你們再來姊姊家住幾天。」

陳阿福趕緊去廚房領著曾嬸和春月幾人忙碌。

她準備得差不多的時候，被陳世英叫到院子裡，他紅著臉說自己給王氏一家帶了些禮物，想讓陳阿福把陳名和王氏請過來一起吃頓飯。

「……妳娘是我姊，妳陳名爹就是我的姊夫，都是親戚，當親戚走，晴兒和霞兒還沒見過他們，也該給他們見見禮。」

陳阿福猜測，王氏和陳名都不會想見陳世英。陳世英能夠灑脫地對待他們，但他們不可能灑脫地對待陳世英。

但他既然提出來了，自己不好不去，便帶著陳雨嵐三姊弟和禮物去了祿園。

陳名和王氏、陳老太太正在上房說話，見陳阿福領著衣衫華麗的兩個姑娘和一個公子走進來，陳名和王氏認識陳雨嵐，猜到另兩個可能是陳世英的女兒。

陳雨嵐給他們作揖行禮，而陳雨晴和陳雨霞得到陳世英的吩咐，都給王氏跪下磕了頭，說道：「見過大姑，願大姑身體安康，吉祥如意。」

王氏趕緊把她們扶起來，又給了兩姊妹一人一張她親手繡的手帕，說道：「好孩子，這是大姑親手繡的手帕，妳們別嫌棄。」

幾人尷尬地坐了一小會兒，陳阿福請陳名一家去福園吃飯。王氏和陳名都拒絕了，藉口老太太在這裡，他們要陪老太太，讓阿祿代他們去福園陪客。

陳名又悄聲跟陳阿福說：「下晌他們走的時候，我們摘些新鮮黃瓜和菜蔬送他們，妳娘做了幾罐醪糟，送他們兩罐，鄉下人家，就只有這些野味，他們或許會喜歡。」

陳世英見王氏沒過來，有些失望，但見陳阿祿長得非常像王氏，清秀，白皙，小小年紀進退有度，極是喜歡。阿祿也給他磕了頭，叫他「舅舅」。他給了阿祿一個玉掛件，又勉勵他好好學習，有不懂之處儘管找他。

正熱鬧著，棠園來人了，分別是楚老侯爺、楚令智和楚含嫣。楚令宣因為臨時有事，去了三青縣城。

陳世英和楚老侯爺同桌喝著酒，另外幾個人一桌吃著飯，極是熱鬧。

飯桌上，老侯爺跟陳世英講了西瓜的與眾不同，是因為種子是從番人手上買的，陳阿福手裡還有其他與眾不同的種子，是無智大師給她的。

陳世英聽了這些種子的特殊，還有番人和無智大師說的處理種子的方式，高興異常。「若是你們真能再用那些小麥、水稻、玉米的好種子種出新品，像這些西瓜和黃瓜一樣，提高產量，改善口味，再減少病蟲害，那真是大順百姓之福啊！」

老侯爺道：「這些農作物種好了，不只是百姓之福，也是你這個父母官的政績。雖然我們楚家會護著阿福，但你是這一方的父母官，有些事也需要你的支持，該保密的時候要保密，該擋架的時候要擋架……」

陳世英趕緊表態。「一定、一定，別說阿福是我的閨女，就是外人，有了這等為國為民的大好事，下官都要大力支持。」

晌飯後，陳世英帶著兩個長隨急忙忙地去了旺山村，又送走了陳家姊弟。

大概未時，薛大貴抱著陳大寶快步進來，身後還跟著兩個護衛。

陳阿福都嚇哭了，衝上去問道：「大寶怎麼了？」

薛大貴愧疚地說道：「奴才無能，讓寶哥兒被人誤傷到腿，已經去醫館包紮過了，那裡的大夫還施了針，開了藥。」

進了臥房，薛大貴把大寶放在床上後，他就退了出去，在側屋繼續說著話。

陳阿福沒聽清他說什麼，衝到床邊，看見大寶臉色蒼白，滿臉淚痕，半閉著眼睛似睡非睡，一隻腿被繃帶包著，還上了夾板，她心疼地大哭起來。

大寶似乎被哭聲驚醒了，他睜開眼睛，看到娘親拉著他的手哭得傷心，便伸出小手幫她擦眼淚，小聲說道：「娘，別哭，大夫說兒子死不了。」又感到腿上疼痛難忍，癟嘴大哭起來。「娘親，痛，好痛……」

陳阿福心疼得無以復加，哭道：「大寶乖，再忍忍，娘讓人去找大夫。」

緊接著是下人通報，楚大爺來了。

楚令宣快步走了進來，難過地說：「大寶的腿斷了，我已經讓人去府城的千金醫館請大夫了。」

陳阿福哭著問：「怎麼會這樣？怎麼會這樣？」

楚令宣嘆了一口氣說道：「大寶是遭了無妄之災，兩夥人打架，正好他離得不遠，被飛來的椅子打斷了腿，被誤傷的有好幾個人。」

陳阿福哭著埋怨道：「有好幾個護衛，連你都在身邊，怎麼會讓一個孩子待在打架的人身邊，不知道讓他離遠些啊！」

她自責不已，覺得三青縣在方圓百里之內，大寶想去縣城，便讓他去了，沒想到還是遭了無妄之災。早知道，哪裡都不該讓他去。

楚令宣紅著臉解釋道：「怪我失察，竟然沒看出來身邊有危險……」

老侯爺聽到稟報，嚇壞了，慌忙跑來福園。他不好進陳阿福的臥房，在側屋裡罵道：「臭小子，到底怎麼回事！派你去保護十……大寶，你怎麼讓他受傷了！」

楚令宣沮喪地來到側屋，揮了揮手，等屋裡的人都走了後，才低聲說道：「我們吃了晌飯，剛要走出酒樓，『恰巧』就碰到了……」他把聲音壓得只有老侯爺聽得到。「碰到了九爺。那些人應該是來試探九爺的腿。」

楚老侯爺一聽，趕緊制止他說話，輕聲道：「有些事回去再說。」又氣得一耳光抽過去，壓低聲音罵道：「打死你個臭小子，這麼關鍵的時候，怎麼能領著……」他忍下想說的話，又劈頭蓋臉抽了他幾巴掌。

楚令宣沒敢躲，硬受著老爺子的一頓打。

老爺子停下手，又問：「大寶的腿怎麼樣，不會瘸了吧？」

楚令宣說道：「我已經讓人去千金醫館請人了。」

因有些事得回棠園再細說，楚令宣先擱下不提，又去看了看大寶。

陳阿福守在大寶身邊，看他哭著哭著似乎又睡著了，才想起金燕子，得要點牠的好藥，她使勁掐了自己的左手一下。

半刻鐘後，就見金燕子從窗戶裡飛了進來，啾啾叫道：「媽咪，什麼事，那麼急著叫人家回來……呀，臭大寶怎麼了？」

陳阿福看了眼急得坐立不安的楚令宣，說道：「大爺，你守在這裡也無濟於事，先回去歇歇吧！」

楚令宣想著有些事得跟老爺子細說，點頭道：「那我先回去，過些時候大夫來了，我再來。」

於是，楚令宣扶著楚老爺子回了棠園。

一進外書房，老爺子就低聲吼道：「說，怎麼會帶大寶去見九爺。」

楚令宣道：「九爺前段時間才得知自己有個胞弟還活著，十分高興，便想遠遠看大寶一眼。我想著，只遠遠看一眼，這一帶又是咱們的勢力範圍，就允了。哪承想……那個人一定是知道九爺在靈隱寺待了這麼久，怕無智大師真得到什麼神藥把他的腿治好，所以讓人來試探。混亂中，九爺坐在輪椅上生生地受了一劍……」

楚老侯爺驚道：「九爺的傷嚴重嗎？」

楚令宣搖頭道：「刀刺在左肩，無大事。」

楚老侯爺鬆了口氣，又道：「留活口了嗎？」

楚令宣說道：「把幾個在近處的死士都殺死了，其他人站得遠，不會注意到十一爺，也不會看清十一爺的長相，畢竟酒樓裡的人有許多，孩子也有好幾個。」

楚老侯爺點點頭，又說：「你看，九爺的腿能徹底治好嗎？」

楚令宣道：「難說，傷了十年，還是粉碎性斷骨，肌肉也早萎縮了，除非世上真的有神藥，又有幸被大師拿到了，否則華陀再世也治不好。希望九爺能徹底治好，那樣十一爺就不會被推到前面。我還是覺得，十一爺雖然聰明，卻沒有九爺適合坐那個位置。」

楚老爺低聲道：「他們兩個一明一暗，總有一個會被推上去。若九爺的腿好了，當然皆大歡喜；若九爺的腿好不了，十一爺長大後就會被接回去，讓袁家的骨血最終坐上那個位置，皇上可謂煞費苦心。但願天如人願，那樣，袁大人和元后娘娘在天之靈也能安息了。」

楚令宣嘆道：「袁氏滿門忠烈，卻被滅了門。袁大人戰功赫赫，卻死得那麼慘烈。我也希望這兩位爺中的一位能登大位，以慰袁大人在天之靈……哼，那兩母子機關算盡，也如不了他們的願；不過，皇上的身體已經不如從前，不知能不能等到九爺傷癒或是十一爺長大那一天。」

另一廂福園內，金燕子流著淚啾啾叫著。「臭大寶，你好可憐，你的腿痛痛，人家的心也好痛……」

陳阿福帶著牠進淨房，再一起進了空間，金燕子很識趣地趕緊啄兩小塊燕沉香木渣給她。

陳阿福懇求道：「給點綠燕窩吧！讓大寶快些好，少遭罪。」

金燕子說道：「媽咪，我也希望臭大寶快些好，但好得太快，別人會懷疑的，燕沉香木能定神止痛，對骨頭癒合也有好處。」

這倒是太逆天了，反而惹禍。

陳阿福拿著燕沉香木渣和小傢伙出了空間。她先點燃一截燕葉沉香，屋裡立時瀰漫著一股幽深綿長的香氣，又把一塊燕沉香木渣塞在大寶的褥子下面。燕葉沉香非常香，讓木渣的香氣沒有那麼明顯了。

漸漸地，大寶停止了哭鬧，眼睛緊閉，呼吸也綿長起來，他終於睡沈了。

這時，王氏、陳名和阿祿三人跑了進來，王氏已經嚇哭了，問道：「大寶怎麼了？傷到哪裡了？」

陳阿福噓了一聲，低聲說道：「他才睡著，聲音小些。」然後，小聲地把她知道的情況說了。

王氏三人在屋裡陪大寶，陳阿福來到院子裡，薛大貴還跪在院子中央抹眼淚。

陳阿福聽他說了經過，覺得不能怪薛大貴，便說道：「你起來吧！突發事故怨不得你，以後警醒些，不要帶大寶去人多的地方。」

薛大貴擦了一把眼淚，站起身，說道：「大姑娘，我覺得王老五當種地的長工可惜了，應該讓他來當咱們家的護院，以後若大姑娘和寶哥兒遇到啥事，他比我和小牛都好用。」

「怎麼說？」陳阿福問道。

薛大貴說道：「打架的那兩夥人都是武功高手，忒厲害，出事時，王老五也在酒樓裡吃飯。老天，他的功夫比大爺的貼身護衛還好，他像飛一樣衝過來把寶哥兒從我懷裡搶了過去，比楚大人的動作還快……」

陳阿福想到王老五其貌不揚的樣子，窮得要死，還來跟自己獻過殷勤，他怎麼會有錢去大酒樓裡吃飯，竟然還是武功高手？

大寶的身世若真的不簡單，那麼王老五也很可能有不可告人的背景。

「王老五會武功的事就不要說出去了，他隱姓埋名當個莊稼漢，或許就是不想再給誰賣命，這是人家不願意說的秘密，咱們也別說了。」

薛大貴點點頭，回後院歇息去了。

傍晚時分，一個白鬍子老頭被人帶進福園，是千金醫館接骨手藝最好的大夫。他替大寶把骨頭接回原位，又上了藥，施了針，開了藥，楚令宣讓人帶他去棠園歇息。楚家給他高價，讓他在這裡住幾天，等大寶徹底沒事後再送他回定州。

金大夫給大寶的斷腿復位，大寶在屋裡哭，陳阿福和王氏就在屋外痛哭，金燕子、七七和灰灰躲去樹枝上哭，連陳名和阿祿都抹著眼淚。

隔天，金大夫又來給大寶看病施針。大寶的情緒已經好多了，吃了飯，說了幾句話後又睡著了，連楚含嫣和楚令智來看他，他都沒醒。

楚含嫣哭得很慘，知道不能哭太大聲，就用小胖手捂著嘴，看著讓人心痛。她在這裡待了半刻鐘，就被宋嬤嬤硬抱走了。陳阿福聽說，她在棠園裡哭了大半天，眼睛都哭腫了。

這幾天，不只陳名兩口子幾乎都守在這邊，楚老侯爺也在這邊，楚令宣依然是隔三差五回來。等到五日後，大寶徹底無事了，金大夫才被人送回定州府。

這其間，王老五也拎著兩包糖果來看望過大寶一次。他自從當了福園的長工後，身上乾淨不少，但牙齒還是黃黃的，衣裳也不算乾淨，離得老遠就能聞到身上的汗臭味。

不說夏月、秋月嫌棄他，連山子都不喜歡他。他來的時候，曾老頭不在，山子沒讓他進門，說：「你拎的吃食除了你自己，別人怕是都吃不進去，你還是拿回去自己吃吧！省得我家主子還要費事去丟。」

陳阿福正好從廚房出來，聽到山子的話，便沈臉斥責道：「來者是客，你憑什麼把寶哥兒的客人擋在門外？扣你一個月的工錢。」
山子一聽就哭了，趕緊開門讓王老五進來。
王老五紅著臉，向陳阿福躬身說道：「大姑娘，我聽說寶哥兒受傷了，特意去縣城買了糖果來看他。放心，這糖果是點心鋪小二包好的，我只拎了繫糖果的繩子，手連油紙邊都沒碰到。」說著抬抬手，他的確只用兩根手指拎著繫糖果的繩子。
陳阿福笑道：「謝謝你還想著我家大寶，請進。」
見夏月皺著眉，秋月用手捂著鼻子，陳阿福使勁瞪了她們倆一眼，她們便不敢了，趕緊去給王老五倒茶。
王老五沒敢進臥房，只從門外往裡看。大寶還睡著，他看了幾眼，才低頭快步走了出去，陳阿福猜測他肯定哭了。
若這人真是來保護大寶的，說明大寶的家人並不是不管大寶，而是他有不得不離開家的理由。
如果，他的家人來接他回家，自己怎麼捨得！
正想著，就聽夏月嘟嘴道：「那王老五真是的，看完寶哥兒，就這麼大刺刺地跑了，連句話都不知道說，這人，不只髒，還沒規矩。」
陳阿福說道：「王老五是咱家的長工，平時幹活很賣力，對這種踏實幹活的人，要尊重，不許無禮。」

夏月和秋月聽了，都點頭應是。

大寶的腿傷稍微好些之後，他買的禮物也都送到陳阿福、王氏、陳名、楚令宣、楚老侯爺、廖先生和陳老太太的手裡。幾人拿著禮物感動不已，這些東西不僅蘊含著大寶的汗水，還有他的痛苦，這份心意彌足珍貴。

第三十三章

現在是一年中最炎熱的季節，旺山村的西瓜已經全部收完了，又把那些地整治出來種秋玉米。

這次的西瓜，除去成本，淨賺二千一百一十六兩銀子。因為那六畝西瓜地有一半是陳名家的，陳阿福給陳名分了一百五十兩銀子。

陳名拿著銀子笑道：「這幾畝地只用兩個多月的時間就掙得這麼多，作夢都想不到。不過，爹也知道，這次又占阿福的便宜了。」

陳阿福笑道：「多出來的銀子，就當是我孝敬爹娘的。」

棠園及陳業、陳名家種的西瓜也是大豐收。

棠園種的五畝西瓜只賣了一半，剩下一半留著自己吃和人情往來。由於西瓜產量多，無論京城的親戚朋友，還是石州府的親戚朋友，都送到了。

現在，這種西瓜有了一個專門的名稱，叫定州大甜瓜。因為這些西瓜大多都是從定州賣出，所以被人如此定名。

大房種的五畝地，賣了七十兩銀子，把陳業和胡氏都樂瘋了。

上個月，陳業也在三青縣城開了間小雜貨鋪，取名為陳大雜貨。因為他們的鋪子是從福運來商行進貨，貨物好、進價低，也能賺些錢。

除了有好大夫的診治，更因為有燕沉香木渣，大寶的腿康復得非常好。大寶又開始去棠園跟著廖先生學習，只不過由薛大貴和楚小牛輪流接送。

七月的夜晚，陳阿福等人剛要吃飯，楚令宣來了。

不僅楚含嫣和楚令智第一時間大聲招呼楚令宣，連陳大寶都大喊起來。

經過這次受傷，大寶真切體會到，楚爹爹是真心關心他。他認為，這就是自己以心換心得到的回報，所以，現在他待楚令宣比原來熱情多了，也真心多了。

聽到三個孩子驚喜的大叫聲，楚令宣的嘴角勾起來，再看到起身準備進廚房的陳阿福，他的笑容更深了。

飯後，依然是楚老侯爺先回棠園，楚令宣帶著兩個孩子繼續在福園玩。現在大寶的腿不方便，幾個孩子就去西廂房坐著玩積木。大寶和楚令智學習了一天，此時是最放鬆的時刻。

陳阿福和楚令宣則去上房的西屋，下人們都識趣地沒有跟進來，只有楚懷在屋外的廊下站著。

離大寶出事這麼久了，她覺得，有些話該跟他說一說。她還有種感覺，楚令宣似乎也有話要對她說。

西屋裡，兩人坐在圓桌旁。外面的夕陽沒有完全下山，晚霞的餘暉照進屋裡，依然明亮，但一男一女同在屋裡似乎不妥，陳阿福還是點燃了蓮花玉盞上的蠟燭。燭光昏黃，時而跳動一下，照得兩人的臉一明一暗。

「我……」

「我……」

兩人同時開口。

「妳先說。」楚令宣輕聲道。

「不，還是你先說。」陳阿福說道。

「好，那我先說。」楚令宣笑了笑，他的頭往前低了低，臉離陳阿福更近了，又伸出雙手把她放在桌上的手抓住。「阿福，我們雖然相處的時間不算長，但我知道妳是溫柔、賢淑、良善的好姑娘，不然，也不會對撿來的兒子如此疼愛，不會對我的嫣兒如此呵護。我們已經訂親，明年初就要成親，我覺得，有些事，我應該跟妳說說……這些事，一開始連我爺爺和我都不知道，我也是在咱們訂親的前一天才知道的。我二叔和二嬸，連三嬸都不知道，妳聽了，一定要深深埋在心底，無論誰都不能說。」

陳阿福便不想聽了，她不想知道太多，趕緊搖頭說道：「別，你別說了，連你三嬸都不知道，可見是驚天秘密。我現在還是一個外人，不想知道得太多。」

楚令宣看她緊張的樣子，輕聲笑了起來，說道：「看把妳嚇的。這事我之所以能跟妳說，也是經過長輩們深思熟慮同意的，因為妳也是當事者。我相信我不會看錯人，家裡的長輩相信無智大師不會看錯人，我們都相信妳，妳還怕什麼？」

「我是當事者？」陳阿福頗有些吃驚，她還沒嫁入楚家，怎麼可能有那麼深的牽絆。

楚令宣臉色嚴肅下來，把她的手握得更緊了，緊得讓她有些微痛，輕輕地皺了皺眉。他毫無察覺，低聲說道：「阿福，在這個世上，曾經有一個我最敬仰的人。」

「啊？」陳阿福有些納悶。

敬仰？應該比崇拜、尊敬、尊重這些詞還要高大上。

楚令宣說道：「這個人，也是我爺爺、我爹、我三叔，還有許多將士、生員最敬仰的人，他就是幾十年前的戰神——袁大人、袁大元帥。」

他的聲音沙啞起來。「二十七年前，那時先帝還在，我朝出了一個天大冤案，領兵如神的袁大元帥正帶兵在邊關跟北遼國打仗，卻打了個大敗仗，莫名其妙地丟了幾個城池，糧草也被敵軍燒光，士兵們死傷大半。先帝聽了主和派的話，簽了停戰協議，賠了上百萬兩白銀和無數豬羊。袁大人回京後，被抓了起來，判他賣國之罪。袁家三族內全部被殺，包括婦人、孩子，袁大人被判剮刑。聽說，袁大人被判三百刀准死，他咬碎了一口鋼牙，都沒有吼叫一聲。」

楚令宣的眼裡難掩悲哀，又特別說明。「袁大人是當時太子妃的父親，太子就是當今皇上。」

陳阿福吃驚地看著楚令宣，說道：「既然袁大人是戰神，還是太子妃的父親，他不可能賣國啊！」

楚令宣毫不猶豫地說道：「他當然不可能賣國，就是別人都賣國了，袁大人也不可能賣國！他一生中，四次掛帥出征，抵禦外寇，所向披靡，讓敵人聞風喪膽。這樣的錚錚鐵漢，他怎麼可能叛國！他是被奸臣陷害的。」

陳阿福心中不由地對袁大人肅然起敬，說道：「既然袁大人如此鐵血忠心，為大順朝立下汗馬功勞，即使有人陷害，先帝也不應該相信，或是調查清楚再說啊！何況，還下狠手滅了他們滿門，判了袁大人那個……刑。」

「剮」字她不敢說，太殘酷暴虐了。

楚令宣說道：「先帝年輕時還是非常賢明的，把大順治理得國泰民安，可年紀大了以後，就開始疑神疑鬼，總覺得有人要造反，要謀奪李家天下。那時，先帝的身子已經非常不好，他殺袁家滿門，或許真的信了袁大人叛國，要謀李氏天下取而代之。另一個原因，是為了以防萬一，不管袁大人叛沒叛國，都要把袁大人殺了，以防袁大人成了國丈後，更加權傾朝野，讓李氏王朝不保。」

陳阿福十分不解。「既然先帝怕袁大人成為國丈權傾天下，就不應該讓袁家女當太子妃啊！太子的媳婦，還不都是他說了算。」

楚令宣嘆道：「當今皇上年輕的時候，對先太子妃一見傾心，先帝很疼愛他，經太子再三請求後，下旨賜了婚。據說，袁大人一開始不願意，想以太子妃有暗疾推辭，讓族親的一位姑娘去給太子當小。可那時太子妃也對太子暗生情愫，鬧著要嫁給太子，非他不嫁。袁大人無奈，只得遂了太子妃的願。袁大人被殺後，太子妃覺得是自己害了袁家滿門，也自盡身亡了……

「半年後，先帝駕崩，當今皇上順利繼承大統。

「皇上登基的第一件事，就是讓人徹查『袁氏賣國案』。最後查實是皇上的弟弟逆王李示為了謀奪大位，和北遼國聯手，誣陷袁大人叛國。本以為可以把太子一起拉垮，卻沒想到先帝只順水推舟滅了袁氏滿門，卻依然傳位於太子，即使後來搞了一個政變，也沒把皇上拉下來。

「皇上給袁大人平反了，又封了先太子妃為元后，太子妃的親生兒子，也就是皇上的長子為太子。可太子剛剛被封兩天，就失足落水而亡，那年他才七歲。人們都以為，至此，袁家最後一點骨血在這個世上都沒了。」

楚令宣講完，眼睛通紅，表情凝重。

陳阿福心酸不已，前世歷史也是如此，大多民族英雄都沒有好結果。

上天何其不公！但是，二十幾年前就沒有了的袁家，跟她陳阿福沒什麼關係吧？

楚令宣看到陳阿福探究的眼神，沒有馬上給出答案，而是繼續說道：「我七歲的時候，聽我爹回來說，我可能會被皇上指給六歲的九皇子做伴讀。九皇子的出身不高，他的生母是單婕妤，母子兩人都不得皇上寵愛。我娘非常擔心，九皇子經常被中宮所出的八皇子欺負，她怕我被牽連。那時，我爹在御林軍任正三品的將軍，負責貼身保衛皇上，官位雖然不算太高，但頗得皇上信任。我娘想讓我爹去跟皇上求情，能不能換一個皇子，被我爹狠狠訓斥了一頓。那是我娘被罵得最狠的一次，我娘都哭了……」

楚令宣看了陳阿福一眼，又轉換了話題說道：「我們家，我太祖父極具韜略，文武全才，是當時僅次於袁大人的將領。他曾經官至正一品的大都督，不過很早就辭了官。他對我爺爺的教育並不重視，認為我爺爺只要把家守好，不要敗了即可，家裡也不一定非要聖寵不斷。那二十年間，我們楚家從京城的頂級豪門勛貴之一，降到了中等門戶；而我爹卻是他老人家手把手親自教導的，以至於我爹做到御林軍統領的時候，我爺爺還是個從三品的驍騎參領。所以，我爺爺便把永安侯的爵位傳給了我爹。正當我爹的仕途越來越好，我們楚家要徹底翻身的時候，卻遭受了滅頂之災……」

榮昭公主是馬淑妃所生，馬淑妃無子，只有這麼一個女兒，被寵得不知天高地厚，她是皇上的長女，也頗得皇上喜愛。她比楚侯爺楚廣徹小了整整十歲，在她十歲時就許下誓言，非楚家大郎不嫁，小小年紀，就經常在楚廣徹當值的時候，想方設法見上一面，搞得楚廣徹煩不勝煩。她十五歲的時候，皇上不顧她的哭鬧，下旨賜婚薛駙馬，幾年後，薛駙馬病死，她便帶著女兒長住淑妃的紫霞宮。

那時，楚廣徹三十一歲，已經是大順朝最年輕的侯爺兼御林軍統領。楚侯爺只要一進宮就提心弔膽，時刻防著榮昭從哪個犄角旮旯鑽出，跟他來個偶遇，說幾句表白的情話。

一天，二皇子招他去一趟，說八皇子和九皇子在他宮裡打起來了，楚令宣被打破了頭。

那時二皇子摔傷還沒有痊癒，偶爾會讓八皇子領著其他幾個皇子去他宮中玩耍。

楚廣徹便去了，哪知道他被內侍帶進一間屋子，看到一個穿著楚令宣衣裳的人趴在桌子上，他剛走過去，那人便抬起頭來，竟然是榮昭公主。楚廣徹趕緊轉身往外走，卻被榮昭從後面攔腰抱住，這時，二皇子帶著一群人走了進來……

那天是馬淑妃生辰，王皇后、周貴妃以及幾個妃子，都在紫霞宮中為馬淑妃慶生，聽說楚統領和榮昭在二皇子宮中私會被發現，都趕了過去。

這件事鬧到皇上那裡，這麼低劣的劇情，不說皇上知道楚廣徹是被設計的，其他人也都能猜到是怎麼回事。

二皇子在皇上面前痛哭流涕，承認是他設的局，說是心疼皇妹，架不住她的哭求，甚至以死相逼，才幫忙幹了這種傻事，他後悔了，請皇上責罰云云。

但榮昭是皇上的長女，是淑妃唯一的女兒，始作俑者又是王皇后所生的兒子，皇上正不知該怎麼辦的時候，又傳來一個噩耗。

十三歲的九皇子跟十二歲的十皇子打著玩的時候，被人從假山上推下來摔斷了腿。十皇子的一個太監似乎發了狂病，竟然趁亂拿著一塊大石砸了九皇子好幾下，把他的腿骨都敲碎了。

三天後，皇上給楚廣徹和榮昭賜了婚，原楚夫人羅氏被逼出家。楚令宣暴怒不已，跑去邊關找三叔楚廣開從軍。

「……雖然沒有直接證據，但我們都猜測，九皇子也是二皇子謀害的。我們始終弄不清楚，我們楚家跟二皇子沒有任何恩怨，我爹雖然年紀輕輕就當上御林軍統領，但楚家並不是權傾朝野，根本不值得二皇子費這麼大勁來搞垮；九皇子的出身又低，也礙不著他，他應該去對付周貴妃所生的三皇子和五皇子，而且，之前他們一直是對立的，二皇子受傷有可能就是三皇子和五皇子幹的。可奇怪的是二皇子沒有找他們的麻煩，卻毫無徵兆地打了我們楚家一個措手不及……這些問題一直縈繞在我心裡，讓我百思不得其解，在我們訂親的前一天，我爺爺來了定州府，我才知道答案。我爺爺也是去跟我爹說我們的婚事時，才知道的……」

送走楚令宣後，陳阿福心情異常沈重，為袁家的冤魂，也為自己被攪入其中的不明未來。一開始，她還不好意思，覺得自己帶著有故事的大寶嫁進楚家，是為楚令宣找事，現在才知道，楚家給她找的事更大。

她原先還納悶，她和楚令宣的婚事，怎麼那麼容易就得到楚家長輩的首肯。都說古代人的門第觀念極重，那樣的世家大族為何會接受她這種身分的媳婦，原來，自己已被拉入漩渦中還不自知。

這種被利用的感覺，真不好。

「六年前，皇上醉酒，又寵幸了九皇子的生母單婕妤，翻年的二月二十七，卻生下一個死胎……」

這段話一直縈繞在陳阿福的耳邊，揮之不去。

「娘親，妳怎麼一直站在窗邊啊？是在等金寶牠們嗎？這麼晚了，牠們今天定是不會回來了。」躺在床上的陳大寶說道。

為了怕他亂動，他的腿是擱在一個小木架上。他側臉看著她，嘟著小嘴，瞪著大眼，模樣可愛極了。

其實，把她拖進漩渦裡的是這個小壞蛋，在王氏把他抱回家給自己當兒子的那一刻起，她就被捲進那個局裡了。

若她依然是那個傻阿福，被利用了還不自知；若真的有朝一日這一方失敗了，大寶的身分不暴露則罷，若暴露了，傻阿福和陳家必死無疑。只不過，可能等到他們死了，都不會知道是為什麼。

她莫名其妙穿越過來，傻阿福病好了，因為楚小姑娘認識了楚令宣，跟無智老和尚套上關係，事情竟然變成了現在這個樣子……

「娘……」大寶又拖著長音糯糯地叫了一聲。

陳阿福被喚醒，她走過去親了他的小臉一下，笑道：「嗯，娘就是在盼著牠們。快到秋天，金寶又快飛去南方了，娘想要牠多在家陪陪大寶。」

這天傍晚，出去好幾天的動物們終於回來了，不過，卻多了一個成員，一隻白色的野狗——姑且叫牠野狗吧！這條狗體形碩大，身材圓滾，大頭闊嘴，一身又長又密的灰毛豎立，像炸了毛似的，比追風凶悍多了。

陳阿福等人正在飯廳裡吃飯，突然聽到院子裡傳來一陣喧譁聲，都跑了出來。

原來，曾老頭看到金燕子領著一些小鳥飛進院子裡，又聽到追風抓門的聲音，就把門打開了，哪知道，和追風一起衝進來的，還有一隻極嚇人的野狗。

追風汪汪叫著擋在野狗的前面，不許人打牠，而野狗卻一副高冷模樣，也不叫，冷冰冰地看著眾人。只是，跟牠高冷模樣不協調的是牠的闊嘴微張，似含了什麼東西，嘴裡還不斷地往外流著口水。

金燕子掛在陳阿福的衣襟上啾啾叫道：「媽咪，這是追風找的媳婦，還是人家做的大媒。嘻嘻嘻，牠們已經成就好事，進了洞房，放心，牠聰明得緊，又十分迷戀追風，不會亂咬人的。」

追風用腦袋蹭了蹭那條狗，兩隻狗一起來到陳阿福的面前。

陳阿福蹲下笑道：「追風，這是你找的媳婦，對不對？」

追風覺得主人真聰明，高興得立起身子往她的懷裡撲，還伸出舌頭朝她臉上舔。陳阿福用手擋著臉，讓牠舔著手，牠在山裡玩了好幾日，全身髒兮兮的。

追風又撞又舔，逗得陳阿福格格直笑，說道：「看來我猜對了，咱們的追風已經長成一個後生，還帶回來一個媳婦。哎喲，你的媳婦英姿颯爽，威風凜凜，你真有本事。」

追風聽了誇獎，更高興了，又對陳阿福一陣猛撲，之後，對那條狗汪汪叫了幾聲。

那條狗張開闊嘴，像倒水一樣吐出一灘口水，隨之流出的，還有一根嬰兒手臂粗的人參。

人參的長鬚都斷了，只剩下一個主幹。主幹又粗又長，呈土黃色，紋路又深又密，還有密密麻麻、斷了的短鬚。

連陳阿福這種不懂人參的人都能看出來，這是株老參，還不知道有多老。

來蹭飯的楚老侯爺，看了那人參，也吃驚不已。「阿福，妳又得了個寶貝。我看過千年人參，都沒這麼粗，紋路也沒這麼多，別看它的鬚被拔斷了，樣子不好看，但藥效在，找人泡製好，可是能救命的。」

老頭兒心裡樂開懷，孫媳婦又得了個寶貝，這個孫媳婦當真是個有福的。

陳阿福對那隻野狗呵呵笑道：「哎喲，妳真客氣，來我家就來，還帶這麼貴重的禮物幹啥。還沒吃飯吧？我讓人給你們做好吃的。」

金燕子在一旁糾正道：「媽咪，妳兒媳婦帶的不是禮物，是嫁妝。」

陳阿福被逗得大笑，趕緊改口說道：「哎喲，是我說錯了，妳帶的不是禮物，是嫁妝，若折成銀錢，買的什物可是十里紅妝，夠你們吃穿不盡了。」

說得院子裡的人大樂，他們已經不害怕了，都跑過來圍著看熱鬧。

陳阿福又笑道：「妳既然進了我家門，還是應該有個名字，就叫颯颯吧！颯爽英姿的颯，英武又不失柔媚。」

颯颯有些聽不懂，追風聽懂了，高興地嚎了幾聲，伸出舌頭舔舔牠。牠也高興起來，對陳阿福叫了兩聲，表示自己願意。

陳阿福拿著人參起身，吩咐人去給動物們燒水洗澡、做飯。為了馴化颯颯，又讓大寶跟著楚含嫣、楚令智一起去棠園玩，晚上也在那裡歇息。她怕大寶不習慣，還讓阿祿去陪他。

颯颯是金寶和追風從山裡帶回來的，野性尚存，還沒摸透牠的脾氣，她得先跟牠建立關係，才好讓大寶回來住，讓孩子們過來玩。

老侯爺也同意，雖然他非常喜歡這隻凶狠的大狗，但還是怕牠沒馴化會傷害孩子，特別是大寶，這可是他家用身家性命保護的孩子。

老侯爺還是有些不放心陳阿福，說道：「我再讓幾個力氣大的婆子來福園陪妳。」

陳阿福當然不能說她身上有燕沉香的味道，屬於動物之友，搖頭道：「不用，有追風在，牠傷不到我。」

颯颯算是正式嫁進了福園，成為這個家的一分子。不只陳阿福喜歡牠，連下人們也都喜歡，雖然他們目前還不敢太靠近牠。

幾日後下晌，王氏過來找陳阿福，做家具的木頭已經運回來了，讓她去看看。

陳阿福想把追風和颯颯帶去祿園玩，讓颯颯認門，可追風就是不去。

陳阿福納悶道：「你原來不是很喜歡去找旺財玩的嗎？」

金燕子的聲音在她的腦海裡出現了。「牠們兄弟反目成仇了，旺財也追求過颯颯，是追風的情敵，只不過颯颯不喜歡牠，所以追風現在很不待見旺財呢！覺得牠是癩蝦蟆想吃天鵝肉。」

這個勁爆消息讓陳阿福哈哈笑起來，說道：「追風，是不是你怕把媳婦領去祿園，旺財會打牠的壞主意？」

追風聽懂了，瞪著眼睛對祿園的方向使勁號叫幾聲，厲害得不得了。

牠的樣子把院子裡的人都逗笑了。

曾老頭非常自豪地說：「咱們家的狗啊、鳥啊！就是比別處的聰明。」

陳阿福來到祿園，看到旺財無精打采地趴在樹下打瞌睡。聽到動靜張開眼，看見是她，又閉著眼睛半夢半醒，不像原來那樣，一看她來串門子，就高興地甩著尾巴迎接她。

陳阿福感到好笑不已，這貨失戀了，還連她都怨上了。

又看到廊下堆了一堆木頭，武木匠父子三人已經被請來了，正彎腰在翻著木頭。之後的幾個月，他們只做祿園的活計，其他活計都放了下來。

武木匠直起身笑道：「為了給阿福做漂亮家具，我前些天還專門抽空，去了省城我師兄那裡一趟，看了他們做的家具，雕的花紋。這回，我們做的家具一定更好看。」

陳阿福笑著說謝謝。

武長生呵呵傻笑著，眼裡已經沒有原來的幽怨。聽說，他媳婦已經懷了幾個月身孕，他就快當爹了。

因為之後他們的晌飯都會在祿園吃，陳阿福又讓秋月過來幫穆嬸一起做飯。

回了上房，陳名說道：「明年楚家會給咱家下聘，我們想好了，聘禮都給妳陪過去，家裡會再為妳置辦一份嫁妝。」

陳阿福說道：「你們就不用置辦嫁妝了，我手上有些銀錢和產業，再讓曾嬸買些布疋、被褥，就當從娘家帶過去的嫁妝。」

王氏不贊成地說道：「這哪行，閨女出嫁，娘家連嫁妝都不置辦，怎麼說得過去，讓女婿知道了也不好看。」

陳名也是這個意思。

陳阿福想想也是，說道：「我給你們一千兩銀子，你們買些布疋、首飾、被褥，再加上那些家具，就夠了，置辦東西的時候，把羅大娘叫來，她知道買什麼好。」

陳名不想要陳阿福的銀子，可他所有的存款加起來不到一千兩銀子，有些糾結。

陳阿福笑道：「女兒不缺錢，爹娘拿這些錢去用，以後，女兒還會孝敬你們。」

陳名正色道：「閨女好好過自己的日子，嫁過去就是婆家的人了，經常幫襯娘家容易被說嘴。爹娘現在不缺錢，光酒樓、糧鋪，還有那些田地，這輩子都吃用不盡了。」

同時，還是堅持那些家具的木頭錢、手工錢由娘家付。

陳阿福算了算，那些錢加起來不到二百兩銀子，也就同意了。

這幾天，陳阿福跟颯颯套著關係，抱著牠說話，餵牠吃好的，領牠去兒童樂園溜滑梯和鑽「山洞」，又讓楚小牛領著牠和追風去院子外面散步……

颯颯不僅跟陳阿福的感情與日俱增，對追風也更加喜歡和崇拜，因為相公的家人實在太好了。

陳阿福在確定颯颯不會傷害家人後，才允許孩子們回來。

颯颯雖然看著凶，一副生人勿近的樣子，但牠很喜歡孩子，看到孩子的眼神變得溫柔得多。漸漸地，孩子們也不怕牠了，特別是楚含嫣很喜歡牠，因為牠的毛又白又軟又漂亮，她無事就抱著牠的胖身子，用小臉蹭牠的背。

七月底，金燕子依然天天往外飛，牠除了抓緊時間去林子裡玩還為了陪大寶和楚含嫣，幾乎每天都會回來。因此，牠只帶了七七和灰灰出去，沒有帶追風和颯颯，狗狗雖然跑得快，但那麼遠的路途來回奔波還是太辛苦。

這些天，楚令宣休沐了卻沒回來，他去外地公幹了。

陳名也忙了起來，水稻快收成了，他和曾老頭要去中寧縣的老槐村。那裡的兩百畝田種子都是在空間裡放過的優良種子，只是那些老農沒有聽陳阿福當時的囑咐——泡種子，儘管如此，那裡的水稻還是長勢喜人，聽說空秕率非常低，空殼很少，稻粒顆顆飽滿，壓彎了稻稈，讓那些佃戶喜得眉開眼笑。

陳名離開之前，陳阿福還是提醒他，陳世英是這一方父母官，那裡的稻子長勢比其他稻田好得多，他和縣太爺，還有管農事的官肯定會去巡察。

陳名一聽不僅會見到陳世英，或許還會看到縣太爺及其他官，便有些害怕起來。陳阿福讓他別怕，讓曾老頭負責回答那些人的話便是。

八月初，旺山村林老頭父子來了，他帶來了一筐嫩玉米。他樂得嘴都咧到耳後根，說道：「大姑娘，這是妳拿的番地種子種出來的玉米。老天，玉米又長又大，有些還結了兩根，我估算著，那一百畝地，每畝能收四百多斤。」

在這裡，一般玉米的畝產，好些是兩百多斤，山區的地往往收不到兩百斤，若是真能畝產四百多斤，也算為百姓造福了。

陳阿福讓曾嬸拿玉米去煮，不知味道如何。

玉米煮好後，並不如陳阿福預料的那樣好吃，不太甜，水分也不多，轉念一想，在這個很多人連飯都吃不飽的年代，最注重的是填飽肚子，而不是口味。只要高產，就算達到預期目標。

轉眼迎來八月五日——金燕子進入空間，準備過冬了。

夜裡，陳阿福陪著牠進去空間。小東西起先還有些憂傷，但一抱著金貝就眉開眼笑起來。

突然，牠對陳阿福說：「媽咪快看，金貝是不是有了變化？人家覺得牠的顏色沒有之前那麼透明了。」

陳阿福湊過去仔細瞧了瞧，好像顏色稍稍暗了些，也沒有那麼晶瑩剔透了，有向老蜜蠟轉變的趨勢，不可思議地說道：「是啊！」

金燕子眉開眼笑，抱著牠玩不夠似地，見牠不再傷感陳阿福便出了空間。

一大早，陳大寶一爬起來就拄著枴杖走了出去，也顧不上穿外衣，只穿了裡衣和短褲，嚇得秋月拿著他的衣裳追出去。

他先到耳房裡看了一圈，見只有七七和灰灰在籃子裡，他又退出來，把廊下的鳥籠挨個兒看了一遍，又到樹下往上看，還是沒有金燕子的身影。他知道，金燕子去南方了。

大寶耷拉著腦袋回上房，對陳阿福說：「娘親，金寶走了，牠回南方去了。」

陳阿福故作驚訝說道：「是嗎？牠今天就走了？」又摟著陳大寶說：「兒子別難過，牠明年春天又會飛回來的。」

「咱們這裡到南方有上萬里，不像山裡那麼近，若是牠不回來該怎麼辦？」這是大寶最擔心的問題。

「不會，金寶聰明得緊，牠今年春天不就找回來了嗎？」陳阿福說道。

楚含嫣反應慢得多，她等了半天沒等到金燕子很失望，等到晌午大寶過來吃飯的時候，聽他說金燕子可能已經去南方了，才大哭起來。

小姑娘哼哼唧唧鬧了半天，陳阿福什麼都沒做，一直哄著她，直到晚上，小姑娘才好過些。

八月中旬，水稻收割完了，陳名和曾老頭才從老槐村回來。看他們紅光滿面、意氣風發的樣子，就知道水稻大豐收了。

聽他們說，這次水稻收成量達到了每畝五百多斤，而且米粒細長油膩，口味比一般的稻米香，只比碧粳米差點。

知府大人、府城的司農官員、縣太爺和縣丞都去了，看到這麼好的水稻皆極高興，還表揚了陳名以及種植這些水稻的佃農，讓他們留好種子，以後要在這一帶大力推廣這種水稻，若這一帶種植好了，再推廣到全國去。

因為有知府大人的直接參與，還有楚家這個強硬後臺，知道消息的大米商、大糧商插不進來，更有後臺的商人還不知道這個消息，所以，這些稻米，包括種子就直接由福運來商行和陳二糧鋪出售了。

由於有燕沉香的足量供應，還有好大夫定期檢查換藥，陳大寶的腿恢復得非常好。八月中旬以後，扔掉柺杖走路也不覺得疼痛，竟然能跑能跳，但陳阿福不許他隨便走路，還是讓他等足三個月以後再自由活動。

多日不見的楚令宣終於回來了，他來時天色已晚，老侯爺已經領著楚含嫣和楚令智回了棠園。

此時，大寶在燈下寫大字，陳阿福坐在他身邊做針線活。

楚令宣穿著紫色長袍，披散著濕漉漉的頭髮走進來。他給了大寶幾個油紙包，是遼城的特產小吃，大寶很有禮貌地謝過。

陳阿福起身笑道：「大爺還沒吃飯吧？」

楚令宣點頭笑道：「沒呢！我一直忍著，想吃妳做的餛飩。」

陳阿福笑道：「大爺稍坐，我去準備。今兒羅小管事才買了些活蝦，還養著呢！我給你做海味餛飩。」

陳大寶趕緊說道：「娘，兒子也想吃海味餛飩。」

陳阿福說道：「好，也給大寶做。」

她叫曾嬸去廚房做餛飩，楚令宣在房裡檢查大寶的課業。

不多時，餛飩做好了，舀了兩大碗，先給楚懷一碗，再用小碗舀了兩碗餛飩，各裝了半碗湯，用托盤把一大一小兩碗餛飩端去飯廳。

楚令宣抱著大寶過來了，兩人都大呼鮮美，好吃。

大寶吃完還想要，陳阿福沒同意，說道：「晚上不能吃太多，不好消化。」

大寶只能眼巴巴地瞧著楚令宣吃。

楚令宣抬頭說道：「爹爹也要聽你娘親的話，她說你不能再吃，你就不能吃了。」

大寶「哦」了一聲，怕自己被趕走，往楚令宣身邊挪了挪，說道：「我好久沒見到爹爹了，想多跟爹爹說說話。」

吃完飯又說了一陣話，大寶都全程陪著，讓楚令宣很無奈。他想了她那麼久，別說拉拉手，就連心裡話都不方便說。

三人說了一陣話後，楚令宣便要走了。陳阿福起身去送他，大寶還想拄著枴杖跟去，陳阿福沒同意，說天黑怕他摔著。

大寶很想說，怕我摔著，娘親可以抱我啊！但看到娘親沒有那個意思，似乎還有一點不高興，這句話沒敢說出口，眼巴巴地看著他們走出屋去。

兩人走出院子，楚令宣從懷裡拿出一面巴掌大的菱形小鏡，遞給陳阿福，笑道：「這是我託人從番人手裡買的玻璃鏡，送給妳。」

這個時代的玻璃鏡極少，屬於有價無市，拿著錢都沒處買。陳阿福穿越過來這麼久，只看過兩次，一次是在參將府楚小姑娘的房裡，一次是在江氏的房裡。

陳阿福高興地接了過來，粲然笑道：「謝謝大爺。」

楚令宣定定地看著她，喃喃說道：「月出皎兮，佼人笑靨如花，比天上的明月還動人。」楚令宣定定地看著她，喃喃說道：「月出皎兮，佼人僚兮。舒窈糾兮，勞人悄兮……」

雖然這位爺談戀愛時像個初中生，陳阿福還是心生感動，微低著頭聽他說了兩句對自己的讚美，才提醒道：「大爺，該回去了。」

楚令宣的臉微燙，自己怎麼一見到阿福就亂了方寸，說話做事像個毛頭小子。「好，我回去了，妳也回去吧！明兒一早，我又要去軍營，幾天後才能回來。」

陳阿福點頭，看他走了，把鏡子揣進懷裡，轉身回了院子。

隔天，大寶起來看見桌上放著一把玻璃鏡，極好奇地把玩了好一會兒，似乎想到了什麼，放下鏡子問道：「娘親，這鏡子是昨天爹爹送妳的嗎？」

陳阿福答道：「嗯。」

大寶又說：「爹爹很好，知道婦人愛美，給娘買了這個可心的小鏡子，等以後兒子有出息了，一定給娘買個更大的。」

「好，娘親等著。」陳阿福笑道。

幾天後，旺山村的玉米也豐收了，雖然口味沒有多大變化，但產量大幅提高，陳世英又親自帶著幾個官員去了那裡。

那天下晌，雲淡風輕，秋風送爽，氣候適宜。

楚含嫣帶著羅梅幾個丫鬟在兒童樂園玩耍，還有七七、灰灰和追風、颯颯的湊趣兒，格格的笑聲傳了好遠。

笑聲和狗嚎聲傳到祿園，讓旺財氣得一陣狂吠。

陳阿福在上房西屋，給王氏和自己做了黃瓜面膜。

她之前用的是西瓜皮面膜，裡面還加了雞蛋清、蜂蜜。被陳阿福哄得開心的金燕子偶爾也會給點燕沉香葉子，有了這葉子，面膜品質提升了幾十個層級。

現在西瓜沒有了，黃瓜生長期也快結束了，陳阿福咬咬牙，開始用自家不多的黃瓜做面膜。

或許是加了燕沉香葉子的關係，也或許自家的西瓜和黃瓜本身就是好產品，面膜效果非常好。陳阿福甚至覺得，比前世那些高檔牌子的面膜還要好用。

她們每五天敷一次，持續兩個多月，現在王氏的皮膚已經好許多，皺紋和黑斑減少，也白皙多了，儘管皮膚還是比較粗糙，卻比原來強得多，竟像是年輕了好幾歲。

陳阿福的皮膚更好了，細膩白嫩，吹彈可破，似還泛著瑩光。

兩人洗淨臉，王氏說道：「阿福，以後不要用這些東西做什麼面膜了，浪費這麼多好吃食，娘晚上都睡不踏實，心痛。」

陳阿福笑著把小玻璃鏡遞給王氏說：「娘可是年輕多了，像個不到三十歲的小媳婦。」

鏡中的王氏的確變年輕，也秀氣多了，雖然沒有陳阿福說的那麼誇張，卻不像以前那麼顯老。

王氏嗔道：「胡說，娘是個老太婆了，還啥小媳婦。」

兩人正說著，就聽院子裡的曾老頭喊著。「大姑娘，太太，陳大人來了。」

自從陳阿福跟楚令宣訂親後，下人們對陳名兩口子的稱呼就變了，叫陳名老爺，叫王氏太太。

他怎麼突然來了？

陳阿福看了看王氏，趕緊起身出門迎接。

陳世英已經進了院子，他是直接從旺山村坐馬車過來的，還穿著官服，戴著官帽。由於曬了大半天太陽的緣故，臉色如抹了胭脂一樣緋紅。他笑道：「福兒，爹爹今天來妳這裡叨擾一晚，明天一早再回定州府。」話剛說完，便看到走出來的王氏。

此時的王氏，跟他上次看見的明顯不同。上次蒼老得厲害，生活的磨礪在她臉上刻下的風霜讓他心痛，而這次，相比上次年輕多了，那秀氣的眉眼和溫婉的氣韻，依然讓他閃了一下神，他似乎又看到多年前，那個每天都在門前接他放學的姊姊……

他的眼前出現了那一幕，一個梳著總角的男孩回到自家門前，傻笑著奔向在門口等他下學的姊姊。「姊，姊，我回來了。」

姊姊笑得眉眼彎彎。「英弟回來了。」

她走下臺階，把他牽進廚房，給他洗臉、洗手，問他餓不餓。每次都不等他回答，就笑著往他的嘴裡塞一塊冰糖或是炒豌豆、炒黃豆什麼的，還問他。「甜（香）嗎？」

男孩答道：「甜（香）。」

姊姊就會笑著捏捏他的小臉，那溫暖，他到現在都記得。

陳世英的鼻子有些發酸，喊道：「姊。」

王氏看了他兩眼，兩隻手使勁攥在一起，青筋都鼓了起來，低下頭輕聲說：「英弟，你來了。」

「嗯。」陳世英答道，眼睛一直看著王氏。
見他們這樣，陳阿福都替他們尷尬，說道：「陳大人，娘，進屋說話。」
「好。」陳世英向屋裡走去。
站在門口的王氏沒進屋，低聲說道：「阿福，我先回家了。」
已經走進屋內的陳世英回頭挽留道：「姊，弟弟難得來一次，說說話都不成嗎？」
王氏低頭說道：「不了，我當家的還在家等我回去做飯……」話說出口，才想起陳名去了縣城糧鋪還沒回來，又改口道：「我做好飯，等我當家的回來，英弟在閨女家好好玩，別客氣。」說完，匆匆忙忙地走了。
陳世英愣愣地看著王氏的背影消失在大門外，一臉的落寞。
陳阿福雖然很同情他們的遭遇，但分開了，也都有各自的家庭，那點念想還是留在心裡好。
她拉了拉陳世英的袖子。「我去給你倒碗桂花蜜，是我自己做的。」
陳世英回過神，扯著嘴角笑道：「好。」他雖然更喜歡喝茶，但閨女做的桂花蜜他願意嚐嚐。
他連著幾口喝完蜜水，尷尬地笑問道：「福兒會笑話爹爹吧？」
陳阿福搖頭道：「不會。」
陳世英嘆了一口氣，說道：「妳娘沒嫁給我，對她來說或許還是好事。我怕，我怕我會委屈她，讓她傷心……」想了想，又嘀咕道：「或許，我娶了妳娘，就捨不得委屈她了。」後一句話聲音低得陳阿福沒聽清。

「你說什麼，什麼委屈？」陳阿福問。

陳世英擺擺手，把碗往前推了推說道：「爹喜歡喝這種糖水，福兒再給爹倒一碗。」

他不好跟閨女說的是，唐姨娘上個月「得疫病」死在莊子上，前幾天賢慧的江氏又給他納了一個十六歲的小妾。

陳阿福正跟陳世英聊著天，就聽到祿園裡有吵鬧聲。

陳阿福出門對曾老頭說道：「去看看祿園怎麼回事。」

曾老頭過了一會兒跑回來稟報。「回大姑娘，是太太的娘家繼母和弟弟，抬著太太的爹來了，說太太的爹得了重病，他們家無錢，只得抬來閨女家，讓太太看在親爹的面上，給銀子治病……」

陳阿福怕王氏吃虧，起身對陳世英說道：「我過去看看。」

儘管現在是農忙時節，祿園門口還是圍了一些看熱鬧的人。

薛大貴和楚小牛把看熱鬧的人牆開出一條路，讓陳阿福走了進去。走進祿園看到一個老頭躺在地上，丁氏跪在他身邊扯著嗓門大哭，王財在跟王氏訴著苦。大意是他們如今無錢，沒有法子了，若再耽擱下去，王老漢就要死了，只得把他抬來親閨女家，要點銀子繼續治病……

王氏呆在那裡不知所措。她不願意這對黑心肝的母子進她的屋子，自從知道小王成受盡苦難，到現在還生死未卜，她更恨丁氏，也氣親爹的無情無義；但王老漢躺在院子裡直哼哼，門外又有看熱鬧的人，她不知道該怎麼辦。她既怕自己爹是真病，又怕是他們三人聯合演戲，她不願意再拿錢給壞心的丁氏。

自古孝為天，雖然陳阿福也恨死了丁氏和王財，但王老漢必須要管，不然王氏得被口水淹死。

陳阿福沈臉走到他們面前說道：「我娘又不是不管他，哭鬧什麼？」又對曾老頭大聲說：「去村裡把于大夫請來。」還給他使了個眼色，曾老頭了然地點點頭，快步出去了。

薛大貴和楚小牛把王老漢抬去廊下的一把逍遙椅上躺著，還給他餵了水。

王財說道：「走了那麼遠的路，我和我娘也口渴，給我們也倒碗水。」

薛大貴等人裝作沒聽見。

曾嬸則出去跟門口的人，講起丁氏當初如何賣了王氏，又如何賣了王氏的胞弟，致使她弟弟被虐待，到現在生死未卜……

王財沒有要到水，又看薛大貴、楚小牛這兩個彪形大漢對他們怒目而視，再不敢擺「舅爺」的譜，和丁氏席地坐在臺階上。他們看著滿院子的富貴，眼睛裡的貪婪掩都掩不住。

沒想到王氏一個軟木頭，嫁給一個病秧子，卻有這樣的大富貴。雖然陳阿福厲害，但王氏總不能不管自己的親爹，就算是縣太爺都不會答應。

丁氏知道王氏恨毒了自己，不敢說話，給王財使了個眼色。

王財乾笑著對王氏說道：「大姊，我們也是走投無路，被逼得沒法子了。近大半年來，我家不知惹了哪位太歲，什麼倒楣事都往家裡鑽。娘摔斷了腿不久，我連著兩次被飛來的石頭砸破頭，接著爹又閃了老腰，連我那大兒子都被砸過一次。家裡養的豬、雞、鴨、鵝連著丟，現在都不敢養了，地裡的莊稼不是被豬拱就是被瘋牛踩……唉，家裡沒錢了，原來攢的錢都花光了。前幾天，爹突然得了急病，我們給他餵了草藥不見一點作用，求姊拿點銀子給爹治病吧！那也是妳的親爹啊！」說完，還假意抹起了眼淚。

丁氏的號哭聲更大了。

陳阿福看見丁氏和王財一副貪財的樣子，再看看躺在逍遙椅上、臉呈菜色、眼皮時而微動的王老漢。

王老漢自私懦弱，王財貪婪無度，但缺德的丁氏比他們可惡一萬倍，她直接造成王氏和王成的悲劇，卻還敢煽動他們上門要銀子。

王老漢畢竟是王氏的親爹，若徹底不管他，傳出去了，王氏會被人詬病，對將來要走仕途的阿祿也不好。

但她絕不容許丁氏這個壞女人，賣了王氏姊弟，還想仗著王老漢這個親爹來壓制王氏，享王氏的福！享不到福，就來噁心人！不作死就不會死，這是前世最經典的話。她都送上門作死了，為何還要放過她？

陳阿福心裡有了思量，把王氏拉進屋裡耳語一陣，又把薛大貴叫來，跟他低語幾句。薛大貴點頭，急急出了門。

半刻多鐘後，曾老頭不僅把于大夫請來了，連陳老太太、陳業、陳阿貴、高氏和胡老五等人都來了。

丁氏之前吃過陳老太太的大虧，一看她來了，就有些害怕，忙說道：「我們今天可不是來打架的，我家老頭子生病了，我們是來要湯藥銀子的。」

陳老太太吐了她一口濃痰，罵道：「死娼婦，打妳還會髒了老娘的手，告訴妳，想訛我兒子家的錢財，門都沒有。」

丁氏撇嘴道：「我是後娘，沒那福氣用娟娘的錢，但我家老頭子好歹是娟娘的親爹，都病得要死了，娟娘不能只顧自己吃大肉、住大房子，讓親爹病死吧？這怎麼叫訛錢，說得忒難聽。」

陳老太太說道：「我二兒媳命苦，從小死了親娘。有了後娘就有後爹，姊弟兩個被後娘蹂躪，還都被賣了換銀子，親爹也不管，唉，可憐啊！」

丁氏聽了便不敢言語，用帕子捂著臉號哭起來。

于大夫過去給王老漢把脈，又翻開眼皮和嘴看了看，納悶地說道：「他脈象平緩，舌苔淡紅，眼白正常，身子應該沒什麼毛病啊……」

王財一聽就急了，說道：「你是不是大夫，我爹都病得走不了路，怎麼會沒毛病？」又對王氏道：「姊，爹是妳的親爹，妳不管我和我娘就算了，但總得管管爹吧？這個大夫一看就是騙人的江湖郎中，他的話不可信。這樣吧！我們也不多要，給我們五十兩銀子，我們馬上帶爹去縣城看病。」

陳阿福冷笑了一下，讓陳阿貴和楚小牛把王老漢抬進上房，說再請于大夫好好診斷一番。

王財和丁氏想跟進去，被胡老五等人擋在外面。

進了屋，關上門，陳阿福看了一眼癱在圈椅上裝病的王老漢，對王氏說道：「娘，原本我還想勸妳放下以往的成見，想著他再不堪也是娘的親爹，以後把他供著就是了，可現在看他病成這樣，都是等死的人了。這麼辦吧！讓于大夫給他開些好藥，再拿點銀子給娘的大伯娘，讓她每天去給他燉湯熬藥，他就是死了，娘也算盡到孝心了。」

她的話音剛落，王老漢一下坐了起來，說：「阿福、娟娘，我沒病，妳們現在有錢，就多給我些銀子吧！讓爹享享妳的福……」

王氏紅著眼圈說：「你就知道自己享福，你知不知道那丁氏把我弟弟賣去小李村，被那家人差點虐死，十三歲就頂替那家男人去邊關打仗，現在死活不知……」說到後面，啜泣起來。

王老漢囁嚅著說道：「成子是丁氏那壞婆娘賣的，我也不知道，等我回家，她說已把成子賣去別家享福了，我就……」

陳阿福看著這個自私懦弱、沒有擔當的男人，把那口怒氣壓下，冷冷說道：「照你的意思，壞事都是丁氏做的？」

王老漢點頭。

陳阿福又問：「賣我娘也是丁氏一個人的主意？」

王老漢又點頭。

「那今天把你推到這裡來裝病，是誰的主意？」

「也、也是她。」王老漢說道。

陳阿福說道：「這樣一個好吃懶做的惡婦，不僅苛待前妻留下的子女，還賣了他們以滿足自己的慾望，這樣喪德喪行的惡婦，該如何處置？」

「啊？該怎麼處置？」王老漢睜著混濁的眼睛不解地問。

陳阿福說道：「該怎麼處置是你們王家人的事，我做晚輩的不好說。」又問道：「你想享我娘的福？」

王老漢吞了一口口水說道：「當然想啊！娟娘是我的親閨女。」

陳阿福看著王老漢這副樣子直皺眉，自私、無能、糊塗、邋遢，但這個男人卻是這具身子的親姥爺。

她冷哼道：「雖然你這個父親極其自私，但因為你是我娘的爹，她沒有法子不管你，不過，那個賣了我娘和我小舅的惡婦，卻不能跟著你一起享我娘的福，否則，老天也不會答應。」

王老漢只聽進了前半句，沒聽進後半句。一聽他能享閨女的福，咧嘴大樂起來，笑道：「閨女就是孝順，好，好，早知道，我該早些來求閨女的……」

這時，陳名剛好從縣城回來，他看到丁氏和王財在家裡大鬧，聽了大概，氣得不行。陳阿福把他拉到西屋，又把陳老太太、陳業和陳阿貴叫進去，幾人低聲商量了一陣子，陳名的臉色方好些。

小半個時辰後，院子裡又響起一陣喧鬧聲，是王氏的大堂伯王老爺子被薛大貴用馬車接來了，他還帶了自家兩個兒子和兩個兒媳。

丁氏母子一看他們來了，便有些害怕了，想進屋去找王老漢，卻被人擋在外面。丁氏又坐在地上開始號哭，陳老太太、穆嬸和高氏等人就過去推搡她。

正式跟王家族人談判，得由陳名、陳業和陳老太太出面，這裡沒有她什麼事了，陳阿福便出了正房。

她讓穆嬸多準備些飯菜，包括那對黑心母子的，又把夏月留在這裡幫忙做飯，薛大貴則留在這裡送王家人回村。

此時已經夕陽西下，門口看熱鬧的人都走了，只有旺財趴在樹下幽怨地看著福園。

福園門口，阿祿牽著拄枴的大寶，站在那裡向祿園張望，他們的腳邊還站著追風和颯颯。他們得了吩咐，不能去祿園。

大寶看到陳阿福出來了，甩開阿祿的手向這邊跑來，拄著枴杖的小身子極其靈活。

「娘，娘，我姥姥呢？」他大聲喊著。

陳阿福把奔過來的大寶抱進懷裡，跑過來的阿祿把大寶扔在地上的枴杖撿起來，問道：「姊，我娘沒事吧？」眼裡是掩不住的擔心。

陳阿福笑道：「無事，奶奶和大伯他們都在，這次定會把丁氏那惡婦攆出王家，以後再也噁心不到娘了。」

大寶和阿祿聽了，都抿嘴笑起來。

老侯爺和楚令智早來了，他們在房裡和陳世英說著話。

天黑後，祿園的動靜更大了，傳來丁氏豬嚎一樣的聲音。

祿園的動靜有些大，陳世英聽了個大概，他問陳阿福道：「是要把那個丁氏休了嗎？」

「是，不休了她，天理難容。」

陳世英點頭說道：「是該休了那惡婦，害得姊姊和她弟弟多受了好些苦。」

陳阿福看了他一眼，冷笑道：「丁氏是可惡，但還有人比她更可惡、更壞，那個人才是我娘所有悲劇的源頭……」她的罪行遠不只這些，當時還找男人去姦殺自己。她忍了忍，又說：「她不僅沒受到懲罰，卻依然錦衣玉食享著福。爹是斷案的知府大人，是懲惡揚善的父母官，你說說，該如何懲治這個喪盡天良的惡人？」

陳世英紅了臉，他知道陳阿福是在指他的老娘。「福兒，爹知道妳祖母做了很多不妥之事，但是，她再不堪，也是爹的親娘，妳的親祖母。當初，她也受了許多苦，我們全家都是靠她一手繡藝養活的，給妳祖父治病，供我讀書，也著實不易。爹已經讓人把她看緊，她再也害不了人。」

陳阿福輕聲說道：「陳大人，我時常在想，我娘沒嫁給你，興許還是好事，我沒出生在你們家，更是好得不能再好的大好事……」

陳世英的臉更紅了，動了動嘴，卻沒說出話來。

陳阿福繼續說道：「我娘嫁給我爹，她一個人要養活全家人，家裡曾經很窮，窮得吃不飽、穿不暖，但家人和睦溫暖，我們的日子過得快樂。這個家也有個陳老太太，我叫她奶奶。她心知肚明我不是她親孫女，她還粗鄙、計較、愛錢，但是她從來沒有想過要害我，沒有想過要用我這個沒有血緣關係的孫女去換錢……」

這些話字字如針，扎得陳世英難受，他又羞又愧，卻不能讓陳阿福把他娘的事抖出去，他艱難地說道：「福兒，爹知道，爹都知道，妳祖母做了許多不好的事，讓妳和妳娘受委屈了，但是，她是我娘，再如何，爹都不能不管她。再說，若她的壞名聲傳出去了，會影響妳和妳幾個妹妹的名聲。妳找到了好人家，但妳妹妹還沒有……」

父女兩人的談話不歡而散，陳世英嘆著氣去東廂客房歇息。

戌時末，祿園徹底平靜下來，阿祿才回去歇息。

第三十四章

天剛矇矇亮，陳阿福就起床了，親自去廚房做了早飯。因陳世英在江南待過十幾年，所以陳阿福做了醪糟蛋、小籠包和蔥油餅。

此時大寶還沒起床，只有陳阿福陪著陳世英吃早飯。陳世英面色陰沈，一看就沒睡好。他殷勤地招呼陳阿福吃飯，給她挾包子、挾餅，並叮嚀她好好孝敬王氏，無事多去府城家裡玩，不斷找著話跟她說。

陳阿福也給他挾了個包子，說道：「這醪糟做得還道地吧？我聽說南方人喜歡，特地多做了幾罐，想著讓人給你們送去，正好今天讓你帶回去。」

陳世英見陳阿福臉上有了些許笑意，才高興起來，說道：「爹有妳這樣一個貼心閨女，心裡高興，以後多來家裡陪陪爹，等妳嫁人了，就更沒時間陪爹了。」

陳阿福笑道：「你有好幾個貼心閨女，我不在，還有三妹妹和四妹妹。」

「不一樣的……妳是爹的長女，跟爹最貼心。」陳世英說道。

陳阿福失笑，這個爹還挺會甜言蜜語。她早就看出來，陳世英看她和陳雨嵐的眼神，跟看另外三個女兒的眼神不太一樣，多了幾分暖意和寵愛。

把大寶送出門後，陳阿福回屋拿了兩塊布頭、一罈人參泡酒去了祿園，這些禮物都是要拿去送陳老太太的。

只要一面對丁氏和陳世英老娘，陳阿福就感念陳老太太是個好人。雖然她有許多毛病，有時候也挺氣人，卻是個有良知的老太太，做事有底線、有原則，絕對不會幹那些被人戳脊梁骨的壞事。

王氏和陳名還在屋裡吃早飯，一看他們的精神面貌，就知道昨天的事情辦得非常順利。陳名笑著給陳阿福講了經過，王氏在一旁補充。

陳家人向王家人提出，養王老漢可以，但不能養壞事做盡的丁氏，若把丁氏休了，王氏就每個月給王老漢一兩銀子養老錢。

王老爺子一家都同意，他們早就巴不得把丁氏休了，王家有這麼一個臭名聲的惡女人，王家女兒都不好找婆家。

但王老漢嫌每月一兩銀子太少，不夠他天天吃肉，要漲到二兩銀子才願意把丁氏休了。陳名不願意多給，錢多了也會白養王財，他還有可能拿多餘的錢去給丁氏花。

不把自己當外人的胡老五一直留在祿園，他給陳名出了個主意，就是再出幾兩銀子給王老漢找個厲害的小妾，錢由小妾管，這樣，既孝敬了王老漢，又能不讓王財染指錢財，家裡也會更熱鬧。

陳業和陳名聽這主意果真好，就說再多出五兩銀子，讓王家給王老漢納個厲害點的小妾，既能照顧王老漢的生活，又能幫他管錢財。

王老漢一聽更高興了，連連點頭說，早該把那好吃懶做又喪德敗行的丁氏休了。

陳阿福樂了，胡老五的腦袋瓜在某些時候的確比自己強多了，以後王家可就熱鬧了，又能更加打擊丁氏。只是，這也太便宜那個自私自利又不要臉皮的老混蛋了。

丁氏一聽說自己要被休了，又哭又嚎，還想去跳井，被王家的兩個兒媳婦綁了起來，說她要跳就回仙湖村去跳，死了更好。

一開始王財也跟著鬧騰，王老爺子說，若他要跟著惡婦鬧，就將他逐出族，讓他跟丁氏去過日子，王財便怕了……

丁氏這個惡老太婆終於被掃地出門，得到報應，這也算為王氏出了口惡氣，為小王成報了仇。

面對更窮、更沒權勢的人家，自家用一點銀子就能把事情解決了；可是，那更惡毒的陳老太婆卻因為有個能幹的兒子護著，還在享著福……

陳阿福始終覺得意難平。

八月底的晚上，楚令宣回來了。

飯後，老侯爺回棠園，孩子們去西廂玩耍，楚令宣和陳阿福在上房商量楚含嫣過生辰的事。

下個月十五，是楚含嫣的生辰，京城和省城石州府的親戚會來給她慶生，所以過幾天，楚老侯爺就要帶著楚含嫣和楚令智去定州府住上一段時間。

陳阿福這個未來的母親，雖然不用跟他們一起去定州府待那麼多天，但生辰當天也要去祝賀。不過，這個場合，陳大寶肯定不能去。

陳阿福聽著從西廂裡傳過來的孩子們的大笑聲，心裡苦笑。他們都走了，大寶又得哭死。

楚令宣也很無奈，他去信推辭了，說孩子的小生辰無須長輩特意趕來，但這次他們都要來，甚至連從未來過的人都有可能出席。

或許，他們是想見見自己這個在鄉下長大的小媳婦吧！

楚令宣看了看燭光下的小未婚妻，眉目如畫，肌膚賽雪，還另有一番手姿氣韻，那些想看他笑話的人怕是要失望了。

楚令宣勾起嘴唇，將陳阿福的小手握在手裡，說道：「這次女眷親戚會來近十個人，石州府會來二舅娘、表嫂、表妹和小姪女幾人，京城會來二嬸及兩個堂妹；我妹妹也會帶著兒子來，之後她會去影雪庵看望我娘親，還會在棠園住幾天。妳跟我妹子和四表嫂好好相處，其他人面上過得去就行了。」

「好。」陳阿福點頭。

看她笑靨如花，楚令宣禁不住怦然心動，把她的雙手拉到唇邊，輕輕吻了又吻，捨不得放下。

他的唇柔軟濕潤，吻在她手上，酥酥麻麻的，她微低著頭，任由他輕輕吻著。

兩人此時無聲勝有聲的時候，就聽守在門外的秋月說道：「五爺、哥兒、姊兒，你們怎麼不玩了？」

大寶說道：「我們玩夠了，該做課業了。」

楚含嫣很無奈的聲音。「姊兒還沒玩夠，可五叔叔和哥哥都不想玩了。」

楚令智說道：「五叔叔也想玩啊！可廖先生留了那麼多課業，不寫完要被打手心。」

這三個小壞蛋！

楚令宣趕緊把陳阿福的手放下來，兩人無奈相視而笑。

翌日，天空下著雨。

一吃過早飯，大寶就鬧著要去祿園找武木匠刻小梳子，他要送楚含嫣生辰禮物。

陳阿福穿著木屐，帶著大寶，秋月在一旁給他們打著油紙傘，三人一起去了祿園。

由於怕人打擾，武家父子在後罩房裡做家具。今天不僅武家三父子忙著，連休沐的小石頭都來幫忙了。

武木匠聽了大寶的要求，又看了他畫的圖紙，答應下來，說三天內就能做好，一定做把大寶心目中最漂亮的梳子。

在大寶的殷殷期盼中，三天終於過去了。

紅。

那天下晌，下了幾天的雨停了，大片天空碧藍如洗，只有斜陽周圍的薄雲稍稍有些泛紅。

他們下學後，大寶由楚小牛揹著，同楚老侯爺、楚令智和阿祿一起走向福園。遠遠地，就看到陳阿福牽著楚含嫣站在門口等他們，微風吹起她們的裙襬，飄呀飄的。

在大寶的眼裡，娘親和妹妹是最美麗的兩個女人了。想著，若是自己站在她們中間，一手牽一個，畫面就更好看了，那個美好的畫面，將永遠刻在記憶裡。

大寶強壓住心中的澎湃，面上裝作無事人一樣，老侯爺看出他的不自然，樂呵呵地裝作什麼都沒看出來。

他們來到福園門口，大寶看向陳阿福，陳阿福笑著向他點點頭，意思是他交代的任務，她已經完成了。

飯廳裡，陳大寶笑咪咪地走到小姑娘面前，把雙手背在身後，說道：「妹妹，哥哥送妳一樣生辰禮物，這件禮物不是在鋪子裡買的，是哥哥自己畫出來，又讓武爺爺做出來的。」

然後，把一個緋色小包裹遞給她。

楚含嫣激動地接過小包裹，上面還用絲帶繫了個蝴蝶結。她拉開絲帶，把綢布打開，露出了一把漂亮的小紅梳子，梳子上刻著兩隻展翅飛翔、張著小嘴的小燕子。

小姑娘眉開眼笑，還跳了一下，驚喜道：「好漂亮的梳子，姊兒喜歡。」

大寶呵呵笑了兩聲，又強調。「妹妹，這梳子是我想出來、畫出來的喲。」

「哦，哥哥好能幹啊！」小姑娘睜著崇拜的眼睛看著他。

陳阿福看著楚含嫣那捧場的樣子極想笑，別說是把尚且過得去的小梳子，就算是半成品，她也會毫無理由地喜歡。不為別的，只為它是大寶送的，還有這麼多天的盼望。

第二天晌午，大寶下學回來情緒就顯得低落許多，因為今天只上半天課，下晌就不上課了，楚家人要做準備，明天一早就要去定州府。

楚含嫣看他難過，很是過意不去，不停地解釋。「我不想去府城過生辰，我也不想離開哥哥……」

陳大寶鬱悶地說：「唉，哥哥知道，這事妹妹也做不了主。」

送走楚家爺孫三人，大寶和阿祿依舊要按時去棠園跟著廖先生上課。

陳阿福徹底清靜下來。她無事便去祿園北面看自家那五畝地，看著王老五領著幾個長工搶收秋玉米。西瓜地是輪作，明年這幾畝地也不能種西瓜，收了秋玉米後種蘿蔔，然後越冬，等到明年春天就種花生。

陳阿福真的非常非常欽佩王老五，不知道他那「地方包圍中央」的髮型，是不是為了完成任務而故意弄的，又髒又醜的男人，沒有哪個姑娘願意嫁給他，為自己一直單身找了個好藉口。

她後來知道，保護大寶的不只有王老五，還有棠園的兩個護院，上水村和古井村各還有一個人，加起來共五個人。這五個人都是被那個人安排的暗樁，小頭頭是王老五，他們的真實身分連楚令宣都是後來才知道。

陳阿福覺得，她應該向這些在特殊戰線上奮鬥的地下工作者致敬。當然，她更應該向那個人——他們的大老闆致以最崇高的敬意。

陳阿福經常想到那個人——楚令宣的爹，楚駙馬，他都混到那麼高的位置了，還要臨危受命搞無間道，可見那個任務有多重要了。

要說王老五等幾個男人，因為執行任務不能找女人，可楚駙馬卻正相反，他是最難消受美人恩……

轉眼到了九月十三，明天陳阿福也要啟程去定州府了。

她已經跟王氏商量好，她不在的日子裡，大寶就住在祿園。薛大貴、楚小牛和秋月也住過去，前兩人接送他上下學，秋月服侍他的日常起居。

現在王老五已經不住在響鑼村村裡了，因為前幾個月要看瓜地，陳阿福讓人在祿園和瓜地之間修了一排房子，他就住在那裡。

這樣，大寶住在祿園，比跟著她去定州府安全得多。

王氏又跟陳阿福說了一遍，讓她去定州府後，正式給陳世英和江氏磕頭，還說：「娘和妳爹在鄉下，幫不了妳多少忙，以後若閨女受了什麼委屈，能幫妳的只有他們，特別是陳夫人，妳要好好尊敬她。」

只有親生母親才會這樣為女兒打算。

陳阿福把頭枕在王氏的肩膀上，悶悶地應下。

晚上，當陳阿福告訴大寶自己會去定州府給楚含嫣過生辰，而他因為腿還沒有好不能去時，大寶當時就咧開大嘴哭起來。

「娘親，我的腿已經好了，我能跑能跳，也不需要別人抱，我能自己走……」他邊說邊哭，聲音能把屋頂掀開。

陳阿福柔聲哄著他，卻非常堅持，不能帶他去。

大寶連續哭了一個時辰，嗓子都啞了，知道再哭也不能讓娘親改變主意，便抽抽噎噎停下來。「娘親，我不去就是了，但妳要快些回來。妳要記著，兒子在家等著妳，等人的滋味不好受……」

這小子一用懷柔政策，陳阿福就舉雙手投降，心裡也澀澀泛著酸，摟著他說道：「娘一辦完事就回來，娘也捨不得兒子，娘保證，娘發誓。」

把他哄好後，夏月和秋月把他的衣裳和學習用品收拾好，先拿去了祿園。

一早，陳阿福抱著眼淚汪汪的大寶親了幾口，交給薛大貴，由他揹著和阿祿一起去了棠園。

陳阿福帶著曾嬸和夏月上了馬車，棠園還派了四個護衛保護她們，包括之前保護過她的王護衛。

她們跟前來送行的王氏和陳名，以及動物們揮手告別，坐著馬車向定州府駛去。

她看到，颯颯的眼裡含著淚水。自從牠來福園，這是第一次離開女主人。

動物們也會跟著陳大寶住去祿園，陳阿福已經給追風做過一番「談話」，告訴牠，雖然娶了個好媳婦，但兄弟的友誼還是要顧。牠是勝利者，就要用勝利者寬大的胸懷，主動跟旺財搞好關係，大不了，以後再幫旺財找個好媳婦就是了……

坐馬車快得多，不到晌午便到了定州府城門。

由於楚令宣已經告訴陳世英，今天晌午陳阿福就會到定州府，所以陳世英特地派人在這裡候著，是以一到城門口，陳府的江二管家便走上來迎接。

到了陳府，直接回了薔薇院，青楓已經領著兩個小丫鬟在這裡等著了，服侍陳阿福洗漱完畢，飯菜也擺上了桌。

青楓笑道：「夫人說大姑娘路途勞頓，讓大姑娘好好歇息。」

陳阿福點頭，現在已經午時末，她們肯定也歇息了。

青楓又低聲道：「二姑娘提前從庵裡回來了，唐姨娘前兩個月得病死了，二姑娘傷心過度生了病，老爺就讓人提前把她接回來了。」

唐姨娘死了？陳阿福扯了扯嘴角，沒言語。

那件事的三個主謀，唐姨娘代替另兩個人死了，或許陳世英內心覺得對自己已經有了交代。陳雨暉被罰在庵裡待半年，卻因為生母死了，讓陳世英心生愧疚，而提前結束懲罰。還好自己讓金燕子把那個老太婆嚇到中風，否則她連懲罰都得不到。

午睡後，陳阿福帶著給江氏和陳世英做的兩身衣裳去了正院。這兩身衣裳是由陳阿福設計、裁剪，讓夏月和秋月縫出來的。

江氏笑著招手，讓她坐在自己身邊，拉著她的手說道：「幾個月沒見，娘想福兒得緊……」

江氏聲音輕柔，讓人心安。

陳阿福注意到，屋裡服侍的人，除了丫鬟、婆子，綠姨娘也在，還有一個十六、七歲的美貌婦人。

陳阿福之所以特別注意她，是因為她穿得很華麗，梳著婦人頭。她肯定不是丫鬟，也不像下人的媳婦，正有些納悶，便聽有人叫她何姨娘。

陳阿福一陣錯愕，陳世英老爹也太、太、太那個了……再看看江氏，她看何姨娘的眼神波瀾無驚，沒有任何其他的情緒。

愛一個人愛到極致有兩種情況，一種是完全的占有慾，一種是完全沒有自我，江氏或許就屬於後者。

陳阿福強壓下心中的感慨，跟江氏說著話，聽見門外丫鬟的聲音。「二姑娘、三姑娘、四姑娘來了。」

三個姑娘向江氏行了禮，一一落坐。

陳雨晴和陳雨霞笑咪咪的，跟陳阿福敘著別情。

陳雨暉卻清瘦多了，穿著柳綠色褙子，白色繡竹葉長裙，頭上只戴了一支碧玉簪。她看陳阿福的眼神帶著恨意，也沒招呼她，陳阿福更不會主動搭理她。

江氏問陳阿福道：「去楚府赴宴的衣裳準備好了嗎？」

陳阿福道：「準備好了。」

江氏點頭，說道：「我知道妳是個能幹孩子，府裡繡娘做的衣裳，妳不一定會喜歡，所以沒給妳準備衣裳，只準備了一套頭面。」

她的話聲一落，紅楓就捧上一個洋漆描花小匣，裡面裝了釵、簪、耳環等幾件赤金鑲玉頭面，華光溢彩，極是漂亮。

陳阿福笑著起身謝過江氏，接過首飾匣。

江氏又對陳雨晴和陳雨霞說：「妳們兩人也好好準備準備，後天跟大姊姊一起去。」

她說完，又有兩個丫鬟捧上兩個托盤，托盤裡裝著衣裳和首飾匣。兩姊妹眉開眼笑地謝過江氏，接過衣裳、首飾。

看到陳雨暉眼裡的不解，江氏對她說：「唐姨娘走了才兩個月，她總歸是妳的生母，三個月內，妳都不宜出門做客。」

陳雨暉氣得眼圈都紅了，心裡極不服氣，覺得江氏是在找藉口故意打壓她。她馬上要滿十五歲了，卻還沒有訂親，這樣一個聚集定州府所有貴婦，甚至還有京城、省城貴婦的宴會，怎麼能不讓她去？若是去了，有幸被哪位夫人看上，自己也有了未來。

唐姨娘再是生母也只是個姨娘，怎麼能因為姨娘的死，就把她關在府裡不許她出去？陳雨暉心裡這樣想，卻不敢說出來。

暮色四合，陳世英回來了，江氏起身，領著孩子們和下人給他行禮。

陳世英先跟江氏點點頭，看向陳阿福笑道：「福兒來了，這次多在家裡住幾天，多陪陪爹和妳母親。」又一一跟幾個孩子說了話。

他態度和藹，招呼到每一個兒女，對誰都輕聲細語，甚至連兩個姨娘，都被他溫柔的目光沐浴了一番。

這一大家子，至少現在這個場面是極和睦融洽的。

飯後，幾個孩子退下，只留下陳阿福。幾人都心照不宣，今天陳阿福必須要磕頭認親了。

陳阿福已經做了很久的心理建設，也沒有扭捏。江氏坐在正位上，陳阿福給她磕了頭，她沒有喊「娘」，還是喊「母親」。

江氏並不太滿意這個稱呼，但想到陳阿福跟老太太的針鋒相對，她打從心裡不願意得罪這位大姑娘，不僅因為她即將嫁進楚家，也因為她真的厲害。

江氏從腕上拿下一個通透碧綠的翡翠鐲子，滿面笑容地說道：「好閨女，這是娘的祖母留給娘的，現在送給妳，希望妳以後跟弟弟、妹妹們好好相處，永遠記著這是妳的家。」

陳阿福說道：「謝謝母親。」然後起身接過鐲子。

接著，又給陳世英磕了頭，說道：「見過爹爹。」

陳世英聽到這聲久等的爹爹，眼圈都有些紅了，喝下她敬的茶，說道：「好閨女，這裡永遠是妳的娘家。」

一個丫鬟拿來一個琥珀雕花擺件，陳阿福接過。

見完了禮，陳阿福便回去薔薇院。

把下人打發下去，江氏親手沏了一杯茶遞給陳世英。「我這些日子一直在打聽，覺得有三戶人家還尚可，想跟老爺說說……」

陳世英聽了那三家人的條件，沈吟片刻，說道：「我看就中寧縣那個姓衛的後生吧！他雖然只是一個秀才，以後沒甚大出息，但後生忠厚，家裡又有良田千畝，日子不會差；咱們再多陪送些嫁妝，暉丫頭的日子也能過得富足。她的性子，只有找這種人家才不會惹禍，衛家也會看在我的面上，善待於她。」

江氏也覺得這戶人家是最適合陳雨暉的，但怕陳世英誤解她故意不給陳雨暉找好人家，所以還另外找了兩個官家子弟備選。

聽了陳世英的話，江氏遲疑道：「我也覺得這戶人家不錯，可暉丫頭的性子，還有婆婆……」她們當初看上的可是侯府世子，從三品將軍。

陳世英擺手道：「暉兒好強，但人強強不過命，這戶人家才是她最好的歸宿。父母之命，媒妁之言，由不得她反對，夫人直接辦了吧！至於我娘那裡，現在暫時不跟她說，事情辦完後，我去跟她解釋。」又嘆道：「唉，暉兒再有錯，也是我的親閨女，夫人以後還是要多加管束，不求她有多和善賢慧，但總要有人的良知，做事要有分寸……」

江氏道：「暉兒是老爺的閨女，也就是我的閨女，我會的。」

陳世英伸手握著江氏的手說道：「這十幾年，為夫能在官場有所建樹，家裡又不讓我操心，都是夫人賢德；不僅為夫感念夫人為我、為這個家做了這麼多事，就是外界對夫人，也是讚譽有加。」

江氏的眼圈有些紅了，說道：「我不在乎別人說我什麼，只要老爺知道我的心，一切都值了。」

陳世英拍拍她的手，語重心長地說道：「我知道夫人的心，一直知道。」

今天本來輪到去何姨娘那裡歇息，但最後他還是留在正院裡。

早飯後，陳阿福便妝扮起來。她已經想好，打扮中規中矩就好，不要太突出，當然也不能太寒酸。

衣裳是在福園就做好了的，外面是雨過天青緞面半臂，繡著黃蕊白梅花，內穿淡紫色雲緞中衣和同色輕紗提花長裙，戴上江氏給的那套金鑲玉頭面，她又照著鏡子畫了個淡妝。

「大姑娘真好看。」幾個丫鬟由衷稱讚道。

陳阿福的衣裳不算太亮眼，可她本身天生麗質，再加上前世磨練出來的卓越氣質，稍稍一打扮，可不就驚為天人了。

陳阿福去了正院，陳雨晴姊妹已經在那裡了。陳世英沒去衙門，他是楚府的未來親家，今天必須去吃宴。

陳雨晴很給面子地穿了之前陳阿福送她的那套衣裳，由於衣裳裁剪得比較合身，顯得她更是削肩柳腰，亭亭玉立。

還沒有說婆家的陳雨晴，應該是陳家三姊妹今天最該突出的人。

陳雨晴原先還很是高興，這套衣裳真的漂亮，又適合她，但當她看到陳阿福時，又自慚形穢起來。有個這麼漂亮的姊姊，顯得自己更加普通了。

陳阿福看到陳雨晴眼裡的自卑和落寞，又看看她的妝容。上了妝，卻沒有把她臉上的缺點蓋住，也沒有把她的優點突出。

不管江氏出於什麼目的對陳阿福示好，陳阿福都領了她的情。

陳阿福笑道：「三妹妹信不信我，信我就讓我重新給妳化個妝。」

陳雨晴笑起來。「我當然信大姊姊。」

三人一起去了江氏的臥房，坐在玻璃鏡前。

丫鬟端水給她淨面後，陳阿福開始幫她上妝，邊說：「妹妹的眼睛最美，彎彎地像月牙，自帶一種喜氣和韻味，所以應該突出彎，而不能像別人那樣把眼線畫得往上挑；妹妹的嘴唇稍顯豐滿，不能用大紅，顏色應該偏玫紅或楊妃，再加點潤潤的香脂，顯得柔亮水潤；

胭紅應該這樣打才顯得……髮型也該換換……」

陳雨晴長得像江氏多些，五官一般，又稍顯剛硬，但有一點好，就是不只長了一雙笑眼，還喜歡笑。

陳阿福又提醒她，讓她繼續發揮喜歡笑的優點。

兩刻多鐘後，當陳雨晴再次出現在廳屋裡，不說下人們的好評如潮，就連江氏的嘴巴都驚得合不攏，原來自己的女兒也能這麼漂亮！

江氏看了看女兒，又對陳阿福點點頭，表示感謝。晴兒已經十四歲了，之前也有人家提過結親的意思，但因這樣或那樣的原因，她和陳世英都沒相中，她希望今天能有好人家看中閨女。

陳世英也滿意地點頭。其實他之前一直想不通，為什麼幾個女兒都沒有繼承他的優點，好在後來看到陳阿福極像他，心裡的遺憾才少了些。

陳世英獨自坐一輛馬車，江氏帶著三個姑娘坐一輛馬車。

兩刻多鐘後，便到了楚府。

楚令宣專門派丫鬟玉鐲在這裡等陳阿福，並領著陳家女眷去內院花廳。

一路上，玉鐲說，由於定州楚府沒有成人女主人，最年長的楚二夫人就是楚家長輩，內院女眷由楚令宣的妹妹楚華和表嫂羅四奶奶負責接待。

來到花廳門口，丫鬟向裡高聲稟報。「陳夫人、陳大姑娘、陳三姑娘、陳四姑娘到了。」

照理說，陳家是楚家未來親家，楚二夫人應該起身相迎，可是她們進了花廳，看到主座上的中年婦人穩穩地坐在那裡，跟兩旁的客人們說笑著，江氏的臉一下子脹紅了。

她們有些下不了臺時，就看見羅四奶奶和一個二十出頭的年輕美婦笑著向她們迎過來。羅四奶奶拉著江氏格格笑道：「早就聽聞陳夫人的賢名，今天終於見著了。」

江氏趕緊笑著客氣兩句，羅四奶奶又拉著陳雨晴誇起來。

那個年輕婦人則抓住陳阿福的手笑道：「妳就是陳家妹妹吧？我叫楚華，我哥哥在妳面前說起過我吧？」

陳阿福一看這未來的小姑子就喜歡上了，不僅容貌絕佳，性情也好，爽朗大氣，應該很好相處。

當初楚家出事的時候她還年幼，母親被逼出家，父親去了公主府，祖母已經不在世，侯府只剩下拎不清的二嬸。老侯爺讓楚令宣去邊關的時候，帶她去給楚三夫人撫養，十六歲才回京城嫁人。

陳阿福笑道：「早就聽說過華姊姊，特別是了塵住持，說了很多華姊姊小時候的趣事。」她不好說楚令宣，把了塵住持搬了出來。

楚華聽了，眼圈都有些紅了，說道：「我這次會去看望我母親，我已經有幾年沒看到她老人家了。」

楚二夫人看她們幾人一直站在那裡說話，笑道：「怎麼都站在那裡，快來這邊坐。」羅四奶奶扶著江氏去圈椅，江氏就勢坐下。那楚二夫人李氏說得好聽是侯府二夫人，男人卻只是捐了個小官，還要跑到這裡端架子。

江氏跟許多婦人都認識，一坐下就跟她們聊了起來。

楚華則拉著陳阿福，介紹在場的各位夫人，一開始卻沒介紹端坐正位的楚二夫人，第一個介紹的中年婦人是羅二夫人。「這是我二舅娘，羅二夫人。」

羅二夫人笑道：「好孩子，長得真是花容月貌。」說著，拿下腕上的一個玉手鐲遞給陳阿福。

陳阿福微笑著屈膝謝過，接過手鐲，楚華又拉著她給其他人介紹。

有一位四十幾歲的夫人拉著陳阿福的手不停地誇，她是付總兵的夫人，付總兵還是楚令宣和陳阿福的大媒。

介紹完了，陳阿福三姊妹老老實實地坐在江氏旁邊。幾個夫人誇著陳雨晴，讓江氏的笑意直達眼底。

楚二夫人很落寞，楚令宣的這個鄉下媳婦真沒禮貌，都還沒拜見自己呢！

不一會兒，從外面進來幾個姑娘，羅四奶奶招呼她們來給江氏見禮。

她們是楚家二姑娘楚珍、三姑娘楚琳，還有羅四奶奶的大閨女羅櫻，陳阿福上年賣針線包的時候還見過她。

江氏笑著給她們見面禮，陳阿福也一人送了她們兩朵珠花。

楚二夫人對幾人笑道：「看看這幾個孩子多有禮貌，一進來就知道拜見長輩。」

付夫人一直不喜歡李氏，譏諷道：「是，長輩要有長輩樣，晚輩才會有晚輩樣。」

楚二夫人被嘲諷得說不出話，卻不敢惹她。

要吃晌飯了，楚華特地去把楚含嫣接來花廳。

小姑娘穿的是陳阿福替她做的小衣裳，喜氣、漂亮，但一看到這麼多人，她便害怕起來，把臉埋在楚華的腰間不抬起來。楚華尷尬地笑著，輕聲哄著她。

這些客人中絕大多數上年都來參加過生辰宴，沒來的也聽說過楚含嫣癡兒的名聲，不過，楚家人一直不承認這孩子有癡病，只說她膽子小，怕見生人。

一個六、七歲的女孩說道：「娘親，不是說楚家妹妹沒有癡病嗎？怎麼還這麼……」

嚇得她娘趕緊把小姑娘的嘴捂上，但別人都知道她是想說「傻」字。

除了楚二夫人的臉上滑過一絲笑意，其他的楚家人及親戚都脹紅了臉。

羅櫻氣道：「胡說，嫣兒表妹沒病。」

小姑娘的娘親不住地道歉。「對不起，孩子胡說的，楚家大姊兒當然沒病。」

陳阿福站起身，來到楚含嫣的身旁，輕聲說道：「姊兒，為什麼要把臉藏起來呢？是因為淘氣，把臉弄花了嗎？」

楚含嫣有好些天沒看見姨姨了，乍一聽她的聲音，也顧不得害怕了，高興地一下子把頭抬起來，咧開小嘴笑起來，笑靨如花，頓時滿屋生輝。她拉著陳阿福的手糯糯說道：「姨姨，姊兒很愛乾淨啊！沒有淘氣，也沒有把臉弄花，不信，姨姨看看。」說完，還使勁把臉往上抬了抬。

陳阿福低頭認真地看了看她的臉，笑道：「果真沒有弄花，是姨姨想多了。」又摸著她的頭頂說道：「這些祖母、姨姨、姊姊們都是來恭賀姊兒生辰的，姊兒是不是應該去見個禮，說聲謝謝啊？」

楚含嫣睜著大眼睛環視了一圈，這麼多人晃得她眼花。她不喜歡這麼多人看她，也不喜歡這裡的家，可看到姨姨眼裡的期望，她覺得自己應該去，雖然臉上有一絲不情願，還是點了點頭。

陳阿福牽著楚含嫣的小手，和楚華一起向前走去。率先來到江氏身邊，陳阿福鬆開她的小手說道：「這是陳家祖母，姨姨的母親。」

楚含嫣行了個標準的福禮，糯糯喊道：「陳家祖母。」

江氏高興道：「天，多漂亮的孩子，多可人疼的孩子。哎喲，我今天總算開眼界了。」不可否認，江氏真的會說話，會捧場，說完，便把準備好的見面禮——裝著玉兔把件的荷包送給她。

又來到付夫人面前。付夫人精明，男人又是楚令宣的頂頭上司，關係自然不一般。她把楚含嫣誇得像花兒一樣，也給了見面禮。接著，李夫人、王夫人、楊夫人……

一圈走下來，一片誇讚聲。在這些人的心裡，雖然覺得楚含嫣不是非常機靈，但絕對不是癡兒，而且長得非常漂亮，可以說是這個屋裡長得最好的孩子。

她的癡病竟然好了！或者說，她的確沒病，只是膽子小些而已。不知誰那麼缺德，把這孩子傳得那樣不堪。

楚二夫人看到如此的楚含嫣有些納悶，她之前見過小姑娘一次，楚令宣讓她來給長輩、親戚見禮，她嘟著小嘴扭小胖指頭，傻站在那裡就是不動。楚令宣便跟這些客人抱歉地笑道：「嫣兒怕生。」讓人把她領走了。

可這陳阿福一哄，小姑娘就像換了一個人。

楚二夫人尖聲笑著。「哎喲，陳姑娘還沒嫁進我們楚家門，我家姊兒就已經把妳當成母親了。」

陳阿福裝作沒聽到，領著楚含嫣見完了客人，摸著小姑娘的頭低聲說：「真乖，姨姨為妳感到高興，回屋吃飯去吧！姨姨過會兒去看妳。」

楚含嫣點點頭，由宋嬤嬤牽著出了花廳。

出門前，小姑娘還回頭看看陳阿福，嫣然一笑。

第三十五章

飯後，客人們看戲，陳阿福由玉鐲和夏月陪著，去了楚含嫣住的悅陶軒。

半路上，楚珍追了上來，說道：「陳家姊姊，我聽說妳會設計衣裳，那些好看的盤釦都是妳設計的，還有嫣姊兒的漂亮衣裳，三嬸的漂亮鞋子，也是妳做的，對嗎？妳也單給我做套不一樣的衣裳和鞋子吧！我想穿著去參加明年的桃花宴，好不好嗎？」末了，還拉著陳阿福的袖子撒著嬌。

這位姑娘還真不把自己當外人，她跟她是什麼關係，哪能剛見面就提這個要求，一看就像她娘楚二夫人，眼界不是一般的小。

陳阿福笑道：「楚二姑娘高看我了，我哪會設計什麼衣裳。那些盤釦是我之前想出來的，但我只會做釦子，別的都不會，楚二姑娘可以帶著手巧的丫鬟去霓裳繡坊三樓看看，那裡有很多好看的樣品呢！」

楚珍沒想到陳阿福會拒絕得這麼直接，氣得眼睛都紅了，跺腳說道：「妳這個……」

陳阿福冷冷看了楚珍一眼，抬腳向前走去。

一走進悅陶軒，便看到楚含嫣正站在廊下眼巴巴地望著大門，她一看見陳阿福，張開雙臂飛奔過來，嘴裡喊著——

「姨姨，姨姨，姊兒想妳了。」

陳阿福呵呵笑著把她抱起來，用臉貼近她的小臉，說道：「姨姨也想妳。」抱著她，陳阿福的心裡感到甜蜜又安穩。

兩人親暱了一會兒，小姑娘便睡眼惺忪起來，宋嬤嬤便把她抱去床上歇息。

陳阿福坐在廊下跟魏氏低聲說著話。魏氏說，他們要等到三日後，把京城和石州府的客人們送走才會回棠園，又八卦道：「侯爺昨天就來了定州府，本來想住在咱們府裡，但老侯爺和大爺的態度不算好，姑奶奶更是用言語衝撞，侯爺才堵氣去住驛站。」

陳阿福一開始沒反應過來侯爺是誰，聽到後面才知道說的是楚侯爺楚駙馬，頓時一驚，說道：「他是專門來給姊兒慶生的？」

魏氏搖搖頭說道：「他才不會專程來給姊兒慶生，他不喜歡姊兒，他來定州是公幹。聽說，他今天也來府裡吃席了……」

這時，楚華領著幾個人走進院門，她身後的婦人還抱著一個一歲多的孩子。

楚華高聲笑道：「知道陳姊姊在這裡，專門把我家恒哥兒抱來給妳看看。」

陳阿福趕緊起身迎上去，高興地伸手把謝恒抱進懷裡，笑道：「呀，好可人疼的孩子。」她身後的夏月遞上一個裝了玉麒麟把件的荷包。

恒哥兒長得不像楚家人，濃眉大眼，虎頭虎腦，膚色偏黑，極是可愛健壯的小男孩。不認生，手腳也不老實，抓了陳阿福的衣襟，又抓她的頭髮，高興了還抱著她的臉親，逗得她格格直笑，反親了他好幾口。
楚華遺憾地說：「恒哥兒都一歲半了，還不會說話。」
陳阿福笑道：「聽我娘說，男孩子說話都偏晚……」
正說著，就見楚令宣沈著臉走進悅陶軒大門。
楚華剛喊了一聲。「哥哥……」後面的話突然嚥了回去。
因為在楚令宣的後面，又走進來一個中年男人。這個男人長身玉立，穿著棗紅色提花織金錦緞長袍，腰紮玉帶，正是楚侯爺。
楚華一看他，就跑過去拉著楚令宣的袖子埋怨道：「哥哥，你怎麼把他帶到這裡來了？」
楚令宣說：「他說，他想看看恒哥兒和嫣姊兒。」
楚侯爺沒理楚華，環視了院子裡一圈，往陳阿福身邊走去。看著她懷裡的孩子，他的臉上閃過幾絲笑容，說道：「這是恒哥兒？」
「嗯。」陳阿福答應了一聲。
楚侯爺伸出手，恒哥兒竟然身子一歪就向楚侯爺懷裡撲去。他抱著格格大笑的恒哥兒，眼裡似有水光，眨眨眼睛水光瞬間不見了，但陳阿福已看得清清楚楚。
這時，楚華衝過來一把把恒哥兒搶了過去，恒哥兒「哇」地一聲大哭起來，向楚侯爺伸著小胳膊，嘴裡還冒出一個字。「爺。」

楚華怒氣沖沖，沒意識到她兒子終於說話了，哄著他。「乖，別哭，他不是你爺爺，你爺爺在京城的家裡呢！」

楚侯爺看了看楚華，面無表情，提腳又向屋裡走去。楚華還想去攔，被楚令宣擋了一下，幾人跟著他一起進屋。

楚侯爺站在廳屋看了看，東、西屋都關著門，他問陳阿福道：「嫣姊兒在哪間屋？」陳阿福沒有辦法拒絕他，也沒想要拒絕他，向東屋指了指。

楚侯爺向東屋走去，推開門往裡面看，屋裡靜得針落有聲，坐在錦凳上做針線的宋嬤嬤嚇得一下子站起來。

他輕輕地向床邊走去，透過水青色的床帳，看見床上睡著一個小女孩，烏黑的頭髮鋪滿枕頭，長長的睫毛像摺疊著翅膀的黑蝴蝶，紅潤的小嘴時而漾出一抹笑靨，似乎正作著美夢……

看到這個小人兒，楚侯爺冰冷的臉上有了些溫度，伸出手想摸摸她，但觸摸到床帳後又縮了回來，回頭走出臥房。

他向陳阿福幾不可察地點點頭，冷冷對楚令宣說道：「我現在就回驛站，明兒一早要去南方。」

楚令宣沒言語，只點點頭。

他又看向楚華和她懷裡的孩子，楚華嘟嘴把頭轉向一邊不理他，恒哥兒掛著眼淚還在對他笑。

楚侯爺搖搖頭，嘆了口氣，向屋外走去，楚令宣也跟了出去。

當楚侯爺的背影消失在院門，楚華才哭出了聲，乳娘趕緊過去從她懷裡接過又開始哭鬧的恒哥兒。

陳阿福過去用帕子幫她擦拭眼淚，勸道：「楚姊姊快別難過了，妝哭花就不好看了。」

楚華哭道：「我一看到他，就會想起我娘這些年過的是什麼日子，想起我和我哥哥不得不遠走邊關，還有嫣姊兒受的苦……我恨他、怨他……其實，我小時候他是最疼我的，他怎麼能這樣……」

陳阿福不好說楚侯爺什麼，只得勸楚華想開些，最糟心的日子已經過去，美好生活就在眼前。

楚華邊哭邊絮叨，哭夠了，丫鬟們端水來給她淨面，重新上了妝容。她似乎突然想到什麼，抬起頭問陳阿福道：「剛剛我家恒哥兒好像說話了，叫了『爺』，我沒聽錯吧？」

陳阿福笑道：「妳沒聽錯，恒哥兒的確喊了『爺』。」

楚華笑得眉眼彎彎，站起來說道：「我得讓我家恒哥兒喊娘、喊爹、喊姥姥，讓我娘高興高興。」

陳阿福把她拉住，笑道：「恒哥兒已經被乳娘抱去西屋榻上睡著了，莫去吵他。」

江氏幾人看完了戲，讓人來接陳阿福，一起回了陳府。

不多時，陳實一家便來陳府看陳阿福。

張氏喜孜孜地跟陳阿福說：「上個月，我想阿玉了，便帶著阿滿去京城看他。楊大爺的一雙兒女忒可人疼，聽說阿滿是妳的妹妹，連著阿滿一起喜歡了，天天來找阿滿玩……」又悄聲說道：「三嬸覺得，那楊大爺真是不錯，生意做得大，又有錢，卻一點架子都沒有；不僅提攜我家阿玉，對我和阿滿也好。我們母女兩個去了，他沒讓我們住客棧，說女人住在客棧不便，而是讓我們住到他家的一處小院裡。」

陳阿福看了看張氏和陳實，又看了看臉色微紅躲去一旁的陳阿滿，他們幾個似乎都看上楊明遠了。這兩個人湊成對倒是不錯，一個是自己的朋友加生意夥伴，一個是自己的堂妹，兩個人的品行也都挺好。

雖然楊明遠家有錢，但陳阿滿是自己的堂妹，家裡也慢慢好過了，身分配得上；而且，阿滿單純善良，對那兩個小兄妹肯定會好。

兩個人的年齡相差大了些，只要兩個當事人看對眼，這些都不是問題。

陳阿福笑道：「楊老闆的確不錯，能幹，厚道，家裡也簡單，雖然前妻留下一雙兒女，但這兩個孩子教得很好，他母親也良善，好相處。」

聽了陳阿福的話，陳實和張氏都樂開了懷。

張氏又低聲道：「阿福，妳看楊大爺和我家阿滿能不能……」

陳阿福笑道：「我是覺得挺好的，不知道兩個當事人……」

陳實悄聲笑道：「我聽妳三嬸的意思，楊大爺對我家阿滿不錯，若是他先提出來，我們肯定答應；若是他沒想提，能不能請羅管事幫忙說合說合，我家的阿滿不錯呢！又賢慧，又溫柔，手又巧，她不只有妳這個能幹的大姊撐腰，阿堂和阿祿這兩個弟弟的學業也都好，將來是要考功名的。」

原來是想讓羅管事當個介紹人，這倒無不可。羅管事過年前會去侯府送年禮，到時候讓他去問問，若楊明遠同意最好，不同意就算了。

陳阿福點頭道：「羅管事要年底才能回京城，若那時候楊老闆沒有表示，就請他去幫忙問問。」

張氏笑道：「謝謝阿福了。」

陳阿福笑道：「阿滿是我的妹妹，我也希望她能有個好歸宿。」

一夜無夢。

陳阿福一大早起來，穿戴整齊去正院。

此時天還未大亮，除了陳雨暉，陳家四姊弟都來了這裡。

看到黑眼圈的陳世英和一臉疲憊的江氏，陳阿福猜測陳老太婆和陳雨暉又作怪了。

看到幾個兒女，陳世英的臉上有了些許笑意，說道：「家和萬事興，你們姊弟要一直這樣和睦相處。」

陳雨嵐馬上附和。「爹爹放心，我和姊姊、妹妹會好好相處的。」

陳世英的眼睛看向陳阿福，他最在意的是她的態度。

陳阿福笑道：「爹，我是大姊，會愛護弟弟、妹妹。」

剛吃完飯，前院的人來報，楚大人來了。陳阿福跟江氏和陳雨晴、陳雨霞告別，同陳世英和陳雨嵐一起去了前院。

前院，不僅有楚令宣，曾嬸以及之前保護陳阿福的幾個護衛都在。

楚令宣上前跟陳世英行禮，又囑咐陳阿福道：「路上小心，無事不要掀開車簾看熱鬧，不要隨意下車，晌飯直接回家吃，不要吃外面的食物……」說著，又遞給她一個裝了話梅糖的荷包，說若暈車就吃兩顆。

他怎麼也變得婆婆媽媽起來？

陳阿福接過荷包笑道：「大爺放心，我又不是小孩子，這些我都知道。」

陳世英原本對楚令宣的印象並不算很好，覺得他雖然能幹，但當女婿實在不是好人選。他出身世家，身上總帶著世家子的傲氣，怕他瞧不起陳阿福的出身，家裡又亂，還有個閨女，怕陳阿福一進楚家就受委屈。

陳世英覺得陳阿福是最好的姑娘，哪怕自己跟她接觸的時間不多，也能看出她美麗的背後，還有更加可貴的聰慧和堅韌。他覺得，自己的大閨女嫁給楚令宣，虧了，但看到楚令宣對陳阿福發自內心的關心，也還算滿意。

陳世英在一旁笑道：「令宣說的話，福兒都要記著，這也是爹要說的話。」

陳阿福領著曾嬸和夏月上了馬車，與陳世英父子告別。

楚令宣騎著馬把她送到城門外，又囑咐了幾句。

晨霧中，馬車越跑越快，楚令宣的身影越變越小。陳阿福覺得鼻子有些發酸，他們總是聚少離多……

直至看不到人影，陳阿福才放下車簾，掏出一塊話梅糖放進嘴裡，酸酸甜甜，就如她此刻的心境。

還沒到福園，就聽見大寶叫「娘親」和阿祿叫「姊姊」的聲音，陳阿福忙讓車伕停車。剛下馬車，就被跑上來的大寶和阿祿抱住。

陳阿福先捏了捏阿祿的小臉，又蹲下親了大寶兩口，再讓大寶親了她兩口，才抱起他向福園走去。

阿祿拉著陳阿福的一隻胳膊說：「姊姊，娘讓妳洗漱完去祿園吃晌飯。」

陳阿福點頭答應，又問大寶道：「兒子走路不用枴杖了？還能跑了？」

大寶幽怨地說道：「昨天大夫來給我看了腿，他說我的腿恢復得非常好，早就可以不用枴杖了。早知道這樣，我也該跟娘親去定州府給妹妹過生辰的。」

陳阿福笑道：「傷筋動骨一百天，還差幾天才滿一百天，可不能馬虎。」

她回福園簡單整理過後，便牽著兩個孩子，帶著一群動物們，以及半車物件去了祿園，就見到陳老太太和大房都在。

看到胡氏直勾勾的眼神，陳阿福便能猜到，她今天把陳業攛掇來，肯定是想第一時間看看三房和自己給他們帶了什麼禮物。連一個時辰都不願意多等，還真是眼皮子淺。不過，一想到定州陳府裡的老夫人和陳雨暉，胡氏那貪財的眼神也不那麼討嫌了。

既然她著急，陳阿福就遂了她的意，讓夏月拿出送大房的禮物後，就開始用飯。

飯後，陳阿福回了福園，領著人把東廂的臥房整理出來，又把大寶的衣物都放到東廂的衣櫥裡，讓秋月正式當了大寶的大丫鬟，服侍大寶的一切起居，晚上也住在東廂值夜。

陳阿福早想好了，正好趁著兩人分開幾天，大寶今後跟她分開睡。

收拾完東廂，時間差不多了，陳阿福再去福園門口接大寶和阿祿。追風、颯颯和旺財很自覺地跟去了，招呼蹲在屋簷嘔氣的七七和灰灰時，牠們把小腦袋昂得老高，鳥都不鳥她，還隱約能聽到七七罵「臭娘兒們」的聲音，把陳阿福氣得直咬牙。

她也很無奈，一個考慮不周，就把那兩個小氣鬼給得罪了。

這次去定州府，不僅給所有人都帶了禮物，也帶給動物們不少食物。

想到颯颯帶來的那筆豐厚「嫁妝」，陳阿福覺得自己不能學這個時代的某些惡婆婆，接管了就接管了，沒有一點表示。於是，她專門讓曾嬸在銀樓裡，給颯颯打了一條漂亮的銀鍊子，颯颯戴著銀鍊子美得不行，追風愛到看不夠。旺財多看兩眼，追風就對牠一陣狂嚎，嚎得旺財把眼睛掙開才作罷。

七七和灰灰看到自己沒有那漂亮的銀鍊子便不高興了，覺得主人厚此薄彼。陳阿福心虛地解釋道：「颯颯是母的，愛美，你們這些小子還爭這些，也不害臊。」

七七跳著腳吼道：「大寶是公的！」

灰灰也接嘴道：「舅舅是雄的。」

陳阿福給大寶和阿祿一人買了一個瓔珞圈。

吼完，牠們就一起飛去了屋頂。陳阿福看到牠們的眼裡有淚光，她很自責，沒想到她家的鳥兒們當真是林子裡最聰明的鳥，不僅會吃醋，連公母雌雄都會區分，早知如此，該給牠們一家打銀鍊子的，家裡又不缺這個錢。

牠們蹲在屋頂嘔氣了一個時辰，現在還不肯下來。

福園的角門打開了，阿祿和大寶手牽手走過來，他們一看到陳阿福，都撒開腿向她跑來。

大寶邊跑還邊喊。「娘親，妳都有好幾天沒來接我了。」

陳阿福想起前世的某些媽寶，覺得分房睡勢在必行。她把奔過來的大寶抱起來，使勁親了幾下他的小臉，心裡想著，趁他還小多親親，以後長大就親不成了。就像今天，他長大了必須分床睡一樣，也或者，還沒等到他長大，他就要被接走了。

大寶格格笑著，也回親了娘親好幾下。

陳阿福又對阿祿說：「走，去姊姊家吃飯，今天晚上姊姊做韭菜油渣大滷麵。」

阿祿咧著大嘴笑道：「我有好久沒吃過這種麵條了。」

自從家裡的日子好過以後，這種窮人的美味就沒吃過了。

大寶一聽要吃這種曾經認為是世上最香最香的吃食，極是開心，學著娘親的樣子比了個剪刀手。

陳阿福去廚房裡做麵條，阿祿和大寶在院子裡跟狗狗們玩。

大寶抬頭對七七和灰灰說：「快下來，哥哥給你們吃碎花生。」

七七和灰灰的小腦袋昂得更高了，牠們才不鳥他，牠們嫉妒他。

麵條很快就做好了，今天算是吃了個早夜飯。

大寶和阿祿吃了兩口，覺得怎麼沒有原來好吃呢？

大寶抬起頭問道：「娘親，這麵條是不是秋月姊姊做的？她做的沒有娘做的好吃。」

陳阿福說道：「不，這是娘做的，秋月只是幫娘燒了火。」

「味道怎麼跟原來姊姊做的不一樣呢？」阿祿也奇怪。

陳阿福說道：「原本，咱們家吃得不好，你們才覺得這種麵條是最好的美味，現在咱們家的日子好過了，每天都是雞鴨魚肉，你們的嘴吃刁了，才會覺得沒有原來的好吃。想想看，我們有多長時間沒吃過這種麵條了？」陳阿福自問自答。「有一年多了，那時，大寶才這麼點高，阿祿的腿還瘸著，我的身子也還沒完全好。」

大寶感慨地說道：「人生天地之間，若白駒過隙，忽然而已。」

阿祿也用了句名言。「逝者如斯夫，不捨晝夜。」

陳阿福看著他們說道：「時光易逝，一晃眼，你們都長大了，長成小小男子漢了，還跟著先生讀書明理。」

兩個小子想起那段艱難歲月，頓時覺得麵條很香很香，都把各自的一大碗吃完了。

阿祿走後，陳阿福把大寶拉到東廂臥房，指著房裡說道：「你長大了，不能再跟娘睡一間屋了，這是你的臥房，以後你就在這裡歇息。」

這消息來得太突然，大寶先是一愣，愣過後扯開嗓門哭起來。「娘啊！妳這是做什麼？難道妳不要兒子了？」

陳阿福替他擦乾眼淚說道：「娘怎麼會不要兒子，兒子長大了，就要跟娘分開睡，像你小舅舅，他不也是一個人住東廂？還有楚家小叔叔、嫣兒妹妹，人家那麼小就自己住一個院子……」

大寶跳著腳地哭道：「四喜子比我大兩歲，還跟他爹娘住一起，我怎麼就不行了？娘答應過永遠跟我手牽手，永遠對我好，可現在卻改變主意了……小舅舅雖然自己住東廂，但姥爺和姥姥還住一起啊！他們那麼大的人都害怕單住，兒子豈不是更害怕……早知道，還是該給娘做小女婿的……嗚嗚嗚……要不，七歲再分？」

大寶邊哭邊訴說，找著各種奇葩理由，最後還用上緩兵之計。

陳阿福給他講著各種道理，告訴他自己不會不要他，會永遠對他好，讓他自己單睡，就是因為她愛他，希望他從小男孩成長為有擔當、有出息的男子漢等等。

陳阿福說得口乾舌燥，說到月上中天，大寶的嗓子都哭啞了。

大寶見娘親是真的打定主意，知道自己再鬧都改變不了決定，只得點頭同意，但提了個要求。「娘要等兒子睡著以後再離開，這樣兒子就覺得娘是跟我一起睡的，娘不會不要我。」

聽到他沙啞的嗓子，陳阿福也心疼，答應道：「好。」

大寶跟陳阿福談完已經亥時末，他沒有去床上睡覺，而是去書房寫先生交代的課業。今日事，今日畢，這是一個好的習慣。

看著他腫成一條縫的眼睛，和有些止不住的抽噎聲，陳阿福雖然心痛，但也沒有阻止他。

她彎腰攔住要跟過去搗亂的七七和灰灰，嗔道：「討嫌的小東西，鬧了這麼久還沒鬧夠？」然後，一次給了兩個腦鑿子。

這兩個小東西，在大寶扯開嗓子痛哭的時候就鑽了進來。牠們站在桌上看大戲，邊吃著碎花生，還力挺著陳大寶。

「不分開，不分開，不分開，不分開。」

「一起睡，一起睡，一起睡，一起睡。」

……

陳阿福氣得直咬牙。

看到兩個小傢伙又要炸毛，陳阿福說道：「不許再鬧了，明天我就讓人去縣城給你們一家訂製一個銀腳環。」

兩個小傢伙不知道什麼是腳環，但直覺應該是好東西，經過自己的努力爭取到福利，還是非常高興，吹著口哨回屋歇息去了。

陳阿福直嘆氣，狗不嫌家貧，只有狗狗才是人類最好的朋友，鳥啊、貓啊都是寵物，得寵著，而這些聰明的「貴公子」，更得寵到天上去。

大寶寫完課業，已經子時了，睏得眼皮直打架。秋月服侍他洗漱完，陳阿福坐在他床邊拉著他的小手，看著他酣然入睡。

第二天，陳阿福早早地起床，她想讓大寶睜開眼睛的時候第一眼看到她。

大寶一夜好夢，當他一睜開眼睛，看見娘親坐在身旁對他微笑。他像以往一樣，一骨碌爬起來，抱著陳阿福親了一口，說道：「娘親早。」

說完再看看周圍，床換了，床帳換了，整個屋子都不一樣了，才想起自己已經搬來東廂房。

陳阿福看到他眼裡的落寞，裝作沒看出來，給他穿著衣裳。

習慣總需要時間。

早飯後，陳阿福把他送出福園，阿祿正好走到這裡，又牽著他向棠園走去，他們的身後，還跟著楚小牛。

這時，王老五挑著水桶走了過來，他笑道：「大姑娘，我想去福園挑桶水。」

陳阿福猜測，他應該是聽到陳大寶大半夜還在鬧騰的動靜了，便對他點點頭，意思是挑就是了。

幾天後，當大寶已經習慣一個人在東廂歇息的時候，棠園又熱鬧起來。不僅楚老侯爺祖孫回來了，連了塵住持、楚華及夫婿謝凌、兒子恒哥兒、羅四爺一家人，再加上護衛、下人，一共四十幾人一起住進棠園。

陳阿福聽了曾嬸的介紹，才把這幾家人徹底弄清楚。

楚華的夫婿謝凌是衛國公世子的二兒子，在御林軍裡擔任從五品官。他的官雖然不大，但他的祖父謝公爺可是大順朝響叮噹的人物，現在還擔任正一品的右軍都督府都督。

當時楚家落難，根本攀不上這樣一門好親事。因為幾年前謝凌去邊關公幹，楚三老爺請他到家裡玩耍，他無意中看到美麗的楚華，便惦記上了。回家後，鬧死鬧活要娶楚華，謝國公無法，只得託人去說媒，成就了這一段好事。

羅四爺是羅大老爺的兒子，他因為沒考中舉人，恩蔭了一個從七品的小官，官雖然小，但好歹是實缺。這次帶著媳婦、女兒來參加楚含嫣的生辰，同時去看望姑姑了塵住持。

羅大老爺是了塵的親哥哥，如今任職冀北省的巡府，所以了塵住持才會選擇距離這裡不遠的紅林山出家。這裡的最高地方長官是她的親兄長，又離她的嫁妝莊子近。

他們是晌午前到達棠園的，下晌，楚令宣就派人送了帖子，請陳名一家和陳阿福母子去棠園吃晚飯。

傍晚時，陳阿福、王氏和陳名便一起去棠園。棠園不大，他們都去了老爺子平時住的賀棠院。

當陳阿福第一次看到謝凌的時候，嚇了一跳，此人身形如鐵打的漢子一樣，不過五官長得還是不錯。他雖然外貌粗獷，性子卻十分紳士，對楚華和恒哥兒極有耐心，一看就是二十四孝好老公。

羅四爺倒是一副貴公子的模樣，長相俊俏，長身玉立。聽說是極風流的主兒，有好幾個小妾和通房丫頭，若不是羅四奶奶厲害，或許會鬧得更不像話。

女眷們去了側屋，剛坐下，就看見和大寶手拉著手的楚含嫣風風火火跑了進來。楚小姑娘平時動作比較慢，說話、走路，甚至吃飯都比別人慢些，楚華等人還是第一次看到她跑步，還急得小臉通紅。

楚含嫣跑到陳阿福的面前，嘟嘴說道：「姨姨，姊兒好想妳，想大寶。」說完，就趴在陳阿福的腿上。

大寶說道：「娘，我跟妹妹說我們兩個都想她，想得吃不下飯，她都感動得流淚了。」

他之前的確有幾次想楚小姑娘和娘親想得吃不下飯，那時陳阿福還在定州府沒回來。

陳阿福笑著把小姑娘抱上腿坐著，幫她理著頭髮說道：「是啊！姨姨想姊兒想得緊，妳回了棠園，以後咱們又能天天在一起了。」

見小姑娘抱著陳阿福的脖子撒著嬌，羅四奶奶誇張地格格笑道：「哎喲，相處得這樣好，就是親母女也不過如此了。」

「是啊！嫣姊兒能像現在這樣快樂、健康，都靠阿福。我是這樣一種情況，宣兒又天天忙，只是可憐了嫣姊兒……佛祖保佑，讓她遇到了阿福。」了塵又想到以前，用帕子抹起了眼淚。

楚華忙摟著她的胳膊安慰道：「娘，現在都好了不是？嫣姊兒的病好了，大嫂也快進門了，咱們家會越來越好、越來越興旺。」

了塵雙手合十道：「但願如此。」

羅四奶奶笑道：「姑姑，不是但願，是已經如此了。妳看看，老侯爺的身子骨兒越來越好，宣表弟的笑容越來越多，嫣姊兒就更不必說了，聰明知禮，又健康快樂，好些小姑娘都趕不上。」又推了推身邊的羅櫻說：「被妳表妹比下去了吧？」

羅四奶奶果然會說話，把了塵逗得呵呵直樂，陳阿福還是第一次看她笑得如此開懷。了塵又對王氏說了些感謝她養了個好閨女之類的話。

男人們在廳屋吃飯，女眷、孩子們在側屋吃，因為了塵住持在場，吃的是素宴，男人們也沒喝酒。

飯後，羅櫻就拉著羅四奶奶的袖子撒嬌道：「娘親，我聽小五表叔說，福園的樂園極好玩，我想去看看。」

羅四奶奶道：「現在天都快黑了，等明天吧！」

一旁的楚老侯爺聽見了，說道：「福園就在旁邊，孩子們想玩就去玩吧！左右我們也無事，都去看看。」

老爺子的話聲一落，幾個男孩子就跑去了前頭。

楚含嫣更想去福園，看到幾個男孩跑在前面，眼淚都流出來了，扯著嗓門喊道：「大寶哥哥，小五叔叔，等等我。」

楚令智和阿祿停下腳步，大寶還好脾氣地往回走幾步，牽著楚含嫣的小手向前走去。

一群人去了福園，先去參觀西廂「教學樓」，看了不一樣的講堂和恭房，自是一番誇獎，恒哥兒又鬧著去出恭。

接著去了後院，兒童樂園一下子把孩子們吸引過去，特別是恒哥兒，所有的設施都玩了個遍，玩到天黑透了還不肯走。

隔天一大早，福園就迎來了小客人恒哥兒，他被乳娘抱著過來的。

楚華紅著臉說：「無法，他一醒來就嚷著要玩，只得帶他來了。」

陳阿福笑道：「他想來玩，來就是了，晌午就讓他睡在西廂的小床上，玩上一天。」早飯多做了一些，留楚華母子在這裡吃飯。

楚華一用餐，驚詫道：「早聽我爺爺和哥哥說嫂子擅長美食，當真香，這裡真好，我真不想離開，只可惜我家二爺要趕著回京當值，我們明天就要走了。」

夜晚，棠園擺了宴席，雖然楚令宣也邀請了陳家二房，但陳阿福一家還是沒去棠園吃晚飯。

她心想，這些人明天就要走了，應該留些時間，給他們一家人好好說說話。

第三十六章

日子一晃進入十月中，冬小麥都種下地了。陳阿福給了棠園一百畝的特殊種子，大房十畝，旺山村一百畝。陳名又買了五十畝的地，也種這種特殊種子。

目前，經過陳阿福處理過的種子有水稻、小麥、玉米、西瓜、黃瓜，除了這幾樣種子，她不會再「改良」其他種子了，逆天的東西不能太多，若是前三樣的種子基因得到徹底改善，也算給這個時代的老百姓造福了。

現在天黑得早，酉時天就黑透了。陳阿福剛領著孩子們在桌上坐定，楚令宣突然趕回來了，他風塵僕僕，也沒先在棠園把自己打理乾淨，手裡還拎了一罈酒。

楚令宣的情緒似乎很激動，沒理大聲喊他的兩個孩子，把酒放在楚老侯爺那桌，豪爽地說道：「爺爺，今天孫子陪您多喝幾盅，不醉不休。」又對陳阿福囑咐。「阿福，多弄幾樣菜，令兒高興。」

陳阿福領著夏月和秋月去廚房忙碌，屋裡只剩下楚家祖孫和陳大寶、楚含嫣、楚令智。

楚老侯爺看到楚令宣激動的模樣，已經有了猜測，見沒有外人了，才低聲問道：「是不是……」

楚令宣點點頭，坐下跟他耳語道：「能站起來了。」

老爺聽了，眼圈都紅了，喃喃道：「能站起來，就離能走路不遠了。這麼多年了，沒想到，真是沒想到……」

「嗯。」楚令宣答應著，又對另一桌呆呆看著他的大寶說：「今天太爺爺和爹爹高興，大寶是個小男子漢了，也要陪我們喝酒助興。」

大寶一聽自己能像男人一樣喝酒，高興不已，先比了個剪刀手，又提醒他道：「爹爹，你冷落妹妹了，妹妹招呼你那麼久，你都沒理她。」

楚含嫣癟著嘴，眼含淚水看著楚令宣，一聽大寶的話，更委屈了，張開小嘴哭起來。

楚令宣趕緊起身把閨女抱起來，笑道：「爹爹今天高興，只顧著跟太爺爺說話，冷落了閨女，爹爹道歉。」

楚令智急得不行，大聲道：「大寶都是小男子漢，能喝酒，那小爺我呢？」

老侯爺哈哈大笑，說道：「你當然也是小男子漢，也能喝酒。」

當楚令宣讓楚懷去廚房裡拿米酒的時候，楚令智的嘴都撇到耳後根了。

弄了半天，是喝米酒！

陳阿福在廚房裡忙碌著，心裡猜測楚令宣這趟回來，或許帶來的消息跟九皇子有關。自老和尚把綠燕窩要去至今，已經有一段時間，九皇子的病情應該有了進展。

她也高興，若九皇子腿好了，楚家才能圖謀大業，不需要等到大寶長大，大寶也不用衝在第一線。

她煎滷烹炸，又做了八道菜，再加上之前的八道菜，共計十六道菜，取「要順」之意。

陳阿福解下圍裙，把最後一道「鴻運當頭」放上托盤，親自端去飯廳。

老侯爺和楚令宣這頓飯，吃了近一個時辰，把一罈酒都喝完了，楚令宣才扶著搖搖晃晃的老爺子，宋嬤嬤牽著楚含嫣回棠園。

走到那棵光禿禿的柳樹下，楚令宣止步回頭，向站在福園門口的陳阿福和大寶揮了揮手，在老爺子的催促下，又轉身向棠園走去。

陳阿福跟楚令宣又是一別多日，到了冬月末還見不到他的身影，只有偶爾收到他的一封信，訴說相思之苦。

這其間，陳阿福還接到陳實的來信，說楊明遠已經親自去定州府陳家提親，陳實同意了，定在明年八月成親。同時，楊明遠也派人寫了封信給陳阿福，告知他已經求娶她的堂妹陳阿滿。

陳阿福非常高興，分別派人送信過去恭賀他們。

陳實又分別給大房和陳名寫了信，告訴他們這個好消息。

冬月底，祿園殺年豬，之所以選在今天，是因為阿祿和大寶休沐。

一大早，不僅大寶去祿園當主人，連楚令智和楚老爺子，以及動物們也早早去祿園看熱鬧。

這次是陳名家第一次殺年豬，連陳名都激動不已。如今他在附近一帶名聲響亮，許多村民殺年豬都來請他，所以他家也請了許多人家，不只有響鑼村的人，還有上水村和古井村的村民，好在他家夠大，容得下這麼多人。

胡老五和幾個地主、里正都忙不迭地跑來了，他們不僅想跟陳名交好，還知道今天老侯爺和羅管事肯定會去祿園吃飯。

雖然陳阿福也想去祿園湊熱鬧，但楚含嫣怕人多，她們兩個便都沒過去，又讓夏月去把大丫、羅梅幾個女孩叫過來，讓她們在西廂房裡玩。

晌午，秋月拎著一個食盒從祿園過來，食盒裡裝了一大盆殺豬菜。曾嬸已經蒸好米飯，又炒了幾道小菜，陳阿福領著幾個孩子，就著殺豬菜一起吃飯。

飯後，陳阿福繼續坐在窗下做嫁衣，夏月也幫忙做襪子。

陳阿福共做了四套喜服。行禮穿的嫁衣已經做好大半，只剩一些繡花，外衣和紅蓋頭、繡花鞋沒有標新立異，是這個時代慣用的那種。紅緞提金繡花褙子，紅緞撒花馬面裙，只有十二對鴛鴦大花盤釦比較新穎和誇張。

剪裁和縫製是陳阿福親自動手，但繡花是王氏全權幫忙繡，現在還沒繡完，其一是陳阿福的繡藝的確令人不敢恭維；其次是王氏對繡花事業的狂熱喜愛；最後則是王氏希望閨女當個最美麗的新娘子。

紅肚兜已經做好了，王氏不好意思插手，裁、縫、繡都是陳阿福自己親手做的。她只在上面繡了一對並蒂蓮，沒有繡更具現實意義的鴛鴦戲水圖案，實在是因為穿花衣的鴛鴦太難繡了。

大概到了未時，祿園才平靜下來，除了陳老太太和大房，客人們都走了。

大寶激動的大嗓門傳來。「娘親，快，兒子拿不動了，姥爺給了咱們這麼多肉。」

陳阿福往窗外一看，只見大寶衝進院子，手裡拎著一條豬肉和幾根排骨。他怕肉拖在地上弄髒，小胳膊抬得高高的，曾老頭伸手去接，他躲開了，直奔上房而來。

陳阿福趕緊把衣裳放下，出了房門，把他手裡的肉接過來。

大寶激動地說道：「姥爺賣了一頭大肥豬，共賣了二兩五錢銀子，還留了一頭大肥豬自家吃……」

正說著，楚令智也跑進院子，手裡也拎了一條豬肉，說道：「這肉是陳叔叔送我們家的，我爺爺說我們都在福園吃飯，讓我拿來給陳姊姊。」

陳阿福笑著接過來，打算進廚房把肉用鹽醃了，晾在簷下，才能放得久。

大寶趕緊拉住陳阿福說道：「娘親，妹妹還沒見過咱家養的豬，讓妹妹看過再去抹鹽。」又說：「太姥姥讓娘親去祿園一趟，她說有事想跟娘親商量。」

陳阿福有些納悶，她現在跟大房的交集不多，不知道他們找自己有什麼事。她把肉放在盆子裡，去了祿園。

來到祿園上房，陳老太太和大房一家都坐在裡面。陳阿福笑著跟他們打招呼，陳阿菊還抓了一把花生塞進陳阿福的手裡，笑道：「阿福姊吃花生，這是我家種的小紅花生，香。」

陳阿福有些錯愕，陳阿菊怎麼突然變得這樣友好親和？

幾人說了一陣話，陳老太太就打發胡氏、陳阿菊及陳阿貴等人回家。胡氏原本不願意，被陳業一瞪眼，只得起身走了。

屋裡只剩下陳名、王氏，以及陳老太太和陳業。

陳老太太笑道：「我家阿菊明年年初，就該滿十五歲了，到現在還沒找到合適的人家，我和大兒子著急著呢！」

陳名安慰道：「現在大哥家的日子好過了，阿菊不愁嫁。」

陳業無奈地說道：「可那死妮子一門心思地想著胡為……」又看向陳阿福說道：「我們想著，二弟是親戚，不好去說，就想請羅管事幫忙說合，胡老五成天地想巴結羅管事，羅管事一說，他肯定會同意。」一說完，就眼巴巴地看著陳阿福。

陳阿福為難極了，上次她答應讓羅管事幫忙陳阿滿說合，那是基於雙方的印象都不錯，而陳業明顯想讓羅管事去壓胡老五，這怎麼行，若是她自己，也不會喜歡陳阿菊當自己的兒媳婦。

胡老五看過陳阿菊最不堪的時候，他肯定不願意讓自己的獨子娶這樣的姑娘。雖然陳業家裡越過越好，但胡老五也透過羅管事鑽營到縣丞那裡，又把兒子弄去縣衙當了個小吏。他肯定想為兒子找個家世、性情都不錯的姑娘，爭取再進一步往上爬。

陳阿福笑道：「我之前聽說胡老五拒絕過阿菊一次，若硬嫁進胡家，受苦的還是阿菊。」

陳老太太馬上說道：「看到沒，阿福也這樣說。我和阿貴早說了，那胡家不是什麼好人家，一家子都比耗子精，只出了一個傻的，就嫁給了你。阿菊這麼傻的妮子，真嫁進去了，還不被欺負死。再說了，胡為那小子除了模樣光鮮些，啥都不行，讀了那麼些年書，連個童生都沒考上，有啥好的。」

陳業抽了兩口煙，氣道：「那死妮子要死要活的，她娘也縱著她……我就想著，現在咱家不同往日，有阿福撐腰，胡老五父子也不敢把阿菊怎樣。」

陳老太太又說道：「想整治人，有的是法子把人整得有口都說不出來，那胡老五專幹損事，整人的法子更多，阿菊傻了吧！被賣了還要給人家數銀子，阿福想幫都沒法子幫。」

陳阿福感到好笑不已，老太太把她想說的話都說出來了，便點頭附和。「奶奶說得對，胡家不是阿菊的好去處。強扭的瓜不甜，他們的日子不好過了，大伯也糟心不是？」

陳業一聽陳阿福這麼說，知道她不會幫忙了，只得打消這個念頭，沒有陳阿福撐腰，他家啥都不是。「好，我回家就讓她們斷了這個念想。」

陳阿福又跟他們說了一陣子話，便起身回福園。

一進院子，就看見楚含嫣和大寶蹲在地上看盆子裡的豬肉。

楚含嫣見陳阿福回來了，抬頭跟她笑道：「姨姨，我才知道為什麼晌午的肉那麼香，原來是哥哥餵出來的豬啊！」

聽了楚含嫣的話，大寶有些臉紅，趕緊說道：「也不光是我一個人餵的，小舅舅、姥姥、穆嬸，他們都餵了。」

楚含嫣崇拜地看著他說：「但哥哥是餵得最多的，是不是？」

大寶糾結地扭著小胖指頭，看著妹妹那崇拜的小眼神，實在沒有否認的勇氣，只得點點頭。

進入臘月，楚老侯爺和楚令智就要準備回京城了。他們這次回去不僅是過年，還要等到二月分，楚令宣和陳阿福在京城成了親後再回來，不僅楚含嫣捨不得，連大寶和陳阿福、阿祿都捨不得。

陳阿福不像孩子們那樣赤裸裸地表達出來，她只是換著花樣，做老爺子和楚令智喜歡的吃食。

十日，老爺子帶著楚令智離開，還帶著幾車棠園和陳家二房送侯府的年禮。

楚含嫣又住進福園，大寶和阿祿依然去棠園跟著廖先生上課。

接著，福園發生了一件大喜事，就是颯颯懷孕了。不說追風驕傲到不行，福園和祿園的所有人都極其興奮，陳阿福還給牠擬了一份孕期營養菜單；七七和灰灰也不再跟颯颯爭寵了，人家會生寶寶，的確比自己本事大。

楚含嫣更高興，每天起來第一件事就是跑去觀察颯颯的肚子長大沒有，又讓宋嬤嬤給小寶貝做羅帳、被子和褥子；而且，還鼓起勇氣跑去祿園後院給武木匠送禮，求他給小寶貝打張最最漂亮的小床。

楚含嫣讓大寶和阿祿陪著她去，拿著一盒楚三夫人送的宮裡糖果，比手畫腳地說：「床要這麼大、這麼矮，要櫻草色，還要能掛羅帳，上面要有小兔子吃蘿蔔，還要有小花、小朵、小草……」

小姑娘說得很慢，把心裡最漂亮的狗窩跟武木匠形容清楚了。

武木匠見自己的手藝，被楚家大姑娘如此信任，很是榮幸，答應一定做個這樣的小床給她。

夜裡，陳阿福進空間跟金燕子說了這件喜事。

金燕子已經知道了，啾啾笑道：「這真是一件大喜事，等小寶貝生下來，媽咪就把牠抱進空間，不僅人家能第一時間看看牠，也讓牠沾沾空間裡的靈氣，健康長壽。」

陳阿福算了算時間，說道：「颯颯生崽的時候，我可能已經去京城了。」

金燕子聽了，遺憾得不行。

臘月二十這天，大寶和阿祿終於放長假了，但他們還是起了個大早，跟著陳名一起把準備好的一車禮物送到棠園門口，這是送廖先生的程儀。

廖先生今天要回膠東老家，明年正月十九再回棠園。

剛到巳時，村裡的小石頭、四喜子和陳大虎等幾個孩子就找來福園了。大寶和阿祿跟他們一起，在福園旁邊的空地上瘋鬧著，不一會兒工夫，羅明成及棠園下人的幾個孩子也來了，這一片平靜的土地又喧囂起來。

看著楚含嫣羨慕的眼神，陳阿福牽著她去院子外面，站得遠遠地看熱鬧。這時候的陳大寶是最忙碌的，跟那些孩子鬧一陣子，又過來陪娘親和妹妹說幾句話，然後再跑去玩。

下晌，羅管事從京城回來了，他給祿園和福園各帶回來一大車的禮物，這是侯府給他們帶的年禮。

這時，正好陳老太太、陳業和胡氏都在祿園，看到花花綠綠一大車東西，極是羨慕。陳名呵呵笑著，又給了大房不少的禮物。

幾日後，武木匠父子停工回家過年，活計大致上都做完了，只剩一點收尾活，正月再來做幾天就完成了。陳名又送了他們一些醃肉、京城的點心和兩塊布頭。

楚含嫣訂製的小床也做好了，武木匠親自送來福園。小姑娘看到這小床跟自己想的一樣漂亮，極高興，陳阿福也送了武家一些年貨表示感謝。

這天下晌，陳實一家也回來了，帶回許多禮物的同時，還帶回酒樓近一年的紅利。近十個月來，酒樓純利潤共一千一百六十兩銀子，留下二百兩銀子做流動資金，又給員工發了紅包，剩下九百兩銀子給幾家股東分。

陳實讓陳大虎把二房一家和羅管事請來大房吃晚飯，喝了酒，又商量好明年酒樓的行銷策略，再來彙報這一年的經營情況，最後是分錢，二房、三房各分了三百六十兩銀子，大房和羅管事各分了九十兩的銀子。

看到這麼大的差距，不說陳業和胡氏心情不好受，連陳老太太都心疼地看了陳業幾眼。這個兒子為這個家付出最多，卻被兩個弟弟超越了，還甩得這麼遠。

羅管事樂呵呵地接過銀子，表示感謝，然後，他就起身告辭。陳阿福也不想再繼續留下，她已經看出陳業三人臉色不太好看，便牽著大寶和阿祿，跟著羅管事一起離開了。

隔天，聽王氏說，陳名和陳實各孝敬了老太太二十兩銀子，也各送了陳業二十兩銀子。

「婆婆和大伯算是滿意，這些銀子再加上大房地裡產出和開雜貨鋪賺的錢，他們得的也不少了，可胡氏還是不滿意，把嘴都撇到了耳後根……」王氏說道。

陳阿福沒吱聲，胡氏那人，除了全給她，否則永遠不會滿意。

除夕前夕，楚令宣終於回來了。

此時天色已經黑透，外面風雪交加。在暖洋洋的飯廳裡，陳阿福領著大寶和楚含嫣吃羊肉湯鍋。

聽到外面的呼嘯聲，陳阿福的心裡忐忑不安。

突然，聽到曾老頭的大嗓門。「哎喲，大爺可回來了，大姑娘，姊兒，哥兒，都擔心著呢！」

聽說楚令宣回來了，楚小姑娘激動地跳下桌往外跑去，大寶緊隨在後，被門口的宋嬤嬤和秋月攔住。「哎喲，外面太冷。」

楚令宣走進飯廳，抱一個、牽一個，姿態像足有兒有女的好老爹。

陳阿福笑道：「大爺回來了，今兒晚上正好吃羊肉湯鍋，祛寒。」然後，把夏月遞上來的碗筷擺在桌上，又讓人去拿酒來。

楚令宣笑道：「我正好在想這個味。」

一家四口熱熱鬧鬧吃了飯，下人來給他們幾人披上斗篷後，都去了上房。現在過年，大寶不需要寫課業，跟小姑娘一起看陳阿福先前畫的連環畫，楚令宣和陳阿福坐在一旁聊天。

楚令宣這麼久沒回來，也不完全是忙公務，他還抽空回了京城一趟，看侯府裡準備得怎麼樣了，又提了意見讓人修改。

兩人低聲說著話，楚令宣會趁兩個孩子不注意時，偷偷捏陳阿福的小手。當然，主要防備的還是陳大寶，因為他不像楚含嫣那麼老實，一直低頭看著手裡的書，會不時地抬頭望望他們。

楚小姑娘的生理時鐘很準，一到戌時，眼睛就惺忪起來，楚令宣只得起身說道：「閨女，該回家歇息了。」

楚含嫣嘟嘴撒嬌道：「爹爹，你自己回家歇息吧！反正你都是一個人睡，姊兒喜歡跟姨姨睡，姨姨香香。」

小姑娘說的是無心之語，楚令宣卻想到了另一面，特別是聽到「姨姨香香」幾個字，心裡悸動不已。再等兩個多月，他就不會一個人睡了，閨女旁邊那個香香的人，就會睡在自己身邊了……

他好脾氣地笑道：「好，閨女想跟姨姨一起，就一起吧！」

陳阿福還是有些鬱悶，好不容易等到他回來，以為自己這個老師可以放假了，結果還是放不了假。

大年三十，陳阿福和大寶要去大房吃飯。午時初，楚家父女就回棠園了，說好晚上再去祿園吃年夜飯。

陳名一家三口先去村裡祭祖，是以陳阿福母子及揹著禮物的薛大貴、秋月一起去了大房。

大寶、大虎和大丫在院子裡玩，陳阿福則去房裡找陳阿滿說話。自從陳阿滿跟楊明遠訂親後，陳實兩口子就不讓她幹活了，還給她買了一個小丫鬟。

胡氏酸溜溜地說：「喲，兩個姑娘都當少奶奶了，都不用幹活了，可憐我家阿菊，同樣是陳家姑娘，卻是勞碌的命。唉，我當家的小小年紀就開始養兄弟，沒讀成書，只能在土裡刨食，不只耽擱了他，也誤了兒子、閨女……」

她身體上的病一好，老毛病又犯了，江山易改，本性難移，這句話是真理。

陳老太太知道大兒子心裡不太舒坦，怕被胡氏一番挑撥，再跟老二、老三生嫌隙，瞪眼罵道：「不知足的敗家玩意兒，再敢挑撥他們兄弟關係，就給老娘滾回胡家去。這一年家裡掙了多少，兄弟們又給了多少，還不知足？也只有妳才幹得出來，明天老娘就去找胡老五念叨念叨……」

陳業紅了臉，也罵了胡氏幾句，胡氏方不敢言語。

二房和三房都裝作沒聽見，自去說笑。

飯後，二房一家回了祿園。路上，大寶和阿祿說自家爆竹多，把小石頭幾個村裡孩子引到福園外面玩。

他們走近祿園的時候，遠遠就看到宋嬤嬤牽著楚含嫣站在棠園的大門口眺望，見他們回來了，小姑娘高興地往這邊跑來。

陳名覺得王老五一個人過年甚是可憐，又讓人去把他請來祿園。

廳屋裡只擺了一桌，如今楚令宣跟他們的關係不同尋常，所以跟陳家人同桌吃飯。後罩房裡擺了兩桌，棠園、福園和祿園的下人，以及趕回來的曾雙和王老五都在這裡吃。

酉時末，楚令宣用斗篷把楚含嫣包好抱回棠園，今天必須要在家守歲。

楚小姑娘哭哭啼啼地十分不高興，她想看哥哥和小舅舅放爆竹。棠園雖然也有人放爆竹，但都是下人在放，她跟他們玩不起來。

楚令宣輕聲哄道：「這是咱們兩個最後一年單獨在家守歲，明年的這一天，姨姨和哥哥就會來棠園跟我們一起過年了。」心裡算了算時間，又笑道：「說不定，明年的這個時候，嫣兒還會多個弟弟或者妹妹，家裡更熱鬧。」

小姑娘一聽自己會有弟弟或妹妹，顧不得傷心了，問道：「真的嗎？爹爹說的是真的嗎？姊兒也會有弟弟、妹妹嗎？」

楚令宣肯定地回答。「當然是真的，爹爹不騙妳。」

小姑娘咧著小嘴笑起來，在她的心裡，明年就是明天，哥哥是這樣跟她說的。

過年一大早，陳阿福穿上海棠紅的襖裙，又把紅色繡花棉鞋穿上，才去東廂把陳大寶叫醒，笑道：「兒子，新年快樂。」

大寶還睡得迷迷糊糊，聽到這話，一下子清醒過來，伸出胳膊把陳阿福的脖子摟住，說道：「娘親，新年快樂。」

大寶穿上紅通通的小長袍，戴上一頂紅色瓜皮小帽，兩人一起去了祿園，給陳名和王氏磕頭拜年，都拿到紅包。早飯後，阿祿和大寶又由薛大貴和楚小牛陪同，先去棠園拜年，再去村裡拜年。

之後，拜年的人陸陸續續來了，祿園又熱鬧起來。楚小姑娘也來拜年了，她給陳阿福磕了頭，又給陳名和王氏磕了頭，竟然還代替楚令宣給陳名和王氏磕頭。

陳名和王氏極高興，這個女婿雖然出身高貴，卻沒有看不起他們的意思，他們不僅給了小姑娘紅包，還給了楚令宣一個大紅包，讓小姑娘轉交。

楚含嫣終於做完爹爹交代的正事，著急地拉著陳阿福看她的肚子，覺得太平，用手摸了摸，小聲嘀咕了幾句。

陳阿福納悶道：「姊兒說什麼呢？」

楚含嫣說道：「姨姨的肚子這麼小，裝不下弟弟、妹妹呀！」

陳阿福的臉皮再厚，也紅了臉，嗔道：「胡說什麼啊！」

楚含嫣的淚水湧了上來，說道：「姊兒沒胡說，是爹爹這麼說的。他昨天說，姨姨明年就能給姊兒生個弟弟或是妹妹，可今天都是明年了，姨姨怎麼沒給姊兒生弟弟、妹妹呢？」

這還真不能怪小姑娘，都是楚令宣那個壞東西胡說八道。

屋裡的人都笑了起來，陳阿福的臉更紅了。她把小姑娘牽去西廂，慢慢解釋道：「明年是指一年，一年有三百多天，而明天只有一天……」

解釋了許久，小姑娘才搞懂了。

吃完晚飯的楚小姑娘，回家把這事跟楚令宣說了，還埋怨他道：「爹爹也不說清楚，害得姊兒白高興了那麼久。」

楚令宣紅了臉，哪裡是自己沒說清楚，明明是她沒聽清楚好不好。沒聽清楚不說，還在大庭廣眾下把那句話說出來……

他看了看窗外漆黑的夜色，問道：「嫣兒想不想晚上跟姨姨一起睡？」

「想。」小姑娘點點頭。

福園廳屋裡燈火輝煌，屋簷下的琉璃宮燈點上了，桌上和高几上還燃著兩根蠟燭，又燒了兩盆炭，在陳阿福的認知裡，過年就是要燈火如畫，紅紅火火。

她坐在羅漢床上，大寶擠在她的懷裡跟她笑鬧著，就見楚令宣抱著楚含嫣來了。

楚令宣無奈地說道：「嫣兒想跟姨姨睡，我只得抱她來了。」

陳阿福想著他跟小姑娘胡說八道，瞋了他一眼，又笑著把小姑娘接過來。「好，姨姨也想姊兒了。」

兩個小的坐在羅漢床上玩，兩個大人坐到桌邊說話，下人們把茶倒好後便知趣地退去了東屋。

楚令宣這時趕緊把他的原話跟陳阿福說了。

其實，楚令宣說的話也是陳阿福心裡想過好多遍的，她喜歡孩子，也想在第一時間有孩子，想要家裡充滿著孩子的笑鬧聲。若是一成親就懷孕，今年底她真能當上真正的母親，了卻她前世、今生的願望。

燭光下，陳阿福的臉頰紅如胭脂，她微低著頭沒說話，總不能說她的心裡也是這麼想的吧？

看到如花美眷，楚令宣心癢難耐。他的頭湊近陳阿福，想速戰速決一親芳澤，又心虛地看了眼羅漢床上的兩個小人兒，正巧和大寶的目光對上，他趕緊轉過目光，坐正身子。

這小子，是專門跟他作對的。

楚令宣直等到楚小姑娘睡眼惺忪，打了好多個哈欠，才起身回家。

這天巳時初，棠園正門大開，楚令宣穿著喜慶的衣裳，帶著媒婆去給祿園送聘禮。

一臉傻笑的阿祿和陳阿貴站在祿園門口迎接，陳名和王氏坐在廳屋裡，由陳老太太和陳業陪著，等著準女婿來拜見。胡氏和陳阿菊也來了，她們站在院子裡，等著看棠園會送多少聘禮來。

聘餅、海味、三牲、各色禮盒、貼盒和香炮、鐲金等等，第一擔都進了祿園，抬聘禮的人還不斷從棠園湧出，許多村民和孩子都跑來圍在小路旁看熱鬧。

陳阿福躲在福園不好意思出去，楚小姑娘知道今天是爹爹送聘禮的日子，她本想出去看熱鬧，但聽到外面的喧囂嚇得不敢出去，只把福園大門開了道縫，躲在裡面看。

當她看到楚令宣路過福園時，笑著回頭向正房裡的陳阿福大聲說道：「姨姨，姊兒看見爹爹了，爹爹穿著紅衣裳，笑得好傻。」

見幾個小丫鬟格格直笑，她又趕緊補充了一句。「嘿嘿，我爹爹還是挺俊俏的。」

陳名已經看過禮單，聘金是二千兩銀票。他過去把幾個盒子打開，金鐲、金釧、金錠、金頭面，多得令人眼花撩亂。

陳老太太笑得一臉褶子，說道：「阿祿有福氣，連討媳婦的聘禮都有了。」

陳名說道：「這些聘禮我們一文不留，都給阿福陪嫁過去。」

陳業勸道：「你只把聘金留下，那些金飾、料子等什物都陪給阿福。阿福自己有錢，又有富有的親爹，以後的日子不會難過；反倒是你，雖然比我好過，但跟那些大地主比起來，還差得遠。你有這個條件能當大地主，為什麼要打腫臉充胖子，非把這些錢統統拿給更有錢的楚家，自己摳門地過日子呢？」

陳老太太也說道：「大兒說得對，阿福有錢，楚家更有錢，他們不會在乎這點錢的。老婆子都懂錢要花在刀口上，你和阿祿需要這些錢，就應該用在你們身上。」

陳名還是不同意，說道：「楚家本來不需要給我們送聘禮，直接給陳大人家下聘禮就行了，畢竟阿福會直接從那裡發嫁，但楚家還是給我們送了聘禮，他們仁義，把我陳名放在眼裡，我更不能貪心。」

正鬧著，陳阿福牽著楚含嫣來到祿園。她知道陳名的心思，也能猜到陳業母子的心思，她給了陳名二千兩銀票，說道：「爹養我到這麼大，我就要嫁人了，這些錢爹拿去置產。」又補充道：「我已經讓曾老伯過兩天陪爹去看看田地，多買些。」

陳名也沒客氣，笑著接過銀票。養父、養女，一個有情，一個有義。

這樣最好，陳老太太笑得臉上開了花，胡氏羨慕不已，卻不敢多說。

晌午，大家都在祿園吃飯，楚令宣送完聘禮就回了定州府，準備去京城的事宜。

下晌，楚含嫣還在睡覺，陳阿福來到大寶的小書房，非常為難地說道：「兒子，娘親沒輸了，只得來跟你商量商量，你幫娘親拿個主意好不好？」

被娘親當成大人，讓大寶很受用，挺了挺小胸脯問道：「娘有什麼為難的事？」

陳阿福道：「這次我和你爹爹去京城，不能帶你和妹妹去。娘知道你懂事，就先告訴你了，可一直沒敢告訴你妹妹，怕她哭鬧，該怎麼跟她說呢？娘親很為難啊！」

他們這次去京城不是不能帶小姑娘一起去，但她和楚令宣想著，既然不帶大寶去，最好也不要帶楚含嫣去，這樣對待兩個孩子才是一視同仁；否則，嘴上說會對大寶好，但做起事來差別對待，怕他多想，覺得親生和領養的孩子不一樣。

陳大寶很想說，你們為難就不要去啊！

他雖然這樣想，但沒傻到說出來，因為他清楚地知道這是不可能的。娘親要嫁給楚爹爹，他們要去京城成親，這是誰都改變不了的。

「妹妹是女孩子，嬌氣一些在所難免。」大寶違心地說道：「娘親放心，兒子會幫娘一起勸妹妹。」

看到他口不對心的模樣，陳阿福又誇獎道：「哥哥就是不一樣，知道幫娘親解難，還知道愛護妹妹。」

楚含嫣醒來後，陳阿福就和陳大寶一起去上房，把這件事告訴她。不出所料，他們的話剛一說完，小姑娘就咧開小嘴大哭起來，哭得直打嗝，根本不聽解釋。

看她反應這麼激烈，陳大寶急得抓耳撓腮，也顧不上自己傷心了，一直勸著妹妹，勸著、勸著，連他自己都認為娘親和楚爹爹去京城就該不帶著他們，可勸了好半天都沒用，小姑娘依舊哭鬧不休。

陳阿福小聲提醒道：「娘回來以後，妹妹該叫娘什麼呢？」

大寶一下反應過來，妹妹曾經跟他說過，她最想最想的事情就是稱呼陳阿福為娘親。他馬上大著嗓門對小姑娘說道：「妹妹，妳先別哭，聽哥哥說，等我娘從京城回來以後，妳就能管我娘叫娘親，而不是叫姨姨了。」

小姑娘的哭聲戛然而止，瞪著淚汪汪的眼睛問道：「真的嗎？等姨姨回來，姊兒就能叫她娘親了？」

大寶使勁點點頭，說道：「是真的，哥哥不騙妳，不信問我娘。」

陳阿福給她擦著眼淚說道：「是真的，等我回來，姊兒不僅要叫我娘親，我和大寶都會住進棠園，咱們就真真正正成一家人了。」

這是爹爹經常跟她說的情景，小姑娘作夢都夢到過。她不傷心了，掛著眼淚笑起來，扯著陳阿福的衣襟說道：「姊兒和哥哥都乖乖的，姨姨快些回來，姊兒好想快些叫姨姨娘親。」她恨不得姨姨現在就去京城，明天就回來。

大寶用袖子抹了抹前額的汗，自己果然不辱使命，終於把妹妹哄好了。陳阿福給他比了比大拇指，悄聲說道：「大寶真能幹，抓住妹妹的軟肋，一下子就把妹妹說服了。」

是啊！大寶也覺得自己很有本事，娘親那麼為難的事，自己卻搞定了，不自覺地又挺了挺小胸脯。

見他們兩個擠在一起玩玩具，陳阿福鬆了一口氣，望了望廳屋裡那幾個大紅箱子，裡面裝的都是她要帶去京城穿的衣裳和用品，一切準備妥當，明天就該出發了。

傍晚，了塵住持回棠園。她自己在棠園吃了齋飯，就讓人去把陳阿福請來，再順便把楚含嫣接回來，她怕孫女難過，所以會在棠園住幾天。

了塵把一副翠綠通透的翡翠手鐲給陳阿福戴上，笑道：「這是貧尼成親時，宣兒的祖母送的，貧尼即使出家了，也沒還給楚家，想著以後送給宣兒的媳婦……」

陳阿福屈膝謝過，兩人又說了一陣話，才起身告辭。

出發那天，陳阿福把一直掛在她身上的大寶交給王氏，坐上馬車，同陳名、王氏、阿祿，還有哭得直抽噎的大寶揮手告別，向定州府駛去。

到了定州府後，直奔陳府。陳阿福會在這裡住一宿，明天一早坐馬車去京城。

陳阿福一抵達陳府正院，江氏非常體貼地讓人把晌飯都準備好了。她吃過飯後，江氏告訴她，家具幾天前就送去了京城別院。江氏會帶著陳雨嵐、陳雨晴和陳雨霞三姊弟先陪陳阿福去京城別院待嫁，陳世英要等到陳阿福出嫁前才會到。

陳阿福回薔薇院之前，江氏又把嫁妝單子交給她，看著厚厚一疊的嫁妝單子，陳阿福直咋舌。

嫁妝非常豐厚，吃穿用品樣樣俱全，單子也寫得非常詳細，大到田地、鋪子、壓箱銀子、家具，小到耳環、恭桶、漱口盂，都羅列得清清楚楚。

這些嫁妝不僅面上好看，也非常實用，大概價值一萬兩銀子左右。

她只是一個偽嫡女，江氏能從公中拿出這麼多錢為她置辦嫁妝，而且準備得很用心，已經非常不容易了。她能夠肯定，陳雨暉和陳雨霞這兩個庶女，她們的嫁妝連自己的一半都不會有。

這不僅因為陳世英格外看重她，還因為她嫁的是楚家，江氏願意和她交好。另外，還給她陪送了四個丫鬟，包括之前服侍過她的青楓，以及兩房人——一房丁姓人家已經先去京城，管著四百畝田地和莊子，他們一家人以後就在那裡生活。另一房李姓人家，男人李伯四十多歲，之前在陳府的帳房做事；媳婦人稱李嬤嬤，之前是陳府的針線房管事，她是專門給陳阿福當管事嬤嬤的；兒子李木，媳婦李木家的，以及兩個年幼的孫子。

李姓一家人被江嬤嬤領到薔薇院向陳阿福磕頭。

陳阿福特別注意了李嬤嬤，四十多歲，胖瘦適中，說話乾淨俐落。陳阿福對她的印象不錯，將來應該是自己的好助手。她願意相信江氏，既然面子都做得這麼足了，也不會派個蠢貨或是間諜給她當管事嬤嬤。

江嬤嬤還特別說明，李嬤嬤兩口子都不是家生子，這一家跟了陳阿福，也就跟陳府沒有任何關係了。

四個丫鬟除了青楓是家生子，其他三個丫鬟都是幾個月前買來的，剛剛調教好，她們都是十三歲，名字分別叫小紅、小綠、小紫。

陳阿福剛歇息兩刻鐘，就聽見院子裡傳來說笑聲，是陳雨晴和陳雨霞姊妹來了。

兩個小姑娘高興得小臉紅通通的，特別是陳雨霞，她還沒去過京城呢！她們是來給陳阿福添妝的，陳雨晴送了一支嵌珠赤金釵，陳雨霞送的是兩條自己繡的綾帕。

她們剛走，又迎來一個客人，就是陳雨暉。由於她太瘦，顯得顴骨更高，鼻子更窄，眼裡的戾氣掩都掩不住。

陳阿福跟她連表面的客氣都沒有，說道：「妳總不會是來給我添妝的吧？不好聽的話就不要說了，才不會影響我的好心情。」

陳雨暉冷笑一聲，厲聲說道：「我當然不會給妳添妝，因為妳根本就不配。妳搶了祖母給我訂下的夫婿，又挑唆父親給我找了個鄉下土財主，賤人，妳太壞了！」

話音一落，她的手突然向陳阿福的臉抓來。

陳阿福一直防著她，頭往後一躲，伸手就把她的手腕抓住。她的指甲長長的，還特別修尖了，這明顯是來毀容的。

陳阿福大怒，伸出另一隻手使勁甩了她兩耳光，又用盡力氣一推，把她推倒在地上，罵道：「我是鄉下人，所以有一把力氣，就憑妳還敢來毀我的容？再告訴妳，妳長得這麼醜，我未婚夫婿就是一輩子不娶媳婦，也不會要妳，別作白日夢了。」轉身對小紅說：「看看陳二姑娘的指甲多鋒利，去向夫人稟報一聲，讓夫人知道陳二姑娘的用心有多險惡。」

陳雨暉的臉已經被打腫了，又痛又羞又氣，爬起來哭著跑了。

傍晚，陳阿福三姊妹去正院吃飯，陳世英和陳雨嵐沒來，因為他們陪著楚令宣在外院吃。

待陳世英回正院的時候，陳家姊妹已經離開了。當他得知陳雨暉的所做所為，氣得直搖頭，跟江氏說道：「福兒的親事辦完，就把暉兒的親事定了，最好今年底就把她嫁出去。」

江氏冷笑道：「她說咱們給她找的是鄉下土財主。」

陳世英道：「夫人莫生氣，她是被娘慣壞了，以後年紀大了，就會知道咱們這麼做是為她好。」

之後，陳世英去薔薇院跟陳阿福說了一陣話，讓她莫跟妹妹計較，收拾好心情當個幸福新嫁娘。

天剛矇矇亮，陳阿福等人坐馬車出發，次日下晌便到了京城。

陳家在京城有一個三進宅院，陳世英來京城述職或是公幹，都會住在這裡。宅子不大，小巧精緻。江氏住在正院，陳雨嵐住西跨院，陳阿福三個姑娘則被安排住去後罩房。

幾日後一早，陳府拉紅綾、掛彩燈，正門大開，這天是楚府下聘的日子。

因陳世英不在，江氏請了她弟弟過來幫忙招呼客人。

楚令宣和大媒付大人都請了假，親自來陳府下聘，聘禮六十四抬，聘金是五千兩銀子。

江氏聽從陳世英的意思，把聘金、金飾和布料都放進陳阿福的嫁妝裡，陳阿福足足有六千兩銀子的壓箱錢。光憑著這些豐厚的嫁妝，她便是一個不折不扣的小富婆了。

二月九日下晌，陳阿福三姊妹擠坐在東側屋的炕上說笑，陳雨嵐坐在炕邊的錦凳上，陳世英來了。

四姊弟趕緊起身行禮，叫著。「爹爹。」

陳世英欣慰地點點頭，說道：「你們長姊就要出嫁了，是要多陪陪她。」

陳雨晴知道父親要跟姊姊單獨說話，便把陳雨嵐和陳雨霞拉走了。

陳世英坐去炕上，拍拍身邊的炕，對還站著的陳阿福說道：「閨女過來，挨著爹爹坐。以後妳就是女婿家的人，要守禮了。」說完，很是落寞地嘆了一口氣。

陳阿福坐去他的身旁，陳世英拉著她的一隻手說道：「福兒從小沒在爹爹身邊長大，爹沒抱過妳，也沒有餵妳吃糖、吃飯，這是爹爹一輩子的遺憾。唉，從明天起，妳就不是我陳家的姑娘，而是楚家的媳婦了。爹爹跟妳相處不多，以後能相處的時間就更少了。以後，若是楚令宣那小子敢欺負妳，或是楚家敢給妳受委屈，妳別忍著，回來告訴爹……」話沒說完，眼圈就紅了。

陳世英的這些話讓陳阿福非常感動，也流下了眼淚。

——未完，待續，請看文創風688《春到福妻到》4

流浪貓狗介紹所

為流浪貓狗加油 和貓寶貝 狗寶貝

廝守終生(一定要終生喔！)的幸福機會

對人來說，貓寶貝狗寶貝只是生活的一部分，
但妳（你）對牠們來說，卻是生活的全部，領養前請一定要考慮清楚——

▲ 朝氣勃勃的活力女孩　多多

性　　別：女生

品　　種：混馬爾濟斯

年　　紀：6個月大

個　　性：活潑、不怕生

健康狀況：1.尚未結紮，目前在治療貧血症（服藥可痊癒）

2.曾被其他狗兒咬，左耳有一缺口，現已完全癒合，不影響聽力和日常生活。

目前住所：台中市霧峰區

『多多』的故事：

多多是一隻黑色的混馬爾濟斯，幾個月前，多多的前主人無法再飼養牠，甚至考慮將牠放到山上，這讓得知此事的中途相當焦急，趕緊將牠帶走照顧。後來，中途進一步知道，由於前主人的住處有空間上的限制，因而多多自來到這個世上的日子裡，幾乎都是在浴室裡度過，這點也讓中途十分心疼。

中途表示，在多多四個月大時，因為曾被另一個有愛心的中途照料過，因此學會了坐機車的技能，以及定點在報紙上尿尿的習慣。至於多多的個性，中途說，牠很喜歡吃東西，也很愛玩，尤其當牠興致來時，那小尾巴就像是電動般地搖啊搖，甚至會展現出猶如跳跳虎般的彈跳力，看到牠如此的有活力，都會忍不住想跟牠玩上一會兒！

多多雖然看似是隻小型犬的成犬，但牠僅僅是六個月大的孩子。另外，因後天的因素，牠有貧血的問題，不過治療並不困難，中途會照料到多多痊癒後才送養。若您喜愛多多，願意和牠作伴一輩子，歡迎來信loader1998@gmail.com（陳小姐），或傳Line：leader1998，或是私訊臉書專頁：狗狗山-Gougoushan。

認養資格及注意事項：

1. 認養者須年滿23歲，有穩定經濟能力，並獲得全家人的同意。
2. 須同意簽認養寵物切結書，並讓中途瞭解多多以後的生活環境。
3. 同意送養人日後之追蹤探訪，對待多多不離不棄。
4. 同意讓多多絕育，且不可長期關、綁著多多，亦不可隨意放養。
5. 為讓中途對您有更深入的瞭解，中途會先有份線上問卷請您填寫。
6. 中途會酌收1,500元結紮、醫療費用。

來信請說明：

a. 個人基本資料：姓名、性別、年齡、家庭狀況、職業與經濟來源等。
b. 想認養多多的理由。
c. 過去養寵物的經驗，及簡介一下您的飼養環境。
d. 若未來有結婚、懷孕、出國或搬家等計劃，將如何安置多多？

文創風
687

春到福妻到 3

國家圖書館出版品預行編目資料

春到福妻到 / 灩灩清泉著. --
初版. -- 臺北市 : 狗屋, 2018.11
冊 ; 公分. --（文創風）
ISBN 978-986-328-929-6（第3冊：平裝）. --

857.7　　107016160

著作者	灩灩清泉
編輯	黃鈺菁
校對	沈毓萍　周貝桂
發行所	狗屋出版社有限公司
地址	台北市104中山區龍江路71巷15號1樓
電話	02-2776-5889～0
發行字號	局版台業字845號
法律顧問	蕭雄淋律師
總經銷	知遠文化事業有限公司
電話	02-2664-8800
初版	2018年11月
國際書碼	ISBN-13　978-986-328-929-6

本著作物由起點中文網（www.qidian.com）授權出版

定價250元
狗屋劃撥帳號：19001626
網址：love.doghouse.com.tw　E-mail：love@doghouse.com.tw